一九八四

【英】乔治·奥威尔 著

韩铁马 译

民主与建设出版社

图书在版编目（CIP）数据

一九八四/（英）乔治·奥威尔著；韩铁马译．——北京：民主与建设出版社，2017.9

ISBN 978-7-5139-1689-9

Ⅰ．①一… Ⅱ．①乔… ②韩… Ⅲ．①长篇小说—英国—现代 Ⅳ．① I561.45

中国版本图书馆CIP数据核字(2017)第220024号

© 民主与建设出版社，2017

一九八四
YI JIU BA SI

出 版 人	许久文
总 策 划	丁焕朋
作 者	【英】乔治·奥威尔
译 者	韩铁马
责任编辑	刘树民
封面设计	三石工作室
出版发行	民主与建设出版社有限责任公司
电 话	（010）59417747　59419778
社 址	北京市海淀区西三环中路10号望海楼E座7层
邮 编	100142
印 刷	三河市天润建兴印务有限公司
版 次	2017年9月第1版　2021年7月第3次印刷
开 本	630mm×910mm　1/16
印 张	14印张
字 数	227千字
书 号	ISBN 978-7-5139-1689-9
定 价	59.80元

注：如发现质量问题，请联系调换。电话：010-59424657

目 录

译者的话 / 1

第 1 卷

第一章 / 2

第二章 / 14

第三章 / 20

第四章 / 25

第五章 / 32

第六章 / 42

第七章 / 46

第八章 / 53

第 2 卷

第一章 / 70

第二章 / 78

第三章 / 85

第四章 / 91

第五章 / 99

第六章 / 105

第七章 / 108

第八章 / 113

第九章 / 121

第十章 / 145

第 3 卷

第一章 / 152

第二章 / 162

第三章 / 177

第四章 / 187

第五章 / 192

第六章 / 196

附　录

新语原则 / 204

作者简介 / 213

作者年表 / 214

译者的话

1.《一九八四》是"政治小说"吗？

的确，不仅仅是故事的主题正是围绕着一个虚构的国家展开，并且这个国家的特点也体现了作者对未来世界政治格局的预判，即世界被瓜分为几个势力范围。而作品中的大洋国、欧亚国、东亚国基本是在作者有生之年就已经初具雏形的几个超级大国。在《一九八四》中，大量篇幅是对作者预想的极权主义下的社会生态、生活的描述，人们没有了任何自由思想、言论，甚至基本生活的自由都没有，所有一切无不都是在以"老大哥"为象征的党的控制之下。在书中，单单是一本来自虚无缥缈的反对派代表人物戈德斯坦的书的引用，就占据了全书百分之十的篇幅。

"战争即和平，自由即奴役，无知即力量。"这样赤裸裸、不加掩饰的口号被当作大洋国统治者的党的口号。在这样的政治体制下，统治者获得了巨大的权利，"统治者即独裁者，法老或恺撒也没能拥有过他们这样绝对的权力。为了不让自己陷于不利局面，他们不会让自己统治下的人民饿死太多。"但不同的是拥有如此巨大权力主要依靠的不是传统的手段，比如强权、武力等，而是一种全新的手段，那就是对人民思想上的控制。在这样的政治体制下，作为主要统治基础的党员首先受到了严密监督：

"党员从生下来一直到死，都在思想警察的监视下生活。即使在单独的时候，也永远无法确知自己是否受到了监视。不论他在哪，睡觉还是醒着，工作还是休息，在澡盆里还是在床上，他都可能受到不被告知的严密监视，也不可能知道自己受到监视。他的所作所为都是重要的。从他的友谊、休息，到他对妻儿的态度、他单独的时候的面部表情、睡梦中的梦呓，甚至身体的细微动作都受到严密而慎重的考察。实际行为不端那就不用说了，任何偏离常态的行为，任何习惯的变化，任何精神方面的不正常——总而言之就是所有能展示心理变动的迹象，都会被观察到并加以处理。也就是说一个人根本不存在着自己，不仅是没有自由，连个人空间都不存在。与此同时，这个人却不受法律或者明文规定的约束，因为在大洋国不存在法律。很多思想、行为尽管没有受到明令禁止，但如果被发现，就会带来灭顶之灾。无休止的清洗、逮捕、拷打、监禁、蒸发，并非是针对罪行的惩罚，而只是为了把那些可能在未来给党造成麻烦的个体清除掉。对于一名党员，只是有正确的思想是远远不够的，还要有正确的本能。"

这里还有一种重要的手段，那就是对历史的控制。而对历史的控制主要依靠篡改历史。"篡改过去之所以必要，其中有两个原因。一个是次要的，也可以说是预防性的原因。那就是党员之所以能跟普通民众一样忍受当下的生活，部分是因为他缺乏对比的标准。为了要使他相信他比他的祖先生活得更好，物质生活平均水平是在不断提高，就必须使他同过去隔绝开来，就像必须使他同外国隔绝开来一样。但篡改过去还有一个重要得多的原因，那就是确保党的一贯正确性。"

因此书中代表党的奥布兰才会说："谁控制了过去，谁就控制了未来；谁能控制现在，也就控制了过去。"

书中对所谓"英社原则"的描述，也是围绕着这点展开的。基于"历史是变化无常"的这个认知，英社得出了"双重思想"这一理论，或者不如说是手段。所谓"双重思想"就是：一面要说谎，一面又要对谎言确信无疑，忘掉那些让人为难的事实，然后再在需要的时候重新找出这些事实来，并再次相信它；否认客观现实的存在，同时又要考虑被否认的现实——这些都是必不可少的。甚至双重思想这个概念的使用也需要使用双重思想。因为你使用这个字眼就是承认你在篡改现实；再来一下双重思想，你就擦掉了这个认识；如是反复，永无休止，谎言总是抢先真理一步。最后，靠双重思想，党就可以——也许正像我们所了解的那样，继续左右历史数千年——阻止历史的进程了。

2. 《一九八四》是反乌托邦的吗？

西方文化具有乌托邦的传统。这一方面与宗教有关，比如基督教就把人的未来寄托在天堂,另一方面,也跟西方文明的源头古希腊文化有很大关系。我们都知道,人类历史上第一个明确的乌托邦就是来自古希腊哲学家柏拉图。他在自己的《理想国》一书中设计了一个理论上的完美国家政治体制。这来自古希腊的文化强调理性,尤其是柏拉图主义,更是把理性看作是最高的存在,是对一切拥有最终定义权的。正是这种理性主义,导致了西方文化中未来可预期并加以设计从而控制的思想贯穿始终。在柏拉图后,产生了一大批如摩尔、培根、傅立叶、圣西门等社会控制论者,认为人类社会可以根据经验加以设计、控制。作为一种形而上的价值追求,实际上否定了人类社会形而下的具体生活,它的本质是把大众看作是一群乌合之众,是不存在生存与发展需求的。而一旦它捆绑住了大众形成一股巨大力量,就会导致或大或小的社会灾难。因此有人说,在这个意义上乌托邦是反人民的,尽管它打着人人平等的旗号。回顾历史,会发现几乎所有的乌托邦,只要被在人类社会加以了实践,都很容易滑向极权主义。但这并非奥威尔反乌托邦的证据。

乔治·奥威尔的两部最具代表性的作品《动物庄园》和《一九八四》,无不是对这种人为的社会设计的反对,尤其是后者。《一九八四》所描绘的正是一个经过人为设计,并被严格控制的国家。这并非作者的完全虚构,它同时来自作者对现实世界真实存在的感知与反思。作者生活的时代恰逢二战前后,世界格局发生了巨大的变化,纳粹德国之类的出现,应该为作者写下《一九八四》做了现实的铺垫。对这个虚构国家非人的现实生活的描述,表明了作者对人类社会被设计与控制的厌恶。

在《一九八四》中,有两个梦很值得注意。一个是温斯顿关于母亲的梦,另一个是温斯顿梦见与奥布兰见面的梦。两个梦一度纠缠、折磨着他。在前一个梦里他总是梦见自己的母亲和妹妹,这个梦给他带来了极大痛苦。在小说虚构的那场世界性核战争后,少年的温斯顿因为环境、饥饿,变成了一个极端自私、冷漠的孩子,他无休止地要求母亲给自己食物,并抢夺弱小多病的妹妹的食物。在母亲和妹妹消失后,他从此承受着沉重的心理压力,认为是自己的行为导致了母亲和妹妹的失踪。而在后一个梦里,温斯顿总是梦见奥布兰对自己说:"我们将在没有黑暗的地方相见。"而最终他们见面了,却是在一个"四周布满了仪表,灯光强得耀眼"的牢房,在这间牢房里,温斯顿感觉到自己"生命中所有的细节都毫无遗漏地展现在光亮中"。前一个梦是童话式的，后一个梦则是个启示录。这两个梦似乎是一对因果，构成作者对现实的反思。如果回顾历史，当年纳粹德国的形成似乎与此类似。正是一战后德国社会的崩溃，德国人民才选择了希特勒和纳粹，以放弃自己的权利为代价换来了表面的繁荣和生存的满足。但最终带给自己和世界的却是一场巨大的灾难。

关于自己，乔治·奥威尔这样写道："1936年以来，我所写的每一行严肃作品，都是直接或间接地反对极权主义，支持我所理解的民主社会主义。在我们所在的这个时代，那种以为可以回避写这些题材的意见，在我看来是无稽之谈。每个人都以这样或那样的方式写它们，只不过是个简单的选择何种立场和用什么方式写的问题。一个人越清楚地认识到自己的政治倾向，就越可能达到既政治性地行事，又不牺牲他在美学和思想上的诚实。"

从这段话能看出，奥威尔同样是认为人类可以通过理性的力量影响历史的进程。区别在于影响的方式。他在这段话中所体现的理想也在《一九八四》中有所展示。比如温斯顿对人民寄托的希望，他跟茱莉雅之间的爱情，那只在树林外歌唱的画眉，当然还有查林顿先生旧货店后院里的那个女人以及她的歌声与忙碌。因此，说这部小说是反乌托邦的并不一定准确，甚至作者本人也不一定会同意。或者，它仅仅是根据现象做出了预判，并由此通过故事来描绘了一幅极权下的社会境况，所嘲讽和想要警醒的是人们要对这样一群企图对社会权力施行绝对控制的人，保持足够的清醒与警惕。这群人"只对权力，纯粹的权力有兴趣"。当这群人"知道自己在干什么"时，他们的极端现实主义与功利主义就会带来可怕的灾难。小说并没有抨击乌托邦的核心，也就是理性对社会秩序与进程的可设计性，同时也要看到作者本人就是一名有着坚定信仰的民主社会主义者。这也就是在说，很难把《一九八四》这部小说看作是反乌托邦的寓言，它甚至都不是寓言，而是对现实存在的夸张化的描述。书中所描述的很多情节，是在人类世界的现实中发生过，并仍在继续发生着的事实。从这个角度看，我们甚至更愿意把这部小说看作是现实主义的。

《一九八四》是反乌托邦的吗？这要看是狭义的"乌托邦"还是广义的"乌托邦"。因此，奥威尔才会在小说最后的"新语的原则"中，提及《独立宣言》起草人，第三任美国总统杰斐逊那段著名的文字。并借新语创造人的嘴说出：

"要保持原义而把这一段话译成新语是不可能的。最多只能做到把这整段话的含义用一个词来概括:'crimethink'。完整的译法只能是意识形态的,是把杰弗逊的话译成一段关于绝对政府的颂词。"

3. 《一九八四》是现实主义的作品吗?

有一个心理学的名词"depressive realism",翻译成中文就是"抑郁现实主义"。关于这个概念,一般认为是作为对应于"乐观幻觉"(optimism illusions)和"乐观偏误"(optimism bias)而提出的。在《读书》2017年5期上有一篇文章《逆境忧患与抑郁现实主义》,在文章中作者徐贲认为"抑郁现实主义"称之为"忧思现实主义"更合适。不难发现,这样一来,作为一种心理学层面的现象,就跟社会学、政治学联系到了一起。文章的作者这样表述道:

"是什么让'抑郁'跟'现实主义'发生联系的呢?美国心理学家劳伦·阿洛伊(Lauren Alloy)和林·阿伯拉姆森(Lyn Y. Abramson)于1979年提出'抑郁现实主义'这一说法,是从'抑郁'与'真实'(现实)的接近程度着眼的。他们认为,抑郁者对现实的认知比非抑郁者更接近真实,'比起非抑郁者(他们经常高估自己的能力)来,抑郁者在判断自己处理的事情时把握更加准确。他们是那些"吃一堑长一智"(sadder but wiser)的人,非抑郁者太容易屈从于自己的错觉,用美好的眼光看自己和环境。'忧思的'接近真实'是与非抑郁的'乐观偏离'比较而言的。忧思所纠正的不是乐观主义,而是乐观幻觉和由此而生的'乐观偏误'。"

这里之所以要提到这篇文章,不仅仅是因为作者在文章里提到了《一九八四》的作者乔治·奥威尔,主要是因为把奥威尔看作是一位"抑郁现实主义者"。对此应该作一点说明。

作为一种忧患意识的心理学概念,"抑郁现实主义"在人类历史中从一开始就存在。至少在中华文明里,"忧患意识"或者作者说的"忧思",一直都是一种重要的文化现象,几乎构成了儒教为代表的士大夫精神的核心,体现为"先天下之忧而忧"。正是在这一基础上,抑郁现实主义有着"纠偏"的作用。由于对现实深刻、冷静的思考，这种现实主义更能看到现实中存在的阴暗和丑恶一面，因此当抑郁现实主义以怀疑的态度看待人的存在，看待人的社会的存在时，总会提出一些警醒，使之成为人类社会的"报警器"、"防火墙"。

"抑郁现实主义也不可能知道什么就是真实，它只是一种把寻找真实看得比真实更为重要的现实主义。正如费尔什姆所说：'我们不能肯定抑郁现实主义就是真实，它也许是倒数第二的真实（the penultimate truth）。'"（《读书》2017年5期《逆境忧患与抑郁现实主义》，徐贲）就这个意义来看，《一九八四》应该是属于现实主义的，但却是这里所说的"抑郁现实主义"。

作者乔治·奥威尔看到了人类社会中阴暗、丑恶的一面，并通过小说的形式加以描述。同时也是最重要的，是他由此预见了现实可能、甚至是必然会发生的真实。尤其是今天的读者，或许能更清晰地看到这种可能性的存在，因为从奥威尔的这本小说出版以来，这个世界上发生过、并正在发生的太多真实事实，恰好对应了他在《一九八四》中所描述的那些可怕、丑恶的现象。

第1卷

第一章

　　思想警察在乎的不是你写什么，而是写这种行为本身。也就是说他的行为已经触犯了——即使是他并没用笔在纸上写，他也已经犯下了——凌驾于所有罪行之上的根本性罪行，也就是"思想罪"。

　　这是四月晴冷的一天。当钟声敲响十三下时，温斯顿·史密斯把脖子缩进衣领里，迅速钻进胜利大厦的玻璃门，他动作轻快迅捷，但还是慢了点，风沙跟着钻进了门厅。

　　门厅里有股很浓的熬白菜和旧垫子的味道。门厅尽头，有张大小并不适合挂在室内的宣传画。这幅画是一个足足一米多宽的、四十多岁男人巨大的脸，留着浓密的黑胡子，粗犷英俊。温斯顿朝楼梯走去。电梯根本用不上，即使情况很好时，电梯也很少开，何况现在正是为了配合仇恨周采取节约措施的期间。三十九岁的他住在七楼，他的右腿脚踝有一处静脉曲张引起的溃疡，爬楼梯对他简直就是折磨，因此爬得很慢，一路上要休息好几次。每登上一层，都会面对电梯门墙上同样的宣传画，那个巨大的脸上的双眼就会死死盯着你。这双眼似乎能跟着人转动。画的下方是一行文字说明：老大哥在看着你。

　　在他的公寓里，一个音色圆润的声音正在念一连串与钢铁生产相关的数据。声音是从那块像毛玻璃的椭圆金属板发出的，这块金属板成为右边墙壁的一部分。温斯顿按了一个开关一下，声音小了些，但仍然清晰可辨。这装置（叫作电屏）音量只可以调低，没法关掉。温斯顿走到窗边，蓝色党员制服让他看上去更加瘦小单薄。他头发颜色很淡，脸色红润，皮肤由于长期使用劣质粗肥皂和钝刀片，加上寒冬刚刚过去，变得十分粗糙。

　　即使关上玻璃窗，外面看上去也很寒冷。下面街上，风正席卷着尘土和碎纸飞旋。虽然天空湛蓝，阳光灿烂，但除了到处贴着的宣传画，所有一切都仿佛失去了色彩。只有那张留着黑胡子的脸，在从各个角度注视着每个角落。在公寓对面那栋房子的正面就有一幅，那双眼正盯着温斯顿：老大哥在看着你。下面街上有张宣传画掉落到了街上，一个角被撕破，在风中发出啪啪声响，上面的"英社"那个词时隐时现。远远的，一架直升机掠过屋顶，像只在空中盘旋的苍蝇，不一会它就绕个弯儿飞走。那是警察巡逻队，正在从各家的窗户窥探着人们。不过巡逻队并不是最可怕的，最可怕的是思想警察。

温斯顿身后的电屏仍在喋喋不休地播放钢铁生产的情况，报告生铁产量，还有超额完成了第九个三年计划的情况。这块电屏具备同时播放和接收的功能，因此在家中的温斯顿发出的任何声音，只要比轻声细语大点，就会被接收到。此外，只要他留在那块金属板的视野范围，除了声音，他的行为也都被一览无余。为此，你很难知道是不是正有人在监视着你，你唯一能做的，就是想着思想警察在时刻监视着你，至于什么时候没有，就只能靠你的想象了。要知道无论何时，也不需要理由，只要高兴，他们就可以随时监控你。这样一来，你只能这样为自己的生活下定义——这就是生活。你发出的每个声音，你做的每个动作，随时都可能受到监视，连在黑暗中也很难逃脱。

温斯顿决定继续背对着屏。这样比较安全些。不过他也清楚，即使这样也不保证不被窥视到。一公里外那座高耸的白色大厦就是他工作的地方："真理部"。这座大厦坐落在一片脏乱的区域。在这里，他有些厌恶地想，这就是伦敦，大洋国人口第三多的省份，一号空降地带的主要城市。他竭力在记忆中搜索童年时的情景，但他不敢确定这就是过去的那个伦敦，到处都是十九世纪样式的破旧建筑，墙头需要靠木柱支撑才不至于坍塌，大多数窗户被钉上了硬纸板，屋顶用皱皱巴巴的波纹铁皮凑合着覆盖住，花园的围墙东倒西歪，那些遭到空袭洗劫过的地方尘土飞扬，野草在残砖碎瓦的缝隙间顽强地丛生，炸弹清出了很大一块空地，不知道什么时候，空地上冒出许多鸡笼似的肮脏木屋。

可没有用，他记不起来了，除了一片明亮的背景模糊得让人无法理解的画面，他来自童年的记忆里什么也没有。

真理部——用新说法叫真部——跟任何其他建筑都不同。这是一栋有着金字塔结构外形，晶晶发亮的白色水泥建筑。它层层相叠，拔地而起，一直升入三百米的高空里。从温斯顿站着的地方，正好可以看到建筑的巨大白色墙壁上，用漂亮字体写的党的三句口号：

　　战争即和平
　　自由即奴役
　　无知即力量。

　　据说真理部在地面上就有三千个房间，而地下拥有的房间数量和这差不多。在伦敦还有三座别的建筑，外表和大小与此相同。它们使周围的建筑变得渺小，站在胜利大厦楼顶可以看到这四座建筑。它们分别是政府四个职能部门的所在地：真理部负责新闻、娱乐、教育、艺术；和平部负责战争；仁爱部维持法律和秩序；富裕部负责经济事务。用新说法，它们分别是真部、和部、爱部、富部。

　　其中最让人恐惧的是爱部。那是一座见不到一扇窗户的大厦。温斯顿从没去过爱部，甚至从没踏入过距它半公里的范围。除非因公，那里任何人都无法进入，而且进去也要通过由重重铁丝网、铁门、隐蔽的机枪阵地组成的防卫屏障，在屏障外的大街上，有穿着黑色制服、携带警棍、面相凶狠的警卫在巡逻。

　　温斯顿突然转过身，他的表情变得心满意足，在面对电屏时，这是最明智的做法。他走过房间，来到小厨房。在一天的这个时间离开真理部，他因此牺牲了在食堂的那顿午餐，他知道自己厨房里除了一块原本留着明早做早餐的黑面包外，没有别的吃的。他从架子上拿下一瓶无色的液体，瓶子上贴着白色的标签：胜利杜松子酒。这种饮料有股油味，类似中国的黄酒。温斯顿倒了一茶杯，硬着头皮像吃药似的一口喝下。

　　喝完后，他的脸马上红起来，眼角渗出泪水。这玩意儿像硝酸，而且喝下去时，你的后脑勺上像是被狠狠地抽打了一橡皮棍。不过，他肚子里的烧灼感很快就消退了，世界看起来不再那么可怕。他从挤瘪了的胜利牌香烟盒中抽出一支烟，不小心把它竖举了起来，烟丝马上洒落到地上。于是他不得不重新拿出一支，这次他格外小心，没让烟丝滑落。他回到起居室，坐在电屏左边的一张小桌子前。从抽屉里拿出一支笔杆、一瓶墨水和一本厚厚的四开本空白本子，本子的封皮是红色的，压有大理石花纹。

　　通常电屏会安装在房间最里面那面墙上，以便对房间做全方位监视，奇怪的是温斯顿房间里这块电屏却装在了对着窗户的长一些的墙上。在电屏一边有处凹进去点的空间，估计是设计来放书柜的，温斯顿现在就坐在这地方，他尽可能往里靠，以便避开电屏。他发出的声音当然还是会被听到，但在这个位置，至少可以不被看到。最初发现这间房间的与众不同后，他就想到了加以利用。

他现在这样做还跟他刚拿出来的这个本子有关。这个漂亮的本子纸质细腻光洁，年代有些久远——这种纸张已经有四十多年没有生产了——纸的颜色有些泛黄。不过他觉得本子的纸张出厂的时间肯定超过四十年。他是在一间散发着难闻臭味的小旧货店里发现这个本子的，那是在本市一个破烂的居民区，它当时就躺在橱窗中。具体位置他现在也记不清，只是第一眼看到，他就喜欢上了。一般说来，党员是不允许进入那片区域的，但这项规定并没被严格执行过（按规定不允许"在自由市场上做买卖"），因为有许多东西，例如鞋带、刀片这类生活必需品，别的地方没法买到。当时他经过那地方，不知为什么，就下意识地回头，很快看了一眼街两头，迅速溜进了那家小铺子，花二元五角把本子买了下来。他没想过买来干什么，他把它放在皮包里惴惴不安地带回了家。要知道，即使本子里没有写一个字也会引起怀疑的。

现在，他准备用来写日记，这并不违反规定（没有任何行为可能触犯法律，因为法律早已不存在）。不过，这种行为要是被发现，那就会有被处死的危险，至少也会被送到劳改营去服役二十五年。

温斯顿把钢笔笔尖装到笔杆上，用嘴舔了一下，把上面的油去掉。钢笔现在是古老的东西，连签名都不再使用。温斯顿为弄到这支笔花了不少力气，这样做唯一的原因是他认为只有钢笔才配得上这个本子精致的纸张，用沾水笔在这样的纸张上划，对他简直就是罪过。其实他并不习惯用手书写，除了签发一些便签，通常他都是对着语音记录器口述，而眼下，他要做的是不可能用语音记录器的。他拿起了笔，在墨水里沾了沾，但马上又有点迟疑。他感觉到身体里发出一阵颤抖，也许他感觉到了，在这样的纸上写下标题，具有决定意义。最终，他还是开始了书写，用纤细笨拙的字体写下：

一九八四年四月四日

他身子往后一靠，一阵强烈的无助感袭来。首先，他不敢确定是不是一九八四年。他能确定的只是自己今年三十九岁，而且记得自己是在一九四四年或一九四五年出生的。但如今想要确定年份，不出现一到两年的误差是不可能的。

他突然想到一个问题，那就是自己到底为什么要写日记。为将来？还是为后代？他想起新语的一个词"双重思想"。这是他头一次意识到自己正在做的事的艰巨性。你怎么能同未来联系呢？从其性质来说，这样做是不可能的。只有两种情况：要是未来跟现在一样，他今天说什么未来根本不在乎；要是未来同现在不同，他记录下目前的处境作为对未来的预言也就毫无意义。

有好一阵，他就那么坐着，对着本子发呆。电屏正在播放刺耳的军乐。奇怪的是，瞬间他不仅丧失了表达的勇气，也忘了原本想要表达的是什么。在过去的几个星期里，他一直在为这一刻做准备，他从没想过除了勇气还需要什么。实际上书写很容易，他只需要把那些多年来纠缠在脑海里的焦虑、烦恼写到纸上就行。但真到了这一刻，曾经没完没了在内心的那些独白却不见了。加上静脉曲张引起的溃疡又开始发作，痒得难受，可他不敢用手去挠，因为只要一挠就会发炎。时间一点点过去，对着空白的纸，他所能感到的除了脚踝部位的痒，就是电屏播放的刺耳音乐和酒后微微的醉意。

突然，他慌里慌张写了起来，一点也不清楚自己写的是什么。他用孩子般幼稚的字体开始在本子上肆意地写着，先是忽略了大写字母，最后连标点符号也省略：

一九八四年四月四日。昨晚去看电影了。全是战争片。其中一部很不错，讲的是一艘满载难民的船在地中海某处遭到了空袭。看到一个大胖子在大海中拼命游着，想要逃脱直升机的追捕，观众都非常开心。起初这个大胖子像海豚一样在波浪中起伏，直升机上的人用瞄准器发现了他，紧接着，他的身上就布满了枪眼，周围的海水被他的鲜血染红，他的身体突然下沉，就像海水从那些枪眼里灌了进去。在他下沉时，观众发出一阵哄笑。接着是一架盘旋的直升机下，有一艘装满儿童的救生艇。一位看上去很像犹太人的女人，抱着一个几岁大的孩子，坐在船头。被吓坏了的孩子在哇哇大哭，他把自己的头深埋进女人的怀里，那样子就像是要钻进女人身体里去似的。女人在不断地安慰孩子，双手紧紧环抱住他，可她自己也一样恐惧，面色铁青。她以为自己能用手臂帮孩子抵挡住子弹，保护她的孩子。空中盘旋的直升机飞过去，扔下一枚二十公斤的炸弹，伴随一阵明亮的闪亮，小艇被炸成碎片。后面那些镜头非常清晰孩子的一条手臂被炸弹的爆炸抛到了半空直升机在做着全程拍摄从党员座位区爆发出一阵热烈掌声大众区突然站起来一个女人大声叫喊着这样的电影不应该放给孩子们看那些人不该这样做警察出现了这个女人被押了出去我不觉得她会出什么事没人会关心大众说什么更不会被在乎大众的最典型特征就是他们……

　　温斯顿停了下来，他感到肌肉开始痉挛。他也不知道为什么会从自己的笔端倾泻出这些毫无意义的垃圾。最奇怪的是，他突然清晰地想起了一件完全没有联系的事，并且感觉自己能把这件事记下来。与此同时，他明白正是因为这件事，自己才会突然想要回家写日记。

　　如果说这件有些模糊的事的确发生过，那就是发生在今天上午，是在部里。

　　在将近十一点时，温斯顿工作的记录司为给两分钟仇恨会做准备，大家把椅子从各自的办公隔间拖出来，放在大厅中央面对大电屏。温斯顿刚想要在中间一排的一张椅子上坐下，两个他只有些认识的人走了过来。其中有一个女孩他经常在走廊中遇到。但他不知道她的名字，只知道她可能在小说司工作，因为他好多次看到她满手油污，拿着扳手——这让他认为她是机修工，专门为某位正在写长篇小说的部长之类的人维修机器。这女人看上去二十六七，表情看上去很有胆量，一头浓浓的黑发，脸上长满了雀斑。她的行动敏捷，像一个经过了长期专业训练的运动员，她在自己的腰间系了一条窄的红色带子，那是青少年反性同盟的盟标。带子在工作服上绕了好几圈，恰到好处显示出她臀部的曲线来。看到这个女人的第一眼，温斯顿就对她有种厌恶感。他知道为什么会这样，因为他总是竭力为自己制造一种类似曲棍球场、冷水浴、集体远足时那种毫无杂念的状态。对几乎所有的女人他都排斥，尤其是年轻漂亮的。女人，尤其是年轻女人大多是党的最盲目追随者，她们习惯于不假思索接受党的一切决定，是无偿的异端思想密探。而这个女人让他本能感觉到格外危险。有一次他们在走廊里遇到时，她很迅速地斜眼扫视了他一眼，那一眼就像是刺透了他，把黑色恐惧注入进了他的内心。他甚至闪过这样的念头：她可能是思想警察的特务。不错，这种可能性尽管很小，但只要靠近她，他就会不舒服。这种不舒服掺杂着敌意，让他恐惧。

跟这个女人一起出现的是个叫奥布兰的男人，是个核心党员，担任神秘且重要的职务。对此温斯顿只有一种很模糊的概念。看到这位身穿黑色制服的核心党员走近，大家立刻肃静下来。奥布兰体格魁梧，短粗的脖子上是一张粗犷残忍、冷漠而又带点幽默的脸。尽管他的外表令人生畏，举止却很有魅力。尤其是他的一个习惯性小动作——推一下鼻梁上的眼镜，无缘无故就能让人放弃紧张与戒备——这很难说清，他的这个动作让人觉得他儒雅。如果仔细回想，你会联想到十八世纪那些贵族用鼻烟壶款待自己的客人时的情景。十多年来，温斯顿大概只见到过奥布兰十多次，但他感到对他很有兴趣，这并不完全因为奥布兰优雅的举止和拳击手似的外表形成的强烈反差，而是温斯顿有种神秘的信念——当然还算不上信念，他潜意识下希望这位奥布兰在政治上并不那么刻板。奥布兰脸上的表情使人无法抗拒地得出这一结论。也许，他脸上呈现的并非"非正统"，而仅仅是"聪明"。但不管怎样，他的外表会让你萌发躲开电屏，跟他单独在一起聊聊的冲动。温斯顿从来没有做过哪怕是最轻微的尝试来验证这种猜想；事实上他也没法验证。奥布兰看看手腕上的表，快十一点了，显然，他决定留在记录司，直到两分钟仇恨会结束。他自己搬过来一把椅子，在温斯顿那排坐下，两人只隔着两把椅子。他们中间坐着的是一个淡茶色头发的小女人，她在温斯顿隔壁的办公间工作。而那个黑头发的姑娘坐在他们后面一排。

接着，大厅大电屏发出了一阵难听的演讲声，仿佛是台大机器没有油了一样。这声音让人没法不牙关咬紧、毛发直竖。仇恨会开始了。

像平常一样，屏幕上闪现了人民公敌爱尔曼纽·戈德斯坦的那张脸。大厅顿时发出一阵嘘声，温斯顿身边那个淡茶色头发的小女人甚至发出尖叫，尖叫声混杂着恐惧与憎恶。戈德斯坦是堕落分子，是叛徒，他一度（那是很久前，到底多久没人记得）是党的领导人物之一，几乎与老大哥平起平坐，后来从事反革命活动，被判死刑，但他却神秘逃脱，不知下落。两分钟仇恨会的内容每天不同，但戈德斯坦总是核心内容。他是头号叛徒，最早污损党的纯洁性的人。后来的一切反党罪行、一切叛国行为、破坏颠覆、异端邪说、离经叛道都直接起源于他的教唆。唯一能得出结论的是他还活着，在策划着阴谋诡计；也许是在海外某个地方，得到外国后台老板的庇护；也许就在国内某个地方藏匿着——经常会传出这类谣传。

温斯顿的眼抽搐了一下，心紧缩起来。每次看到戈德斯坦的脸，他都会有种复杂的情感，这让他感到难受。戈德斯坦有一张清瘦的犹太人的面孔，一头蓬松的白发，蓄着山羊胡——你无法否认这张脸聪明敏锐，但却令人生厌。他的鼻子太长，鼻梁上架着一副眼镜，看上去既苍老又愚蠢。这张脸让人想起一头绵羊，而他的声音也有一种绵羊的味道。戈德斯坦对党进行恶毒攻击，这种攻击夸张其事，不讲道理，即使一个儿童也能看穿，但是听起来却又似乎有些道理，人们不得不提高警惕，要是头脑不够清醒，很容易受到蛊惑。他谩骂老大哥，攻击党的专政，要求立即同欧亚国媾和，主张言论自由、新闻自由、集会自由、思想自由，他歇斯底里地叫嚷说革命被背叛了——

这样讲时，他的语速会变得急促起来，善于使用多音节词语。一听就是在模仿党的演说风格，他甚至也会使用一些新兴的词语——说真的，为防止有人被他那貌似有点道理的言论迷惑，在电屏上，戈德斯坦的脑袋后面是列队行进的欧亚国军队——那都是一些身体壮硕、长着典型亚洲人毫无表情的脸的家伙，他们一队队地出现在电屏上，每个人看上去都一样。他们节奏分明的脚步声，配合着戈德斯坦那种绵羊似的叫喊。

仇恨会刚进行了半分钟，大厅里一半的人中就爆发出控制不住的、愤怒的叫喊。电屏上是戈德斯坦扬扬自得的羊脸，羊脸后是欧亚国让人震慑的威力，这一切都使人无法忍受；此外，仅仅看到戈德斯坦这张脸，或者哪怕只想到他这个人，人们就会不由自主地产生恐惧和愤怒。与欧亚国或东亚国相比，戈德斯坦更经常是人们仇恨的对象，因为大洋国无论跟这两国中的哪一国发生战争，都要同时跟另外一国保持和平。但很奇怪，虽然人人仇恨和鄙视戈德斯坦，虽然每天，甚至一天有上千次，他的理论在讲台、电屏、报纸、书本上遭到驳斥、抨击、嘲笑，被贬斥为垃圾，毫无价值，可他的影响似乎从没消失过。总是有新的傻瓜上当受骗。思想警察没有一天会抓不到接受他指使的间谍和破坏分子。他成了一支庞大的影子军队的司令，这支军队由一些试图推翻政府的阴谋家组成，传说它的名字叫"兄弟会"，此外，还谣传说有一本收录了各种异端邪说的可怕的书在暗地里流传。这本书没有书名，由戈德斯坦亲自撰写。人们在提及这本书时通常使用"那本书"这种说法。当然这都是谣传，普通党员只要可能，都尽量不提兄弟会和那本书。

仇恨会进行到两分钟时，人们的情绪达到了狂热的程度。大家都跳起来，在座位上大声高喊，想要压倒从电屏上传来的令人难以忍受的羊叫。那个淡茶色头发的小女人脸孔通红，嘴巴一张一闭，好像离了水的鱼一样。甚至奥布兰粗犷的脸也涨红了。他直挺挺地坐在椅上，宽阔的胸膛胀了起来，如同遭到电击般抽搐。在温斯顿身后，那位黑发姑娘开始大叫"猪猡！猪猡！猪猡！"她突然拣起一本厚厚的新语词典向电屏扔去。词典击中了戈德斯坦的鼻子又弹了开去，但他说话的声音不为所动地继续着。在某个瞬间，温斯顿意识到自己也在跟随大家一起喊叫，并且还用后脚跟去踢椅子。要知道这恰恰是两分钟仇恨会的可怕之处，没人是被迫的，也没人会逃避它。最初的几十秒拘谨后，人们就会开始变得疯狂。恐惧与报复心态混杂，想要挥舞铁锤击打对面人的杀戮与虐待冲动，就会像电流通过大家的身体，让你变成另外一个人，一个面容扭曲，表情狰狞，咆哮着的疯子。然而，你所感到的狂热只是一种抽象、无目的的感情，好像喷灯的火焰，可以从一个对象转到另一个对象。因此有一阵，温斯顿的仇恨并不针对戈德斯坦，而是反过来转向了老大哥、党、思想警察；在这样的时候，他从心里同情电屏上那个孤独——在这个被谎言充斥了的世界里，独自捍卫着真理与理性——的人。但仅仅片刻，他就重新被四周的人与氛围感染，融汇进去。紧接着，他心中对老大哥的憎恨变成了崇拜，老大哥的形象越来越高大，成为所向无敌、毫无畏惧的保护者，像块巨石般耸立于从亚洲蜂拥而来的乌合之众前，而戈德斯坦成了一个巫师，尽管他的存在与否难以确定，看上去是那样茕茕孑立，却似乎仅靠话语就能摧毁文明的结构。

有时候，人们可以随意转换自己仇恨的对象。温斯顿就是在一瞬间把仇恨对象从电屏转向了身后的黑发女郎，其变化之迅速就像做噩梦醒来时，猛地扭动枕头上的头。一些栩栩如生的、美丽动人的幻觉在他心中闪过。他想象自己用橡皮棍把她揍死，又把她赤身裸体绑在一根木桩上，像处死圣塞巴斯蒂安一样让她被乱箭射死。在最后高潮时割断她的喉管。而且，他比以前更加明白他为什么恨她。他恨她是因为她年轻漂亮，却丝毫也没有女人的性感；是因为他想要同她睡觉却永远不会达到目的；还因为她窈窕的纤腰似乎在招引你伸出胳膊去搂住，但是却被那地方围着的那条令人厌恶的猩红色绸带阻止,那是一个咄咄逼人的贞节象征。

当仇恨抵达最高点时,戈德斯坦的声音真的变成了羊叫,而且,一度他的脸也变成了羊脸。接着,又化为一个欧亚国的军人,高大吓人,似乎在大踏步前进,他手中的冲锋枪在咆哮,这一切似乎从电屏里冲了出来,吓得第一排的有些人从椅子中跳了起来。而就在这时,那张脸变成了老大哥的,巨大的脸占满了屏幕,黑头发,黑胡子,充满力量,镇定沉着。他的出现使大家深深松了口气。没有人听见老大哥在说什么。他鼓舞人心的话淹没在巨大的欢呼和战斗喧嚣中,无法听清,但已经让所有人重新拥有了勇气与信心。当老大哥巨大的脸隐去时,替换他的是黑体字母的党的三句口号:

战争即和平
自由即奴役
无知即力量。

但与此同时,老大哥的脸在电屏上还显影了几秒钟,也许仅仅是他的脸留给人印象太深,所以没有立刻消失。那个淡茶色头发的小女人扑在前面一排椅子的椅背上,她哆哆嗦嗦地轻呼着:"我的拯救者!"并朝着电屏伸出双臂。接着双手捧面开始祈祷。

这时,全部在场的人都开始用缓慢而有节奏的低沉声音呼喊:"B—B①!……B—B!……B—B!"这呼喊声缓慢,在第一个B和第二个B之间有长长的停顿。这种低沉缓慢的声音有种令人难以置信的野蛮味道,你仿佛听到了赤脚的踩踏和铜鼓的咚咚声。这样大约持续呼喊了三十秒钟。这种呼喊声在人的情绪压倒理性时,常常会出现。它在一定程度上是对老大哥英明伟大的赞美,但更多是一种自我催眠,有意识地用有节奏的声音来麻痹自己。温斯顿由里而外生出一阵寒意。在两分钟的仇恨会过程中,他无法控制自己,陷入跟大家一起的狂热里,但这种野兽般的"B—B!……B—B!"的叫喊让他害怕。当然,他也和大家一起

---

① B—B:英语"老大哥",Big Brother 的第一个字母。

高喊，他不得不这样。这就是人的本能：隐藏起自己的真实情感，努力控制住自己的表情，随着大众一起随波逐流。但有那么几秒钟时间，他的眼神出卖了他，也正是在这短暂的瞬间，一件具有戏剧性的事发生了——如果说真的发生过了的话。

一瞬间，他的目光捕捉到了奥布兰的目光。这时奥布兰刚好站起身来，正要用他那惯常的姿态把眼镜往鼻梁上推。也就是在这时，温斯顿的目光跟奥布兰的发生了短暂交集，但温斯顿立刻明白——是啊，他明白了！——奥布兰内心正思考着和自己一样的问题，那种瞬间似乎两人的大脑相互洞开，传递过来的信息毋庸置疑。这信息通过彼此的目光告诉对方："我和你想的一样。"奥布兰似乎是在说："我很了解你的感受，我也清楚你蔑视的是什么，你仇恨的是什么、厌恶的是什么，不用担心，我和你一样。"很快，这种心意相通的瞬间就消失了，奥布兰又变得深不可测。

那件事发生的过程就是这样。他怀疑是不是真发生过这样的情况，这种事情不会有后续，唯一的效果不过是使得他内心里保持这样的信念，或者说希望：除了他自己，还有人是党的敌人。也许有关地下网络的传说是真实的，也许兄弟会的存在是真实的，只是无法加以证实，尽管如逮捕、审问、处决时有发生。有时温斯顿觉得它存在，有时他又不敢确定。他没有任何证据，有的只是些捕风捉影，这种东西可能预示着什么，也可能什么也不是：无意中听来的，厕所墙壁上字迹模糊的涂鸦，甚至不认识的人偶遇时的一些很可能是"暗号"的细微动作。但这些都仅仅是猜测，是他自己的臆想。当他重新回到自己的办公隔间后，就再也没见到过奥布兰。这对他来说或许危险，即使是他知道该怎样做，他也不能去做。他和奥布兰不过是在短短几秒钟里有过含混不清的目光接触，这就是发生过的所有一切。不过有一点需要强调，那就是这对生活在完全自我隔绝生活状态下的人来说，它值得刻骨铭心。

温斯顿坐直了身体，他忍不住打了一个嗝，一股浓浓的杜松子酒从胃部翻腾出来。他用力把翻腾的酒压了回去，目光继续去注视本子上写的。这时他才发现，自己坐在那胡思乱想时，一直没停下书写，一切都跟自动一样在进行。而且笔迹也不是原来那样歪斜、笨拙了。他的笔现在是在光滑的纸上流畅运行，写出来的是工整的大写字母——

打倒老大哥

打倒老大哥

打倒老大哥

打倒老大哥

打倒老大哥

一遍遍地，写满了半页纸。

对此他禁不住感到一阵恐慌。其实这毫无必要，因为这并不比写日记本身更危险。有过那么一阵冲动，他要把那半页纸撕掉，并且放弃继续写日记。但最终他没有这样做，因为这没有作用，写日记本身就已经是大罪，至于写的是什么反倒不重要。思想警察在乎的不是你写什么，而是写这种行为本身。也就是说他的行为已经触犯了——即使是他并没用笔在纸上写，他也已经犯下了——凌驾于所有罪行之上的根本性罪行，也就是"思想罪"。也就是说他思想了。思想罪是没法逃避的，你可能暂时逃避一阵，甚至几年，但他们迟早会抓住你。

总是在夜里——抓捕通常是发生在夜里。他们会在你睡梦时突然出现惊醒你，一边粗暴野蛮地抓住你胳膊，一边用强烈的聚光灯直射你，你睁开眼发现身边围着一群凶恶的面孔。绝大多数情况下不会有审讯发生，更不会被报道。人们会在深夜里突然消失。一个人的名字就那样被从花名册上划掉，并且所有记录也会被清除，于是一个人的存在这个事实不复存在，很快就会被遗忘得干干净净。就这样，一个人被清除，对此通常的说法叫作"蒸发"。

有那么一阵他像是神经病发作了，行为变得歇斯底里，在纸上疯狂涂抹起来：

他们会枪毙我

我不在乎

他们会在我后脖子上来一枪

可我不在乎打倒老大哥

他们总是在人的脖子后来上一枪

我不在乎打倒老大哥

他往后一靠，有点难为情，于是放下了笔。猛然他一惊，听到了敲门声。

已经来了！他像只受惊了的耗子似的坐着不动，内心做着祈祷，徒劳地希望无论是谁，敲几下就会自己离开。但他的祈祷一点也不起作用，敲门声仅仅是稍微停了片刻，就再度响起。他知道，不开门会更糟，他的心已经跳到了胸口，但他对此早已习以为常，所以从他的脸上看不出任何表情。他起身朝着门那边走去。

第二章

温斯顿想，有这样的孩子，那个可怜的女人的日子一定够呛。再过一两年，她的这些孩子就会开始日日夜夜监视她。

温斯顿的手刚摸到门把，就发现那本日记还摊开着放在桌上，上面写满了"打倒老大哥"的字样，字体之大，站在房间的另一头都能看得清清楚楚。这简直太愚蠢了！但他知道，这是因为无论如何也不想在墨迹未干时合上本子，以免弄脏了本子那些洁白的纸张。

他深吸一口气，打开了门。然后他提起的一颗心放下了，并涌出一股温暖。站在门外的是一个面色苍白憔悴的女人，她头发稀疏，满脸皱纹。

"哦，同志，"她用疲倦的声音说，"我听到了你进门的声音。你能过来帮我看一看厨房的水池子吗？它好像堵住了。"

这个女人是帕森斯夫人，是同楼某位邻居的妻子。（"太太"这个称呼党不大赞同使用，认为人与人之间应该以"同志"相称，但习惯上人们仍然会对某些女性以太太相称）她大概有三十多岁，但看上去要比实际年龄大很多。满脸都是灰尘龟裂似的皱纹。温斯顿跟着她向楼道的另一头走去。这种业余修理工作几乎每天都有，使人讨厌。胜利大厦是所老房子，大约在一九三〇年修建的，现在已摇摇欲坠。天花板上和墙上的灰泥总是在不断地剥落，只要天气变得寒冷些，水管就会冻裂，一下雪，屋顶就漏水，就算不是为了厉行节约，关掉暖气，也只能提供一半的热能。维修工作除非你自己能动手，否则必须得到某个高高在上的委员会的批准，而这个委员会能把换一块玻璃这样的事拖上一两年。

"汤姆正好不在家。"帕森斯太太含糊不清地嘀咕着。

帕森斯家比温斯顿的大一些，有着另外一种阴暗。屋内所有东西似乎都被冲撞过，好像这地方刚才来过一头横冲直撞的巨兽。地板上到处是体育用品——曲棍球棍、拳击手套、破足球、一条被翻过来了的汗迹斑斑的短裤，桌子上一堆脏碗碟和折了角的练习本。墙上贴满青年团和侦察队的红旗和一幅巨大的老大哥画像。房间里同整栋大楼一样，有股必不可少的熬白菜味儿，夹着一股刺鼻的汗臭味儿，你一闻就知道这来自一个当时不在场的某人。在另一间屋子里，有人正在吹一把梳子和卫生纸做成的喇叭，努力想跟电屏上传出的军乐节奏合上拍。

"那是孩子们，"帕森斯太太有点担心，她面色忧虑地向那扇门看一眼，"今天孩子们没出去。当然——"

她有一种话说半句就停下的习惯。厨房的水池已经满满都是发绿的污水，比烂白菜味儿还难闻。温斯顿跪下去检查水管拐弯接头处。他不愿用手，也不愿弯下身去，因为那样容易引发他的咳嗽。而帕森斯太太完全帮不上忙，只在一旁看着。

"当然，要是汤姆在家，他能一下子就修好。"她说，"他喜欢干这些活，他的手很灵巧，汤姆就是这样。"

帕森斯是温斯顿真理部的同事。他长得胖胖的，有点蠢，属于那种满腔热情，充满活力，却笨拙的人，这类人从不会问为什么，有着过多的献身精神。正是这类人构成了党的基础，他们的作用甚至超过思想警察。作为一个已经年过三十五岁的人，前不久帕森斯刚刚十分不情愿地离开青年团，而在进入青年团前，他曾不管超龄，多留在少年侦察队一年。他在真理部里担任一个附属性职务，这种职位对智力的要求不高。但另一方面，他同时还是体育运动委员会成员，并在别的一些组织负责组织集体远足、自发游行、节约运动以及自发义务劳动等活动。他会一边抽着烟斗，一边用平静且自豪的口吻告诉你，在过去的四年里，他每晚上都会出席邻里集体活动中心站的活动。他走到哪，就会把一身汗臭带到哪，甚至在他走了后，这股汗臭还留在那里，这成了他精力旺盛的证明。

"你有扳手吗？"温斯顿摸着接头处的螺帽问。

"扳手，"帕森斯太太有些犹豫不决，"我不知道，也许孩子们——"。

在一阵突如其来的喇叭声和脚步声后，孩子们冲进了客厅。帕森斯太太终于找来了扳手。温斯顿放掉了积聚起来的污水，强忍着恶心从水管弯头处掏出一团头发。在干完后，他用冰冷的自来水把手洗干净，来到另一间屋子。

"举起手来！"一个声音粗鲁地喊到。

那声音来自一个漂亮却面目凶狠的男孩，他大约九岁，他从桌子后面跳了出来，用一支玩具手枪对着温斯顿，在他身旁是他大约小两岁的妹妹，也用一根木棍对着温斯顿。他们都穿着蓝短裤、灰衬衫，戴着红领巾，这是少年侦察队的制服。温斯顿把手举过脑袋，心神不宁，因为那个男孩的表情凶狠，好像不完全是一场游戏。

"你这个叛徒！"那男孩叫嚷道，"思想犯！你是欧亚国的特务！我要枪毙你，我要消灭你，把你送去盐矿！"

两个孩子突然围着温斯顿跳起来，边跳边叫着："叛徒！""思想犯！"那个小女孩每个动作都在模仿她哥哥。这让人有点害怕，他们好像两只小虎崽，要不了多久就会长成吃人的猛兽。那男孩的目光里清楚地写着凶残和冷酷，流露出踢打温斯顿的欲望，并且他很清楚自己很快就能长到可以这么做的年龄。这时候温斯顿暗自庆幸这个男孩手里拿着的不是真枪。

帕森斯太太不安地看着孩子们。这时候起居室里的光线很好，温斯顿真的看到了她皱纹里的尘埃。

"他们真胡闹，"她说，"不能去看绞刑，他们很失望，所以才这么闹。我太忙了，没空带他们去，汤姆下班又总是很晚。"

"为什么我们不能去看绞刑？"那个男孩大声质问。

"要看绞刑！要看绞刑！"那个小女孩边叫边蹦跳。

这时温斯顿记起来了，有几个犯了战争罪的欧亚国俘虏，今天晚上要在公园里执行绞刑。这种事每个月都会来上一次，大家都喜欢观看，一般小孩也总是喊叫着要大人带自己去看。温斯顿跟帕森斯太太道别后准备离开，他走向房门，但刚走几步就被人用什么东西在脖子上狠狠打了一下。他的脖子顿时像是遭到了烧红的铁丝的穿刺，剧烈的疼痛让他难以忍受。当他转过身去看时，发现帕森斯太太正拽着那个男孩朝里屋拖，而那个男孩正在把一把弹弓往裤兜里塞。

"戈德斯坦！"在房门被关上的瞬间，那个男孩大声喊叫着。温斯顿发现了帕森斯太太脸上的恐惧与无可奈何地表情。

回到自己屋子里，温斯顿快步走向电屏，他摸摸自己还在疼的脖子，在桌子前坐下。这时候电屏已经不再播放军乐，而是换成一名军方人士在逐字逐句念有关冰岛和法罗群岛之间安设新式浮动堡垒的事，这种堡垒前不久刚建造出来。

温斯顿想，有这样的孩子，那个可怜的女人的日子一定够呛。再过一两年，她的这些孩子就会开始日日夜夜监视她。如今几乎所有的孩子都可怕。最糟糕的是，少年侦察队这样的组织正在有意识、有计划地把孩子们培养成胆大妄为、难以驾驭的，同时又是对党绝对忠诚，接受党的绝对控制的人。这类孩子信奉跟党有关的一切，他们唱歌、列队前进、高举旗帜、参加远足、用木枪进行操练、高呼口号、崇拜老大哥——所有这一切对他们来说，都是光荣与有趣的。他们的本性里凶残的那部分得到有目的的释放与激发，被用在了国家的敌人、外国人、叛徒、破坏分子、思想犯身上了。年龄在三十岁以上的人惧怕自己的孩子几乎是很普遍的现象。几乎每星期《泰晤士报》总会有关于孩子偷听父母谈话而告密的报道——一般都称为"小英雄"——孩子偷听父母的一些有害言论，然后向思想警察揭发。

弹弓的痛楚已经消退了。他漫不经心地拿起了笔，想着还有什么需要记录到日记里去的。突然，他又想起了奥布兰。

到底有多久？他记得大概是七年前做过一个梦，梦见自己正穿过漆黑的房间。有一个人就在他身旁一侧对他说："我们将在没有黑暗的地方相见。"说出这话时，那个声音很平静，不属于命令式的。他继续朝前走着。奇怪的是，在当时，梦中这句话并没有给他留下深的印象。直到后来这话的意义才逐渐体现出来。

他已经不记得自己第一次见到奥布兰是在做梦之前还是做梦之后；他也无法记清什么时候才意识到说这句话的是奥布兰。不过他能确定，那个在梦中对自己说出这句话的人就是奥布兰。

温斯顿一直确定不了奥布兰是敌是友，即使是今天上午两人目光相遇时，温斯顿注意到了奥布兰目光的闪烁。其实这无关紧要。他们两人之间的相互了解比友情或同志情谊更重要。他说过："我们将在没有黑暗的地方相见。"温斯顿不明白这话的含义，他只下意识认为这一定会实现。

电屏上的声音停了下来。一声清脆动听的号声划破刚出现的沉寂。紧接着刺耳的声音又出现了：

"注意！请注意！现在播放马拉巴前线发来的急电。我军在南印度取得了辉煌的胜利。战争即将结束。我受权宣布急电如下——"

温斯顿想，坏消息来了。果然，在血淋淋地描述了一番欧亚国的一支军队被歼灭的情形后，又列举了一大堆有关敌军伤亡与被俘的人数，电屏中最后宣布，从下礼拜开始，巧克力的定量供应从三十克减少到二十克。

温斯顿又打了一个嗝，杜松子酒的影响几乎完全消失了。剩下的只是沮丧和泄气。或许是为了庆祝胜利，或许是为了让人们忘掉刚才宣布的减少巧克力供应造成的不良反应，电屏现在开始播放铿锵有力，节奏分明的《为了大洋国》的进行曲。按照规定，在播放这首曲子时所有人都应该起立立正。但目前温斯顿处在电屏无法看到的位置，所以他没有理会。在播放完这首曲子后，电屏播放起了轻音乐。温斯顿这才走到窗口，背对着电屏看着窗外。天气仍然一如既往地寒冷、晴朗。远远的地方，空中有一枚火箭爆炸了，发出震耳欲聋的轰鸣声。在伦敦，这种火箭弹每个礼拜会落下几十枚。

下面街道上，寒风继续吹着那张撕破的宣传画，"英社"两字时隐时现。英社，英社的神圣原则。新语，双重思想，变化无常的过去。他觉得自己像是在海底森林中漂流，迷失在一个畸形的世界，成为一头邪恶的怪兽。他孤身一人。过去对他来说已然死亡，未来无法想象。他有什么把握能知道有一个活人是站在他的一边呢？他有什么办法确定党的统治不会永远维持下去？真理部白色墙面上的三句话，仿佛就是给他的答案：

战争即和平
自由即奴役
无知即力量。

他从口袋里掏出一枚二角五分的硬币，在这枚硬币上也清楚地铸着这三句口号，字迹虽然很小，但清晰可辨。而另一面是老大哥的头像。即使是在这枚小小的硬币上,老大哥的目光一样注视着你。在这个国度里,无论是在哪,硬币、邮票、书籍的封面、旗帜、宣传画、香烟盒上——他都无处不在地紧盯你,他的声音也总是在你的耳边响着。不论是睡着还是醒着,在工作还是在吃饭,是室内还是户外,甚至是浴室里和床上——你根本没有逃避的地方。也就是说除了你大脑里的几个立方厘米,没有任何东西是属于你自己的。

太阳已经西下,真理部的那些窗户因为阳光很难照射到,看上去就像地堡的射击口一样阴冷。在这座庞然大物前,温斯顿感到害怕。它看上去过于强大,根本没法被攻破。即使是一千枚火箭弹对它也无济于事。他因此再度想起这个问题:为什么要写日记?为了未来或者过去——要不就是想象中的某个时代。然而等着他的只有死亡的方式的不同。日记会被"毁灭",他也会被"消失",看来只有那些思想警察有可能读到它,然后会清除关于它的记忆。当你没法留下痕迹,哪怕是随意写在纸上的连名字都没有的字句都被清除干净后,你该如何向未来呐喊呢?

电屏上的钟敲了十四下。他必须要在十分钟内离开,十四点三十分他得上班。

奇怪的是,钟声似乎给他打了气。他是个孤独的鬼魂,说出了一个没人会听到的真理。但只要说出来了,能保持清醒与理智,就传承了人类的传统。不知怎么的,连续性就没有打断。他回到桌边,蘸了一下笔接着写道:

为了未来,要不就为了过去,为能自由地思想、拥有个性但不孤独的时代——向真实的,不会清除抹掉记忆的时代致礼!

向整齐划一的时代、孤独的时代、老大哥的时代、一个双重思想的时代——致敬!

他在想,他自己已经死了。此时对他来说,只有清除了满腹思绪,才能算是迈出了有意义的一步。行动的后果总是蕴含在行动中的。他写道:

思想罪不会带来死亡:思想罪本身就是死亡。

现在，既然他意识到了自己的死亡，那么尽可能活得长久才是最重要的。他的右手有两根指头沾上了墨水。这样微小的细节会暴露他。部里任何一个爱管闲事的人（可能是个女人，比如那个淡茶色头发的小女人，或者那个黑头发姑娘）可能开始怀疑，也许是打探他为什么在中午吃饭时写东西，为什么要用老式钢笔，他在写些什么——然后暗示一下相关部门就行。他到浴室去用一块粗糙的深褐色肥皂小心洗去了墨迹，这种肥皂擦在皮肤上像砂纸一样，因此用来清除墨迹很合适。

他把日记收进抽屉里。要想藏起它来是不可能的，但是他至少要明确知道，它是否被发现了。夹一根头发太明显，于是他用手指尖蘸起一粒看不出的白色尘土来，放在日记本的封面上，如果有人挪动这个本子，这粒尘土一定会掉下来。

第三章

党有这样一句口号："谁要是控制了过去，也就控制了未来；谁要是控制了现在，谁就控制了过去。"

温斯顿梦见了母亲。

母亲失踪那年，他大概是十岁或者十一岁。

母亲是个体格高大却优雅、动作舒缓、沉默寡言的人，有着一头浓密的金发。至于父亲，他的印象非常淡薄，只模糊记得是个瘦黑的人，总穿着一身整洁的深色衣服（温斯顿格外记得父亲的鞋跟特别薄），戴一副眼镜。他们应该是在五十年代那次大清洗时"失踪"的。

在梦中，他母亲坐在一个距离他很远很深的地方，抱着他的妹妹。对于妹妹他几乎已经没有了印象，只记得妹妹瘦小安静，有一双机灵的大眼睛。梦里她们所在的那个地方很像是井底或者墓穴，她们正一边抬头看着他，一边往下沉。然后那地方变成了一艘沉船的大厅，她们透过黑暗的海水注视着他。大厅里没有海水，他和母亲能看到彼此，而她们在绿色的海水里渐渐下沉，不一会就被完全淹没。他在光亮和空气中，她们却被死神带走，她们在下面的原因是因为他在上面。他知道这个原因，她们也知道这个原因。她们的脸上丝毫也没有责备他的表情，只是为了他能活下来，她们必须去死，二者只能选其一。

他记不得发生了什么，只是在梦中，他明白了一点，从某种角度看，母亲还有妹妹是为他而死的。在梦中，人有时也能进行思考。一些梦里意识到的，醒来仍然具有意义。母亲去世已经快三十年了，这时候温斯顿才发现母亲死得很凄惨，这是一个悲剧，到如今这样的悲剧已经不复存在。现在他认为，悲剧只发生在很久远的过去，存在于那个有着个人私有空间与情感的时代，那是一个有爱情和友谊的时代。对母亲的记忆使他感到深深的悲哀，因为她为爱他而死，而他当时还年幼无知，甚至自私的他，根本不懂得如何来报答这种爱和牺牲。对于具体的情形他记不清了，母亲牺牲自己应该是因为对忠诚的信念，并且那种忠诚只属于自己，无法改变。这是在今天完全不可能发生的，今天的世界属于恐惧、仇恨和痛苦，根本没有爱和情感的位置，更不可能有悲哀。所有这一切，他似乎都从母亲和妹妹的眼中看到了，她们从绿色的深水中抬头向他看望，已经有几百英寻深了，却还继续下沉。

突然，变成了一个夏天的黄昏，他正站在松软的茵茵草地上，夕阳的余晖把大地染成了金色。这种情景很多次出现在梦里，使得他无法确定它是真实存在过还是梦幻的产物。他醒来时会把那个地方称作黄金乡。那是一片被兔子啃过的古老草场，中间有一条踩踏出来的小径，到处可见鼹鼠打出的洞。在草地那边的灌木丛中，榆树枝在微风中轻轻摇晃，簇簇树叶微微颤动，好像女人的头发一样。在不远处有一条清澈的溪流在缓缓流淌，小鱼儿游弋在水里。

那个黑发姑娘从田野那头向他走来，猝不及防地脱掉了衣服，高傲地把它们扔在一边。她的身体白皙光滑，但引不起他的欲望，事实是他几乎就没去看她。他钦佩的是她扔掉衣服时的姿态。她的动作里既有难得的优雅，又那样地满不在乎，似乎在不经意里就把整个文化、思想的体制摧毁了，就那么一挥，就把老大哥、党、思想警察扫荡一清。这动作当然也属于遥远的过去，温斯顿不由自主地吟诵起了"莎士比亚"这个名字，然后醒来。

一阵刺耳的铃声从电屏那突如其来地传来，持续了约有三十秒钟。此时是七点十五分，是办公室工作人员起床的时间。

温斯顿赤裸着身子，有些艰难地从床上爬起来——作为普通党员，他每年只有三千张布票，而一件睡衣就要花去六百——他从椅背上拿过来已经明显褪色了的短裤和背心，三分钟后就是早操时间，他必须要快点才行。忽然一阵剧烈的咳嗽让他弯下腰去，这种咳嗽几乎成了他每天早晨起床时的常态，直到把肺部清理干净。为此他不得不继续在床上躺一会儿，深吸几口气，这时，他腿部静脉曲张导致的溃疡又痒了起来。

"三十岁到四十岁的一组！"一个尖锐的女人声音响起，"三十岁到四十岁的一组！大家快请站好。三十岁到四十岁的！"

温斯顿迅速跳下床去，来到电屏前站好。电屏上出现一位看不到一丝脂肪，几乎全身都是肌肉的女人，一身束腰的运动装，脚蹬运动鞋。

"手臂屈伸！"她节奏分明地喊着，"跟着我一起做。一、二、三、四！一、二、三、四！同志们，拿出精神来！一、二、三、四！一、二、三、四！……"

咳嗽发作所引起的肺部剧痛还没彻底让温斯顿从先前的梦境中走出，有节奏的体操动作反而进一步加强了他对梦的记忆。他一边机械地屈伸着手臂，面带做体操时必须有的愉悦表情，思想却在努力回忆童年时发生过的一些情景。这样做非常困难。他对五十年代晚期这段时间的记忆已经非常模糊，记忆中浮现的那些重大的事件也许根本就没有发生过，即使真的发生过，你也能记住某些细节，但当时的情景氛围却无论如何也不可能重现。更何况对这段时间的记忆还有着很大一段是空白的，因此很难回忆起究竟发生了什么。当时的一切都与现在不同，甚至包括那些国家的名字、地图上的形状等等。例如，一号空降场当时叫英格兰或不列颠。唯一可以确定的是伦敦一直叫伦敦。

时至今日，温斯顿已经记不清这个国家有什么时候是没有处在战争中的。他能确定的仅仅是在童年的某个时间段，那时候似乎是处在和平中的。因为他记忆中有一个强烈的印象，一次突然发生的空袭让人们惊慌失措，那次空袭很可能就是科尔切舒斯特遭到原子弹袭击那次。但有关空袭他没什么记忆，他能记起的只是父亲紧抓住自己的手，领着他前往一个地下很深的地方。他们顺着螺旋状的楼梯一直往下，走得他两腿发软打颤。而母亲失魂落魄地跟在后面，怀抱着他的妹妹。但对这点他不敢确定，因为他无法确定那时候妹妹是否已经出生，母亲抱着的很可能只是几条毯子。最终，他们到了一个有着很多人、拥挤不堪的地方，那地方是一个地铁站。

地铁站的石板地面坐满了人，那些金属的双层铺位上也坐满了人。温斯顿和父母在地上找到了一个地方坐了下来，紧挨着的是一对并肩坐着的老年夫妻，那个老头一身黑色套装，穿戴合体，他的头发完全花白了，面色涨红，蓝色的眼里噙着泪水。温斯顿还记得这个老头浑身酒气，浓烈到他的肌肤毛孔里散发出的不是汗水而是酒精，这不得不让人怀疑他眼里流出的不是泪而是酒。他看上去醉得很厉害，但表情非常悲伤。就在当时，温斯顿用还幼小的心灵去感受那种悲伤时，知道一定发生了可怕的事情，那应该是一件既无法原谅，也无法挽回的事。他认为自己知道这件事，这位老人遭遇到的很可能是心爱的孙女的死亡，因为他每隔几分钟就会唠叨：

"我们不应该相信他们的。我说过的，孩子他妈，是不是？这就是相信他们的结果。我一直这么说。我们不应该相信那些同性恋的。"

可温斯顿不记得他们究竟不该相信谁了。

也就是从那时起，战争就再也没间断过。不过严格来说，并不是同一场战争。在他童年的时候，曾经有几个月之久，伦敦发生了混乱的巷战，有些巷战他还清晰地记得。但要他讲述整个过程，说清某一次谁同谁交战，却完全办不到。因为有关那段历史没有任何资料，甚至没有只言片语留下，除了现在的国家联盟，也没提到过任何别的国家与国家之间的关系。在目前，即一九八四年（如果真的是一九八四年的话），大洋国是与东亚国结盟在对抗欧亚国。但不论在公开或私下的场合，都没人承认过这三个大国曾经有过不同的结盟。事实上温斯顿也很清楚，就在四年前，大洋国因为跟东亚国发生战争，而与欧亚国结过盟。但是这不过是他由于记忆控制不严而偶然保留下来的一鳞半爪的记忆片段。官方目前的说法是，盟友关系从没发生过转变。既然大洋国在同欧亚国进行战争，那就是一直在同欧亚国交战。当前的敌人总是代表着绝对邪恶的势力，因此不论是过去或者未来，都不会同它有结盟的可能。

他一边把肩膀尽量往后仰（把手托在屁股上，从腰部以上回旋着上身，据说这种体操对背部肌肉有好处），一边想——交战的事很可能是真的，要是党能够控制过去，说某件事没有发生过——这可是一件太可怕的事了，比被拷打和处以死刑还要可怕。

党说大洋国从来没有同欧亚国结过盟。可他，温斯顿·史密斯却清楚地记得，就在四年前，大洋国还曾同欧亚国结过盟。但这种常识存在于何处呢？仔细想想，这只能存在于他的思想里，但他的思想马上就会被毁灭。一个很简单的道理，如果人们都接受党所说的，无论是不是谎言——比如所有记录都同样记录——都会被载入史册，成为真理。党有这样一句口号："谁要是控制了过去，也就控制了未来；谁要是控制了现在，谁就控制了过去。"而过去，尽管它的内容和性质能被篡改，但过去就是过去，这是无法被改变的时间的线性原则。凡现在是正确的，那么永远也是正确的。这很简单，人们只需要一次次去战胜记忆。他们把这叫作"现实控制"；用新语来说是"双重思想"。

"稍息！"女教练的口气变得温和了些。

温斯顿放下一直举着的手臂，慢慢吸了口气。此时的他已经深陷双重思想的迷宫。知与不知，知道全部实情而却故意编造谎言，同时接受两种完全对立的观点。一边认识到了两者之间存在的不可调和的矛盾冲突，一边对两者都深信不疑。用逻辑来反逻辑，用道德来否定道德。在声称民主是不可能的同时，却又坚信党是民主的捍卫者。忘掉一切必须忘掉的东西而又在需要时记起它来，然后又马上忘掉它，最难的是你需要用同样的方式和程序来处理这个过程，能做到简直就是神奇：从有意识进入到无意识，并持续下去。即使是在自我催眠也要不去意识到。这样看来，要理解"双重思想"，你就要使用它才行。

电屏中那个女教练现在命令大家立正。"现在看谁能摸到自己的脚趾！"她的声音充满热情。"弯腰，不要屈膝，同志们，开始。一——二！一——二！……"

温斯顿恨这一节操，因为这使得一阵剧痛从他的脚踝一直传递到臀部，最后常常又引起咳嗽的发作。原本从沉思中获得的那点快乐现在荡然无存。他意识到过去实际上是被毁灭了。首先你就无从证明，这种只存在于你的记忆里的、过去的真实性，因为你拿不出任何可以佐证的证据。温斯顿努力想回忆起第一次听到老大哥这个名字时是在何时，也许是在六十年代的某一天？但他没法加以确定。在党的史册上，老大哥似乎从一开始就是党的当然领导者。人们在追溯他的丰功伟绩时，一直追溯到了三十—四十年代。在那个年代，资本家们还戴着可笑的圆形礼帽，所乘坐的汽车也是那种外观锃亮的，要不就是带着玻璃窗的马车，穿梭在伦敦熙熙攘攘的大街小巷里。这种说法的真实性没法证明，仅仅是人们这样说着。温斯顿甚至都记不起党的建立时间，六十年代之前，他没听说过"英社"这个词语。但它的旧的称谓"英国社会主义"很可能出现在六十年代前。一切都融化在迷雾之中。说真的，有时你可以明确指出什么话是谎话。比如党史说飞机是党发明的，这就完全是不对的，因为他很小就知道飞机的存在。但是你无法证明。什么证据都从来没过。他一生之中只有一次掌握了无可置疑的证据，可以证实一个历史事实是伪造的。那是——

"史密斯！"电屏中传出吼叫，"六〇七九号温斯顿·史密斯！你，就是你！再弯低些！你完全做得到。你没有尽力。低些！这样好多了，同志。现在全队稍息，看我的。"

温斯顿浑身冒汗。他的表情十分复杂。不能露出不高兴来！千万不能！只需要目光闪烁一下，就会暴露你自己。他一动不动看着那女教练举起手臂——谈不上优美，可干净利落——弯下身，指尖轻轻摸到了脚趾。

"就是这样，同志们，我要你们都这样做。再看我来一遍。我已三十九岁了，有四个孩子。可你们瞧，"她又弯下身去，"我的膝盖一点都没弯曲。你们只要有决心都能做到，"她一边说一边伸直腰，"四十五岁以下的人都能碰到脚趾。我们并不是都有机会到前线去作战，可至少要做到保持身体健康。请记住马拉巴前线的士兵！还有水上堡垒上的水兵！想一想他们经受的艰苦的考验吧。好的，现在再来一次。好多了，同志，好多了。"她从电屏上注视着温斯顿，不断鼓励着他。温斯顿努力弯下腰去，拼命不让膝盖弯曲，他的双指终于碰到了脚趾，这在他是多年来的第一次。

第四章

他觉得这真神奇，你能创造死人，却不能创造活人……一旦伪造被时间遗忘，他就会成为查理大王或者恺撒大帝那样的历史真实，并且有可靠的证据。

温斯顿深深叹了一口气，把听写器拉过来吹掉话筒上的尘土，戴上了眼镜。即使电屏就在身边，也阻止不了他在每天开始工作前叹的这口气。接着他把从办公桌右边气动输送管中送过来的四个卷纸摊开，夹在一起。

他的小办公间的隔墙上有三个小孔。语音记录器右边那个就是传递书面指示的气动输送管道；左边大一些的孔是送报纸的；而那个位于侧墙的那个最大的孔，温斯顿触手可及，椭圆形的孔被用铁丝网封了起来，是专门用来处理废报纸的。像这类孔道布满了整座大楼，不仅每个房间有，而且每条过道相隔不远就有一个。这种孔道出于某种原因，被人们戏称为忘怀洞。这样叫不无道理。凡是你想起有什么文件应该销毁，甚至看到什么地方有一张废纸时，你就应该顺手掀起近旁孔道的盖子，把它们扔进去，让一股暖和的气流把它带走，带到大楼隐蔽处的锅炉中去烧掉。

温斯顿看了一下他打开的四张纸条。每张纸条上都写着一两行字的指示，用的是部里内部使用的缩写——不完全是新语，不过大部分是由新语的词汇构成：

泰晤士报 17.3.84 　　BB 讲话误报非洲矫正

泰晤士报 19.12.83 　　预报三年计划八三年四季度误印核实现刊

泰晤士报 14.2.84 　　BB 富部误引巧克力数据修改

泰晤士报 3.12.83 　　BB 有关双倍增加不好的指示提及非人全部重写存档前上交

温斯顿有些得意，他把第四项指示放在一旁，因为这事过于复杂，而且事关重大，必须谨慎处理。除此之外，另外三件事都是例行公事，只有第二件因为需要查找数据，有些枯燥。

温斯顿拨了电屏上的"过期报刊"号码，要了与此相关日期的《泰晤士报》，几分钟后，报纸就被输送过来。他接到的指示都与文字和新闻有关。例如，三月十七日的《泰晤士报》报道中涉及老大哥在前一天的讲话中，预言南印度前线将平安无事，欧亚国不久将在北非发动攻势。而事实上欧亚国最高统帅部根本没有在意北非，而是在南印度发动了攻势。因此，有必要对老大哥的预言做出修改，以便使之符合事实。另外，十二月十九日的《泰晤士报》公布了一九八三年第四季度，也就是第九个三年计划的第六个季度官方对各类消费品产量的预测。同样是《泰晤士报》，却在今天的报道中公布了实际完成的产量，这样一来，前面预测的数据就错得离谱。温斯顿的工作就是修改过去的数据，以便使之与后面的相符。至于第三项指示，所指的是一个几分钟就能修改好的数字。

也就是在二月份，富部许下诺言（官方的话是"明确保证"）在一九八四年内巧克力的定量供应不会再出现减少。而事实上，温斯顿就知道，从下礼拜一开始，巧克力的定量供应就会从三十克降到二十克。为此，温斯顿需要做的是把来自官方的话语换成一句警醒式的话语："四月可能会减少供应量。"

每处理完一项指示，温斯顿就把语音记录下来的更正文字附录在相对应的《泰晤士报》上，送入输送管道。然后他还要尽量把发给他的指示和处理后的字条揉成一团扔到那个记忆毁灭孔洞，让它们被彻底焚烧掉。他并不知道气动输送管道通向何处，他只知道那地方是一个无法看见的迷宫。但他了解大致的程序。每一期《泰晤士报》在得到修正后，都将被重新印刷，然后存档，旧的则会被彻底销毁。这种处理方式不仅仅适用于报纸，也同样适用于书籍、期刊、宣传册、宣传画、传单、电影、录音、漫画、照片——总之所有承载思想意识的载体。

就这样，过去总是在随时被修改，以便于符合现实。这样一来，党的预言全都是正确无误的，都有文献证明。凡与当前需要不符的东西都会被销毁，不许保留任何记录。历史因此变成了可以随意地反复重写的一个本子，只要需要，就能任意涂抹。并且这个涂抹工作一旦完成，人们就再也无法证明历史曾经遭到修改的事实。记录司下属最大一个处的主要工作，就是回收并销毁所有不符合要求的文字文件，这个处要比温斯顿所在的处大很多。

由于政治联盟的变化，还有因为老大哥预言的错误，有些天的《泰晤士报》可能被修改过十几次，而仍然以原来日期存档，曾经出现偏差的版本不会保留。书籍也一样，被多次重写，重新发行时从来不承认作过修改。温斯顿收到的那些书面指示也从没明言或暗示过要他伪造什么。它所使用的语言一般都是笔误、错误、印刷错误和误引。

温斯顿一边改正富部的数字，一边想，事实上这连伪造都谈不上。这不过是用一个谎话来代替另一个谎话。这些被处理的材料绝大部分跟现实世界里的任何东西都没有关系，甚至连赤裸裸的谎言与现实所具备的那种关系也没有。原来的统计数字固然荒诞，改正后的更加荒诞不经。这些统计数据大部分是人伪造的，是凭空想象的产物。比如这里，富部预测本季度鞋子的产量是一亿四千五百万双，而实际产量是六千二百万双。为此，温斯顿重新改写了预计数字，减到五千七百万双，这样一来也就可以声称超额完成了计划。反正，六千二百万不比五千七百万真实，也不比一亿四千五百万更真实。也可能真实是一双鞋子也没有生产，更可能的是没人知道究竟生产了多少双，也没人关心这件事。人们所知道的只是每个季度在纸面都生产了天文数字的鞋子，但是大洋国里却有近一半人没有鞋子穿。无论大小，那些被记录下来的事无不如此。这就是一个影子的世界，影子遮蔽了所有一切，最终的结果是人们不再清楚今夕是何年。

温斯顿朝大厅那边看了看。在他的对面，在大厅的另一端坐着的那个小个子男人叫狄罗森。狄罗森下巴有点黑，模样精明能干，他正在自己的那个隔间里有条不紊地工作着。温斯顿看到他膝盖上搁着一摞报纸，嘴对着语音记录器，看上去除了电屏，他一点都不想跟什么人说话。但他偶尔抬起头来，隔着眼镜的镜片反射出的目光却充满敌意。

温斯顿一点也不了解狄罗森，不知道他究竟在做什么工作。记录司里的人谁都不愿谈论自己的工作。在这个没有窗户的长长的大厅里，两边是一间间的小办公隔间，纸张的窸窣声和对着记录器说话的声音连绵不断，充斥了整个空间。这里的这些人尽管每天都会出现在走廊过道里，在每天的两分钟仇恨会上，也都会手舞足蹈，温斯顿却大部分连姓名也不知道。他所知道的只是隔壁办公隔间那个淡茶色头发的小女人一天到晚忙个不停，而她的工作只是在报纸上查找那些早已蒸发掉的人的名字，并在找到后删除。这种工作看来非常适合这个女人，她自己的丈夫几年前才蒸发。而在不远处另一个隔间里，是他的同事安普尔福斯，那是一个性情温和、有点懦弱的男人，有点心不在焉，有一对长了很密集的绒毛的耳朵。但正是这个人，在韵律与格律方面却有着惊人天赋。他的工作就是修改那些有违官方意识形态，却又不得不保留的诗歌——他们称之为"限定版"。

这个大厅有五十来个工作人员，还只不过是一个科，可说是庞大记录司的一个细胞。记录司的工作十分繁忙，从上到下每天都难有喘气时间。还有很大的印刷车间，里面有编辑、排版、校对、设备精密的制造假照片的暗房。另外还有电屏节目编排处，那里有大量的工程师、制片人员和擅长模仿声音的演员。那些人数众多的资料核查员，不停地忙着为需要回收的书籍、刊物开列清单，还有那些不知名也很难看到的领导在制定各项政策，由他们决定保留什么，销毁什么。记录司当然少不了用来存放资料、文本的仓库，以及焚毁另外一些不需要保留的资料、文本的隐蔽的锅炉房。

但记录司仅仅是真理部下属的一个部门，并且真理部的主要工作不是改写历史，它的主要工作是为大洋国公民提供包括报纸、杂志、电影电视、教科书以及小说、戏剧等所有你能想象到的与娱乐、情报、教育相关的东西——一句口号、一首诗歌和一本儿童识字课本……真理部不仅要满足党的五花八门的需要，还要满足无产阶级的需要，专门制造一套适合他们胃口的东西，为此，另设了一些部门，生产除了体育、占星术、罪案外就再也没有别的内容了的低俗报刊，以及那种只需要五分钱的内容刺激的小说和色情电影、伤感音乐——这类音乐是由一种被称之为谱曲器的特殊搅拌机批量制造的。记录司甚至有一个专门的部门来负责制造低俗的色情文学——新语叫色情科。这类产品会被密封后发行，除了有关工作人员，党员也不得偷看。

又有三条指示从气动输送管道送了过来；不过这次都是些简单的事，他在两分钟仇恨会开始前就把它们处理掉了。仇恨会结束后，温斯顿回到他的小办公隔间，从书架上取下新语词典，把语音记录器推开，擦了擦眼镜，着手做他上午主要的工作。

工作是温斯顿生活中最大的乐趣。他的大部分工作都是例行公事，单调乏味，但其中也有属于复杂有难度的，钻进去就会忘掉自己，很像是解一个复杂的数学问题那样使人着迷——这一类工作属于精密细致的伪造工作，除了对英社原则的理解和对党需要你为它说些什么的估计外，你就没有任何别的依据与指导。温斯顿擅长于这类工作，有一次甚至被要求完全用新语修改一篇《泰晤士报》头版文章。他打开开始放到一旁的那条指示：

泰晤士报 3.12.83　BB 有关双倍增加不好的指示提及非人全部重写存档前上交。

用老语（或者标准英语）也就是：

一九八三年十二月三日《泰晤士报》刊登的老大哥所做指示的报道欠妥，其中提及了并不存在的人。全部重写，并在存档前提交上级审阅。

把这篇存在问题的报告仔细阅读一遍后，温斯顿找到了问题所在。原来老大哥在讲话中表扬了一个叫 FFCC 的专门为水上堡垒的士兵提供香烟之类物质的后勤服务机构。在这篇报道中，党内要人威瑟斯受到了特别嘉奖，得到了一枚二等卓越勋章。但三个月后 FFCC 突然遭到解散，解散原因不明。对此报纸和电屏没有做任何报道，但威瑟斯和他的同事们失宠是不争的事实。一般情况下，政治犯不会受到公开审判，也不会遭到公开的批判。叛徒以及思想犯只有在大清洗这类政治运动中才会受到公开审判，通常的结果是可怜地认罪服法，然后被处死。但这样的情况好几年才会出现一次。大多数情况是那些让党头痛的人物悄无声息地消失，就像不曾存在过似的。甚至很少会有人知道在他们身上发生了什么，其中一些人很可能并没有死。温斯顿就有三十多个认识的人这样消失了，包括他的父母。

温斯顿用一个纸夹子轻轻擦了擦鼻子。在他对面，狄罗森正在对语音记录器通话，当他抬起头时，透过镜片又发出了敌视的目光。温斯顿在心里寻思，狄罗森干的工作是不是同他自己的一样。这是完全有可能的，这样复杂麻烦的工作不会交给一个人负责的。但另一方面，把这工作交给一个委员会来做，又等于是公开承认伪造。很可能现在有多到十几个人在分别修改老大哥说过的话，将来由党内一个核心智囊选用其中一个版本，重新加以编辑，再让人进行必要的反复核对，最后那个当选的谎言载入永久记录，成为真理。

温斯顿不知道威瑟斯失宠的原因。诸如贪污、失职，甚至仅仅只是因为失去了老大哥的欢心，过于得到了民心都是原因。也有可能是威瑟斯的某个亲近的人出了问题。也许——这是可能性最大的——只是因为清洗和人间蒸发成了政府运转的必要组成，需要经常发生这类事件。唯一真正的线索是指示中提及的"不存在的人"这条信息，这是跟威瑟斯最相关的信息，它表明了威瑟斯已经死亡。并不是所有遭到逮捕的人都可以做出这样的推测，有些时候人们也会被释放，并因此获得一两年的自由，然后才遭到处决。还有的时候，你认为已经死了的某个人会突然出现在一次公审大会上，他的供词还牵连上了数百人，那之后这个人才会真正蒸发掉。但这次这位威瑟斯不一样,威瑟斯属于"不存在的人"这个类别,意思就是从来也没存在过的。温斯顿因此觉得仅仅只是修改老大哥讲话的倾向以及语气是不够的,最好的办法就是把它修改得跟原来的话题不相干。

他可以把讲话内容改为常见的对叛国和思想罪的声讨斥责,不过这样一来会显得太过于昭显。如果杜撰一个事件,比如一场胜利或者第九个三年计划超额完成,又会太复杂,会导致一系列后续麻烦。最好是纯粹虚构幻想。他的脑海里突然出现奥吉维尔同志的形象,这个人最近才在战场上战死。老大哥喜欢经常表扬低级别的普通党员,他想要这些普通人的生死成为人们的榜样。而温斯顿认为今天老大哥应该纪念奥吉维尔同志。不错,根本没有奥吉维尔同志这样一个人,但只要印上几行字,伪造几张照片,就可以马上使他存在。

温斯顿略作思索,把语音记录器拉到了嘴边。模仿着大家习以为常了的老大哥腔调口授起来,这个腔调既有军人味道又有学究风格,而且,还有着一套特有的套路,那就是自问自答,先提出问题然后马上自己加以回答。(同志们,我们从这个事实中得出什么教训?教训,这是一个英社的基本原则,这……等等)对温斯顿来说,这很容易模仿。

奥吉维尔同志在三岁时,除了一面鼓、一挺轻机枪、一架直升机模型外,他没有别的玩具。六岁时他就参加了少年侦察队,这比一般人要提早一年。他九岁就担任了队长。十一岁时他把偷听到他叔叔有犯罪倾向的话汇报给了思想警察。十七岁时,他担任了少年反性同盟的区域组织者。十九岁时他设计的一种手榴弹被和平部采用,首次试验就炸死了三十一个欧亚国战俘。他在二十三岁时就牺牲在了战场上。当时他携带重要文件在印度洋上空飞行,遭到敌人喷气机追击,他把机枪捆绑在了自己身上,跳出飞机,带着文件沉入海底。老大哥对此表示赞扬,认为这样的英勇行为令人钦佩,结局令人敬仰。老大哥还对奥吉维尔同志一生的纯洁和忠诚深为感慨。奥吉维尔同志短短的一生烟酒不沾,每天除了在健身房锻炼一小时外,没有任何其他文娱活动。他立誓过独身生活,认为结婚和照顾家庭会让人无法一天二十四小时投入工作。除了英社的原则,奥吉维尔同志从不谈论别的题目,除了打击敌人和搜捕间谍、破坏分子、思想犯、叛国犯,他的生活没有别的目的。

对于要不要授予奥吉维尔同志特殊勋章这个问题，温斯顿思考了很久。最后决定最好还是不要授予，因为这会导致一系列过于复杂的程序。

他又看了一眼那个隔间里的竞争对手，似乎有什么东西告诉他，狄罗森一定也在干跟他同样的工作。没有办法知道究竟谁的版本最后得到采用，但温斯顿深信一定会是自己的。一个小时前还不存在的奥吉维尔同志，现在成了一个真实的存在。他觉得这真神奇，你能创造死人，却不能创造活人。在现实中从没存在过的奥吉维尔同志，如今却存在于过去之中，一旦伪造被时间遗忘，他就会成为查理大王或者恺撒大帝那样的历史真实，并且有可靠的证据。

第五章

温斯顿突然相信，总有一天塞姆会被蒸发掉。原因就是他太聪明了。他看得太清，说得又太透彻。党不喜欢这样的人。

在地下深处、天花板很低的食堂里，领取午餐的队伍在缓慢挪动。这时候这地方人太多，十分嘈杂。炖菜的蒸气从领餐的柜台的铁栅栏里一阵阵冒出，有股浓浓的金属的酸味，但这味道并没完全盖住杜松子酒的味道。在食堂大厅的一头有一个小酒吧，小得简直就是在墙上开出的一个洞，花一角钱就可以在那里买到一大杯杜松子酒。

"正在找你。"温斯顿背后有人说。

他转过身，原来是他的朋友塞姆，在研究司工作的。确切说如今称呼"朋友"并不合适，因为今天的人们并没有朋友，有的只是同志。区别只是跟某些同志交往，比跟别的同志交往更加愉快些。塞姆是语言学家，并且是新语专家，还是编撰新语词典的众多专家之一。他个子比温斯顿还要矮小，一头黑发，眼睛突出，神情总是带着几分悲伤和嘲弄，在同你说话时他习惯盯着你的脸，仿佛是在人们的脸上搜索什么东西。

"我想问一下，你有刀片吗？"他说。

"一片也没有！"温斯顿有些心虚，"我到处都问过，都没有了。"

人人都问你要刀片。事实上，他攒了两片没有用过的刀片。几个月来刀片一直缺货。不论什么时候，总有一些必需品在党的商店里供不应求。扣子，针线或者是鞋带；而如今则是刀片。为此人们不得不偷偷摸摸地去"自由"市上寻找。

"我这片已经用了六个星期了。"他补上一句。

队伍又往前挪动了一步。他回过头看着塞姆。两人各自从堆积在柜台边的一堆铁盘中取了一只油腻腻的盘子。

"你昨天没有去看吊死战俘吗？"塞姆问。

"我有工作，"温斯顿冷淡地回答道，"我想可以从电影上看到的。"

"这可太差劲了。"塞姆不以为然地说。

他嘲弄的目光扫视着温斯顿的脸。"我知道你，"他的眼神似乎在说，"我看穿了你，我很明白你为什么不去看绞刑。"作为一个知识分子，塞姆既正统又有些恶毒。他常常会幸灾乐祸得令人厌恶地谈论直升机对敌人村庄的袭击，谈论思想犯如何遭到审讯和逼供，然后如何在仁爱部的地下室里被处决。这让人非常难受。同他说话，你最好是把话题迅速引导到有关新语的技术性上去，这是他最感兴趣的话题。温斯顿把脑袋转开去，以便躲避塞姆那双黑色大眼睛的探索。

"绞刑真棒！" 塞姆回忆说，"不过我还是觉得把他们的脚绑起来不好。我欢喜看他们双脚在半空中乱踢。尤其是最后他们的舌头会伸出来，颜色很青很青。我喜欢这些细节的东西。"

"下一个！"穿着白围裙的人手中拿着勺子叫道。

温斯顿和塞姆把各自的盘子放到领餐的铁栅栏上的窗口下。那个工人很快就在他们的铁盘里装好午餐——一盒粉色的炖菜，一块面包，一小块干酪，一杯无奶的胜利咖啡和一片糖精。

"电屏下有张空桌，" 塞姆说，"我们顺道去买杯酒。"

买了酒后，他们拿着装了杜松子酒的马克杯穿过熙熙攘攘的人群，来到一张空着的桌子前，把手中的餐盘放在铁制的桌面。有人在桌子的一角洒了一些菜，看上去跟呕吐出来的似的。温斯顿犹豫了一下，还是强忍着把马克杯里带着油腻味的酒喝了下去。他的泪水都憋出来了，但这时他感觉到了饿，开始慢慢吃那个炖菜。炖菜很难吃，里面有些软绵绵粉红色的东西，似乎是肉。在吃完盘子里的食物前，两人谁也没说话。在温斯顿的左边，有一个人在喋喋不休地说着，这人的嗓子粗哑得像一只鸭子，在餐厅的嘈杂声里格外刺耳。

"词典编撰还顺利吧？"温斯顿大声问塞姆。他试图压过餐厅的喧闹。

"很慢，"塞姆说，"我负责形容词部分，很有趣。"

一提到新语，他的精神就来了。他一把推开餐盘，伸出修长的手指拿起面包和干酪，为了能让温斯顿听清楚自己的话，他把身子向前俯在桌上。

"第十一版是最后定稿本，"他说，"我们需要弄清语言的最终形态——也就是说，除了这种语言，今后人们不需要再使用别的形式的语言。等这个工作完成，包括你都要重新开始学习。你一定以为我们做的工作是在创造新的词语，但大错特错，我们是在消灭单词，成百上千地消灭，天天如此。我们是在让语言只剩下骨架。那些在二〇五〇年前不再流行的词语，在第十一版中一个也没有保留。"

他狼吞虎咽地啃着他的面包，咽下了几大口，然后带着学究式的热情继续说下去。他黝黑瘦削的脸现在光彩照人。此时他那种无时不在的嘲弄不见了，换成了梦幻般的痴迷。

"消灭单词这件事简直妙不可言。一般来说动词和形容词很多都是多余的，至于名词，大多数也可以去掉。没必要保留那么多的同义词和反义词。说真的，如果一个词所表达的不过是另一个词的反义，那它有什么理由存在呢？以'好'为例。如果你有一个'好'，为什么还需要'坏'字呢？'不好'就行了，这比专门用一个'坏'来作为对应要好，因为这正好表达的是'好'的反面，而另外一字却不是。再比如，如果你要一个比'好'更强一些的词，为什么要用像'精彩''出色'等含义模糊，又用处不大的词呢？'更好'就行了。当然了，我们现在已经在使用这类词语。在新语的最新版本里，不再会有其他词语。想要表达好与坏，有六个词语就足够了——实际上只有一个词。你不觉得这样更妙吗，温斯顿？这也就是老大哥的想法。"

老大哥这个词语出现时，温斯顿脸上即刻露出崇敬的表情。但塞姆还是发现了他的热情不足。

"温斯顿，你并没真正领略到新语的妙处，"对此他有点失落，"哪怕你用新语写作,你仍在用老语思索。我读过几篇你有时为《泰晤士报》写的文章。写得不错,但那仅仅是翻译。你的心里还是在不由自主地使用那些含糊不清、差别小的老语。你不理解消灭词汇的妙处所在,新语是世界上唯一的词汇量逐年减少的语言。"

温斯顿当然没法体会到,但他还是让自己露出赞许的微笑。咬了一口面包后塞姆继续说:

"你难道不明白新语的目的就是要让人们缩小思考的范围吗?一旦成功,人们就不再会犯思想罪,因为他们没法找到用来表达的词汇。如果每个必要的概念都只允许用一个词语来表述,它的意义就会受到限制,那些属于次要的意义就会被清除,并逐渐被遗忘。第十一版距离这一目标已经不远。但这一过程在你我死后还会继续下去。随着词汇量的逐年减少,人的意识范围也会自然变小。当然,即使在现在,也没有理由犯思想罪。这是个自律与控制的问题。但最终会不再有这样的必要。什么时候语言得到了完善,革命也就完成了。新语就是英社,反之则亦然。"他突然用一种神秘而满足的语气补充道:"温斯顿,你有没有想到过,最迟到二〇五〇年,没有一个活着的人能听懂我们现在的谈话?"

"除了……"温斯顿有些迟疑。

他想说的是"除了人民",不过他克制住了自己,因为他不确定这样说是不是过于异端。但塞姆已猜到了他要说的话。

"人民不是人,"他轻率地说,"到二〇五〇年,也许还要早些,所有关于老语的实际知识都要消失。过去的全部文学都要销毁,乔叟、莎士比亚、密尔顿、拜伦——他们只存在于新语的版本中,不只改成了不同的东西,而且改成了同他们原来相反的东西。甚至党的书籍也要改变。各种口号也要改变。自由的概念也会被取消,那时候怎么可能还存在'自由即奴役'这样的说法呢?届时整个思想氛围都会不同。事实上,那时候不会再有像我们今天这样的思想了。正统的含义就是——不思想,无意识。"

温斯顿突然相信,总有一天塞姆会被蒸发掉。原因就是他太聪明了。他看得太清,说得又太透彻。党不喜欢这样的人。某一天他会蒸发,这个结果清清楚楚写在了他脸上。

吃完了面包和干酪,温斯顿侧过身子去喝那杯咖啡。坐在他左边桌子的那个嗓子刺耳的人仍在喋喋不休地说着。一个青年女人大概是他的秘书,背对着温斯顿坐在那听,看上去对他说的一切都很赞成。温斯顿不时能听到一两句这样的话:"你说得真对,我完全同意。"听起来这是个年轻但有些愚蠢的女人。但那个男人的公鸭嗓音一直都没停下过,即使是当那姑娘插话时也还是在喋喋不休。这个人温斯顿见过,但只知道他在小说司拥有一个比较重要的职位。这人大约三十岁,有着发达的喉结,似乎能言善道。他的头向后倾时,可能是因为角度原因,他的眼镜反着光,使温斯顿只能看到两片镜片。这人不住地说着,让你根本听不清他说些什么。温斯顿只听清一句:"要完全彻底消灭戈德斯坦主义。"说这话时他的语速飞快,好像铸成一行的铅字那样浑然一体。至于他说出的别的话语就是一阵阵噪声。但温斯顿还是大致能了解这人在说些什么,很可能是在对戈德斯坦大加挞伐,认为对思想罪犯和破坏分子应该采取更严厉无情的手段。不过也有可能他是在抨击欧亚国的军队,要不就是在歌颂老大哥或者马拉巴前线的那些英雄。总之不管他在说什么,所说的都一定符合党的观点和意识形态,是绝对的英社。

这张没有眼睛的脸和不断开合的嘴让温斯顿觉得绝妙。这个人看上去不是真人,而是假人。他用他的发达的喉结在发声而不是大脑。他所有说出的都是无意识的,也不能当作是真的话,就像鸭子发出的嘎嘎叫声。

而这个时候塞姆安静了下来,他拿着汤匙在桌上那堆菜糊糊上画。餐厅的喧器与嘈杂怎么也没法掩盖住隔壁桌子的那个男人叽里呱啦的话音。

"新语中有个词,"塞姆开口说话了,"我不知道你是不是知道,叫鸭话,就是像鸭子那样嘎嘎叫。这个词很有意思,它有两个相反的含意。对对手是骂人;用在自己人身上反倒是夸奖。"

塞姆注定会蒸发,想到这点温斯顿有些难过。尽管他知道塞姆看不起自己,也不喜欢自己,并且只要他认为自己正确,就会毫不犹豫地揭发自己是思想犯。温斯顿发现塞姆身上隐约存在着一些问题。这个人不够谨慎,也做不到超脱,根本不懂得掩饰自己的弱点。你不能说他正统,尽管他对英社的原则还有老大哥充满热情,并坚信不疑,同时还痛恨异端邪说,这一点是普通党员无法做到的。但他却不是一个能让人信赖的人。他太喜欢说不该说的话,读不该读的书了。并且他跟那些艺术家们关系过于密切,经常去他们聚集的栗树咖啡馆。虽然没有哪条法律禁止去那地方，但是去那个地方是危险的。很多遭到清洗的党的高级人士在被清洗前都经常去那个地方。据说戈德斯坦也曾去过那里。塞姆最终的结局不难想象。不过温斯顿深知只要塞姆发现了自己的想法，三秒钟后他就会向思想警察告发自己。当然别的人也会这样做，但塞姆尤其会如此。这就是说光有满腔热情是远远不够的，要知道真正的正统思想就是无意识。

塞姆突然抬起头来说："帕森斯来了。"

他的话音中似乎有这样一种含义："这是个让人讨厌的傻瓜。"帕森斯是温斯顿在胜利大厦的邻居，他真的穿过大厅走了过来。

帕森斯才三十五岁，胖乎乎的脖子和腰上已经堆满肥肉，身材中等，一头浅黄色的头发下是一副青蛙模样的脸。不过他的动作敏捷，像一个发育过度的男孩。虽然他只是穿着跟大多数人一样的普通制服，给人的感觉却像是穿着侦察队的蓝短裤、灰色衬衫，戴着红领巾。当你想到他时，首先浮现的是他臃肿的膝盖跟卷起来的衣袖里短粗的手臂。事实也的确是这样，只要参加集体远足或其他体育活动，他就总穿上短裤。他愉快地打着招呼："你好，你好！"在两人的身边坐了下来，带来一股强烈的汗臭。他粉红色的脸上挂着汗珠，他出汗的本领让人吃惊。在集体活动中心，你看到球拍是湿的，就可以断定他刚打过乒乓球。塞姆马上拿出一张写满单词的纸来开始研究。

"你瞧他吃饭时也工作，"帕森斯推一推温斯顿说，"真是积极，哎，伙计，你看的是什么？对我这样的粗人这太高深了。史密斯，伙计，我告诉你为什么到处找你。你忘记捐款了。"

"什么款？"温斯顿问，一边去掏钱。每人的工资约有四分之一得用来作为志愿捐献，名目之多，使你很难记清。

"仇恨周的捐献。你知道的，按住房分片的。我是咱们这一片的会计。我们可要好好努力，做出成绩来。首先申明，如果胜利大厦挂出来的旗帜不是咱们那条街上最多，那可不是我的错。你答应给我两块钱。"

温斯顿把两张折皱的带油污的钞票交给帕森斯，帕森斯马上用只有不识字的人才会有的整齐字体记在一个小本子上。

"还有，伙计，"他说，"我听说我的那个小叫花子昨天用弹弓打了你。我狠狠教训了他一顿。我对他说，要是他再那样我就要把弹弓没收。"

"我想他大概是因为不能去看绞刑，有点不高兴吧。"温斯顿说。

"是啊，这我正要说，这表示他动机是好的，是不是？他们两个都淘气，但是态度积极。整天想的就是少年侦察队和打仗。你知道上星期六我的小女儿到伯克汉姆斯德去远足时干了什么吗？她领着另外两个女孩子一起偷偷离开了队伍，跟踪一个可疑的人整整一个下午！她们一直跟着他两个小时，穿过树林，到了阿默夏姆后，就把他交给了巡逻队。"

"为什么？"温斯顿有点吃惊。帕森斯得意扬扬说：

"我的孩子肯定他是敌人的特务，比方可能是跳伞空降的。但关键在这里，伙计。你知道是什么东西引起她对他的怀疑的吗？她发现他穿的鞋子很奇怪，她说她从来没见过别人穿这样的鞋子。因此他很可能是个外国人。七岁的孩子，怪聪明的，是不是？"

"那个人后来怎样了？"温斯顿问。

"哦，这个，我当然说不上来。不过，我是不会感到奇怪的，要是——"帕森斯做了一个步枪瞄准的姿态，嘴里咔嚓一声。

"很好。"塞姆头也不抬地应付了一声，继续看他的小纸条。

"当然我们不能麻痹大意。"温斯顿按部就班表示赞同。

"我的意思是，现在正在打仗呀。"帕森斯几乎喊出来了。

好像是为了证实这一点，他们头顶的电屏传来一阵有重要消息公布的号声。不过这次不是宣布打了胜仗，而是发布了一个公告。

"同志们好！"电屏里传出的是一个年轻人的激昂洋溢的声音，"同志们请注意！现在有个好消息向大家报告。我们取得了生产战线上的大胜利！截至目前，各类消费品产量的数字说明，在过去一年中，我们的生活水平提高了二十个百分点。今天上午大洋国全国各地都举行了自发的游行，人们走出了工厂、办公室，高举旗帜涌上了街头，表达对老大哥的英明领导和我们的幸福新生活的感激之情。据不完全的统计，目前食品……"

在这次播报中，"我们的幸福新生活"一词出现了好几次。富部最近特别爱用这个词。帕森斯的注意力被电屏吸引了过去，他全神贯注地倾听着，脸上露出呆板的神情，目光一本正经地空洞。他理解不了播报的那些数据，不过他明白，这些数字反正是应该让人感到满意的。他掏出肮脏的大烟斗，里面已经装了一半黑黑的烟草。烟草是定量供应的，一星期只有一百克，很难装满烟斗。温斯顿吸的是胜利牌香烟，他小心地横着拿在手里。现在他只剩下四根，下一份定量供应要到明天才有。他闭上眼，不再理会周围的嘈杂，集中精力去听电屏的声音。有人因为老大哥把巧克力的供应量提高到每周二十克而举行游行。温斯顿想，昨天刚刚宣布把供应量减少到二十克，这些人怎么就能时隔不到一天就完全接受了？是的，他们的确接受了。比如身边这位帕森斯就属于能轻易接受的类型。温斯顿觉得他就跟畜生一样愚蠢健忘，那边桌子的那位看不到眼睛的喋喋不休的鸭公先生也接受了，并在那里大喊大叫，愤怒地要求把那些要求恢复上礼拜三十克供应量的人揪出来，马上逮捕，然后蒸发掉。至于身边的塞姆，温斯顿认为也接受了，但他相比其他人要复杂很多，他运用了双重思想这一武器。这样说就只有他一人还记得这事？

电屏上继续不断地播送神话般的数字。同去年相比，除了疾病、犯罪率还有精神病患病率，从食物、衣服、房屋、家具、铁锅、燃料、轮船、直升机、书籍到婴孩——全都增产了。逐年逐月，每时每刻，不论是人还是事物都在迅速发展。这时候温斯顿也学着塞姆用汤匙在桌上那摊灰色的黏糊糊的菜上画了起来，他画了一道长线，构成一个图案。他忍不住要想自己的生活物质，并因此愤愤不平。难道要一直这样下去不成？难道食物会永远都是这样的味道？他下意识抬起头朝餐厅看去，空间低矮的偌大一个餐厅里挤满了人，一些人不得不频繁擦蹭四周的墙壁，以至于墙壁变成了灰黑色。餐厅被人还有铁制的桌椅塞得满满的，人们只要一坐下就会碰到别人的手肘。汤勺都已经变形，装食物的铁盘也扭曲了，那些马克杯粗糙低劣，所有东西无不沾满油污，每个凹陷和缝隙也塞满灰尘。餐厅内各种气味混杂，劣质的杜松子酒、咖啡、金属味的炖菜还有脏衣服和人的体味搅和到了一起，弥漫在整个餐厅里。那些原本是你有权拥有的东西被剥夺了，因此你的肚子、肌肤在发出无声的抗议。在他的记忆里，没有什么东西是跟眼下的不同的。食物从没有充足过，衣服上总是有破洞，家具似乎一开始就是这样陈旧，房间的暖气也从来没有充足过；当然地铁不可能不拥挤，房屋建筑也不可能不是歪斜的；面包是黑色的，茶叶永远都稀缺，咖啡只能是这种味道，还有香烟，你总是难以坚持到下一次供应量的到来——除了劣质的杜松子酒，没有什么不是稀缺的。但如果因为生活在贫穷、肮脏的环境下使得你难受，如果冗长寒冷的冬天让你痛恨，还有破袜子、总是停电的电梯、冰冷的自来水、粗糙低劣的肥皂和烟丝随时都可能撒落出去的卷烟，以及难以下咽的食物让你无法忍受，那说明不了什么。这一切难道不是正常得很吗？否则你又哪来的对过去时光美好的回忆呢？要不是因为你有过对过去日子的记忆，你为什么会因为今天而难受呢？

他再一次环顾了食堂大厅。几乎每个人都是丑陋的，即使穿的不是蓝制服也一样是丑陋的。在大厅的另一头，有个个子矮小、奇怪得像一只小甲壳虫的人，正独自坐在一张桌前喝咖啡，他的小眼睛东张西望，充满怀疑。温斯顿想，如果你不看一下周围，你就会很容易相信，大多数小伙子都是高大魁梧的，大多数姑娘都是健康润泽，胸脯丰满的。人们都是金发碧眼，有着充足阳光照晒出的健康的肤色，所有人都生气勃勃，无忧无虑——也就是说完全符合党塑造出的完美健康。但真实情况是，一号空降场大多数人是黑瘦矮小，病态十足。此外，部里到处都是这类甲壳虫似的人。他们过早发胖，四肢粗短，行动灵敏。每人脸上都有双细小浮肿的眼，挂着让人无法捉摸的神情。正是党的领导使得这类人过度繁殖。

富部的公告结束，号声再次响起，接着小声播放起音乐。帕森斯在一连串数字的刺激下，稀里糊涂就兴奋了，他拿开嘴上的烟斗。

"富部今年的工作做得不坏，"他摇头晃脑地说，"我说史密斯伙计，我想你也没有刀片能给我用一用是吧？"

"一片也没有，"温斯顿说，"我自己六个星期以来一直在用这一片。"

"啊，没关系，我就随便问一下，伙计。"

"实在抱歉。"温斯顿说。

那边那张桌子前嘎嘎叫的声音，在富部播放公告时暂时停了一会，现在又恢复了，而且这次像是在跟谁吵架。不知为什么，温斯顿想起帕森斯太太，想起她稀疏的头发和嵌满灰尘的皱纹。要不了两年，这些孩子就会向思想警察揭发她，然后帕森斯太太就会蒸发。塞姆也会，温斯顿自己，还有奥布兰都会蒸发。但帕森斯不会，那边那个嘎嘎叫的家伙也不会，在每个部门里来来去去的甲壳虫们更不会。

对了，温斯顿想起那个黑发姑娘，那个小说司的姑娘——她也永远不会蒸发。他觉得他凭本能就能知道谁能生存，谁会消灭，尽管为什么会这样，究竟靠什么才能生存他说不清。

突然，他惊醒过来，回到现实中。隔壁桌子的那位姑娘正偏着身子看他，她的目光尽管斜着却十分专注。当她发现温斯顿发现自己后，马上移开了。

温斯顿的脊梁上开始渗出冷汗。他感到一阵恐慌。这几乎很快就过去了，不过留下一种不解久久不散。她为什么要这样看自己？她为什么跟着自己？他记不得他来食堂时她是不是已经坐在那张桌子边了。但他记得昨天的两分钟仇恨会。她完全没必要这样。很可能她真正的目的是要看他的叫喊是否够起劲。

以前的念头又回来了：也许她不一定是思想警察，但正是业余的警探最危险。他不知道她看了自己多久了，也许有五分钟。很可能他没有能很好地控制自己的面部表情，这在公共场合，尤其是在电屏下是非常危险的。任何细微的行为，一次面部的抽搐，一次漫不经心的自言自语，或者是一次懊恼的神情——只要是看上去不正常，都有可能暴露你。诸如听到胜利公告时的稍微一点的将信将疑，这本身就是犯罪。新语对此有一个专用名词：表情罪。

那姑娘又偏头看他。也许她并不是在盯梢；也许她连续两天挨着他坐只是偶然巧合。他手里的烟已经熄灭了，但为了不让烟丝掉落，他小心地把熄灭了的烟放在桌子的边沿上。烟丝现在属于稀缺物质，不能随意浪费。隔壁桌子边那个男人更像是思想警察，很可能不出三天，他就会被抓到仁部的地下室去。温斯顿小心地收拾起桌边的烟屁股，他想在下班后继续抽它。塞姆已经把他的那张纸条叠了起来，放在口袋里。帕森斯又开始说了起来。

"我没告诉过你，老伙计，"他说话时嘴里叼着烟斗，"有一次，我的两个孩子把市场上的一个老太婆的裙子给烧了，因为他们看到她用老大哥的画像包香肠，就偷偷绕到她身后，用一盒火柴去点燃了她的裙子。我想把她烧得够厉害的。那两个孩子可真够积极！现如今他们在少年侦察队受到了第一流的训练，比起我当年可是强多了。你知道他们发给孩子们的是什么？插在钥匙孔里的窃听器！我那个小丫头那天晚上带回来一个，还插在我们起居室的门上做了实验，说听到的声音比趴在门上听到的大一倍。别看这是个玩具，但能帮他们树立正确的思想，你说是吧？"

这时电屏发出一阵尖锐的哨声，是回去工作的时间了。三人赶忙站起身去挤电梯，温斯顿的烟屁股里的烟丝终于还是掉出来了。

第六章

党不仅仅是要防止男女之间结成可能使它无法控制的忠诚关系，更想把快感从性行为里剥离掉。

温斯顿在日记中这样写道：

那是在三年前的一个漆黑的夜晚。在一个大火车站附近的一条狭窄的横街上，在一盏暗淡无光的街灯下，她靠墙倚门而立。她有一张很年轻的脸，粉抹得很厚。吸引我的其实是她脸上抹的粉，那么白，像个面具，还有鲜红的嘴唇。党内女人是从来不涂脂抹粉的。那条街上没有旁人，也没有电屏。她说两块钱。我就……

他觉得很难继续写下去，就闭上了眼睛，用手指按着眼皮，想把那不断重现的景象挤掉。他想大声呼喊，口出秽言，或者用脑袋撞墙，把桌子踢翻，把墨水瓶向玻璃窗扔过去，总而言之，不论什么，只要能够让他忘却了这段不断折磨他的记忆，他都愿意做。

他心里想，你最大的敌人是你自己。你内心的紧张不安随时随地都可能因为一个明显的行为泄露出来。他想起几个星期前在街上碰到的一个外表很平常的人，那是一个党员，约三四十岁，身材瘦高，提着公事皮包。在两人相距只有几米远时，那人的左脸上忽然抽搐了一下。两人擦身而过时，那人又有这样一次抽搐，很快，就像相机快门的一次开合。尽管很明显这种抽搐是一种习惯性动作，温斯顿仍然在内心里断定，这个可怜的家伙完了。下意识不受控制的动作是最危险的，你简直防不胜防，而这中间最可怕的是说梦话。

他吸了口气继续写下去：

我同她一起进了门，穿过后院，到了地下室的一个厨房里。那里靠墙有张床，另外还有一张桌子，桌上有一盏昏暗的灯。她——

他想要吐唾沫，不得不咬紧牙关。在地下室厨房里同那个女人在一起时，他想起了他的妻子凯瑟琳。温斯顿是结了婚的，很可能现在他也还是属于已婚的，因为他觉得妻子并没有死。他似乎又闻到了那股味道，那是种由臭虫、脏衣服、廉价香水以及其他很难确定的东西混杂而成的味道，那里的燥热让人充满了欲望。女党员不会使用香水，你也很难想象她们使用香水的样子。在温斯顿的经验里，只有人民的女人们才会使用香水，而香水的气味在他的感受中总是跟色情与私通紧密相关。

那是他两年以来的第一次堕落。嫖妓是被严格禁止的，不过你总会鼓起勇气挑战一下禁令。这的确危险，但也谈不上生死攸关，要是没有涉及别的罪行，通常只会被送去劳改营待上几年。要想避免被抓奸在床不是很困难，在贫民区，到处都是随时准备出卖自己肉体的女人，很多时候你只需付出一瓶杜松子酒，因为普通大众被禁止购买这种酒。其实私下里党鼓励卖淫，原因很简单，那就是谁也没法压制人的本能欲望，既然如此，还不如提供一条发泄的渠道。一般来说，只要不张扬、毫无情趣地跟那些地位低下、身份卑微的女人干这种事，偶尔放荡一下不是大事。但在党员之间这种事是绝对禁止的，一旦发生了就会遭到极其严厉的惩罚。很难想象这种行为会在现实中发生，哪怕每次大清洗时那些遭到清洗的对象总会承认自己犯了这样的罪。

党不仅仅是要防止男女之间结成可能使它无法控制的忠诚关系，更想把快感从性行为里剥离掉。不论是在婚姻关系里，还是婚姻关系外，与其说爱情是敌人，还不如说情欲才是敌人。党员之间的婚姻都必须得到为此目的而设立的委员会的批准，虽然从没明确公布过原则到底是什么，如果有关双方给人以肉体上互相吸引的印象，申请总是遭到拒绝的。唯一得到承认的结婚目的是为党生儿育女。性交被看成类似灌肠的令人恶心的小手术。尽管从没明确表明过，但却从孩童时期就被潜移默化加以灌输这种意识。不但如此，还有诸如反性联盟之类的组织，在向人们宣扬独身的好处，这类组织认为所有生育行为，都应该用人工授精来代替（新语叫"人授"），孩子也应该集体抚养。

温斯顿也明白，这并非意味着所有这些都会被严厉执行，但它却迎合了党的意识形态的需要。党的真正意图与目的是要扼杀人的本性，即使是无法完全扼杀，也要通过扭曲、丑化等手段来加以遏制。对此温斯顿无法理解，为什么要这样做呢？但一切看上去都自然而然。至少对女人，党的努力效果还是明显的。

他又想起了自己的妻子凯瑟琳。他们分手大概有九年或者十年，很可能快十一年了。奇怪的是他很少想到她。他有时能够一连好几天忘记自己结过婚。他们在一起的时间大约有十五个月。党不允许离婚，但没有孩子却被鼓励分居。

凯瑟琳身材高挑，举止优雅，有一头淡黄色的头发。她的脸轮廓分明，有点像老鹰一样，要是你没察觉到这张脸背后的空洞乏味，你会觉得她是一个高贵典雅的女人。比起跟其他人，他们有着更多亲密接触的机会，因此在刚结婚不久，他就发现了她的愚蠢和无知是他所见过的人中最严重的。这个女人满脑子口号，嘴里说出来的全都是党灌输的那些东西，对她来说，凡是党的要求，就是至高无上的。他在心里给她取了一个外号，称她为"人体录音机"。但如果不是因为那件事，他们原本还可以勉强在一起生活下去，那件事也就是性。

每次只要他一碰她，她就会躲开，并且会浑身绷紧。抱着她就像抱着一段木头，即使是她主动拥抱他时，她紧绷着的身体也会像是在把他推开。她就那样紧闭双眼，仿佛是在拼命忍受，不拒绝也不合作，让人没法不感到尴尬。而随着时间的推移，这种情形就开始令人恶心起来。如果双方都同意禁欲，两人还可以在一起继续生活下去。但凯瑟琳不同意禁欲，她说只要可能，必须要有孩子。为此，他们之间的性生活非常规律，只要是在她的受孕期，每个礼拜都会来上一次。有时候她甚至会在早晨提醒他，把这件事看成晚上必须完成的工作。她把这项工作称之为"制造孩子""对党的义务"（她确实这样说）。没过多久，每到这种时刻临近，他就会开始恐惧。好在他俩一直没能制造出孩子来，最终她不得不放弃。不久后，他们就分居了。

温斯顿无声地叹口气。提起笔来写道：

她一头倒在床上，没有任何准备动作，就那样用最粗鄙野蛮的方式撩起裙子，我——

他又看到了自己站在昏暗的灯光下，鼻子里充斥着臭虫和廉价香水的气味，他的心中有一种失败和不甘的愤怒，甚至在这种时候，他的这种感觉还与对凯瑟琳的思念混杂在一起，尽管她白皙的肉体已被党的催眠力量冻结。为什么所有事情都会是这样？为什么他不能拥有一个属于自己的女人，以便结束这种每隔一两年就要去做一次肮脏的交易的生活？真正的爱情几乎无法想象。所有党员都一样，禁欲和对党的忠诚在党的女人心中成了同一件事物的不同表现方式，并且这种意识根深蒂固。她们的天性在儿童时期就被各种说教、游戏和冷水浴，还有学校、侦察队、青年团的那些垃圾演讲、游行、歌曲、口号、军乐冲洗得干干净净。温斯顿的理性告诉他一定存在着例外，但他的感性却不承认。所有这些女人都是党的忠诚追随者，无论怎样的手段也无法打破她们身上遮蔽住天性的铠甲。如今对他而言，说渴望被一个女人爱，还不如说他渴望刺穿她们身心上的这件铠甲，摧毁那道党为之筑起的贞洁的围墙。哪怕一生只有一次最多两次也好。美妙的性行为本身就是一种反抗，欲望就是思想罪的体现，等同于诱奸。

不过他得把剩下的故事写完：

我把灯拧亮。借着灯光仔细察看她——

在黑暗中太久了，煤油灯的微弱亮光也会显得格外明亮。他第一次看清了那个女人。他靠近她一点，又停住了，心里充满欲望却又恐惧。他意识到了自己所处的危险境地，这让他非常不舒服。他无法确定如果出去巡逻队会不会逮捕自己，很可能他们已经等在门口。只是不达目的就离开，他实在不——

这一切一定得完完整整写出来。灯光下，他看清了她，她原来已经上了年纪，完全靠着那层厚得都要断裂的粉掩盖着衰老。她的头发全白了，但最可怕的是她的嘴一旦张开了，就像一个深深的黑洞，里面没有牙，什么都没有。

他越来越慌乱，字迹也越来越潦草：

灯光让我看清了她，她是个很老的女人，至少有五十岁。可我还是干了那事。

他又把手指压在眼皮上。他终于把它写了下来，不过，他没感到有什么不一样,更没有特殊感觉。不行,这样没用。渴望大声呼喊、叫骂的冲动比先前更加强烈。

第七章

如有必要,大众会被允许信仰宗教。他们不值得怀疑。正如党所宣扬的:"大众和动物是自由的。"

"即使存在希望,"温斯顿写道,"它也只在大众那里。"

如果有希望的话,那么一定存在于大众身上。因为只有在不受重视的蚁群似的大众中间,在占大洋国百分之八十五的人那里,才具备摧毁党的力量,所需的是只要去发动它。想从内部摧毁党是不可能的,即使是它的内部存在着敌对力量,也是分散着的,很难积聚到一起形成合力。那个传说中的兄弟会也一样,它除了隐蔽的少数人的行动外,根本凝聚不起大众。对于这些人,反抗仅仅是一个眼神、一个声音的变化,或者是一个似是而非的谣言。但大众不同,大众一旦感觉到了自己的力量,他们就会走出阴暗的角落,只要他们愿意,就会像马用尾巴和鬃毛驱赶身体上的苍蝇一样毫不犹豫,要不了多长时间曾经貌似坚不可摧的党就会被打碎。是的,他们总会开始这样干的。难道不是?但——

他记得有一次走在街上,前方突然传来巨大的喧嚣,那是一群女人发出的。那群女人绝望、愤怒,发出的呐喊坚强有力,像巨大的钟声一样在街道上空回荡:"噢——噢——噢!"那一刻他的心剧烈跳动起来。他想:开始了!暴乱开始了!大众终于挣脱了束缚!可当他赶到出事地点时,却发现那不过是二三百女人围在街边的商贩摊子前。她们的神情凄恻,仿佛像一条沉船上无法获救的乘客。很快,先前发出的绝望呐喊就变成了七零八碎的吵闹。原因仅仅是一个卖劣质铁锅的商贩突然不再出售,没有货了,要知道无论是什么厨房用品都是极度稀缺的。买不到铁锅的女人们你推我搡,有的想尽快离开,但更多围住了摊贩不愿离去,她们七嘴八舌指责摊贩买卖不公,囤积了铁锅不卖。人群中突然爆发一阵骚乱，是两个胖女人为了争夺一口铁锅打起来了，其中一个披头散发，那只铁锅的把手已经被扯断。温斯顿感到恶心。也就在刚才，这些女人积聚到一起的呐喊让他为之震动，那是一股强大而可怕的力量。可他不理解，她们为什么不能为真正重要的事发出这样的呐喊呢？

他继续写道：

没有觉醒就不会有反抗；不反抗就不会有觉醒。

他想，这句话简直像从党的教科书里抄下来的。当然，党坚称是自己把大众从奴役下解放出来的。而那之前社会大众受到资本家的残酷盘剥，身心都受到摧残。女人被迫到煤矿里去做工（事实上，如今女人仍在煤矿里做工），儿童们六岁就被卖到工厂里。但根据党的双重思想原则，党认为大众天生就缺乏自主性，在社会等级上处于最低位置，必须要接受并服从领导，他们就跟动物一样受制于简单规则。事实上，人们对大众了解很少，也没必要了解。在这些人眼里，大众存在的唯一价值就是劳动与繁殖，除此之外别无他用。就像阿根廷平原上的牛群，被放养着自生自灭。大众的生活在党的高层眼里就是一种回归原始的状态。他们出生，然后在街头长大。从十二岁起开始做工，短暂的青春期后，在二十岁时结婚，三十岁衰老，他们中绝大多数活不到六十岁。繁重的体力活、家庭与子女、同邻居吵架、电影、足球、啤酒还有赌博就是他们的一切。控制他们并不难。总是有几个思想警察的特务在他们中间转悠，散布一些流言蜚语，同时跟踪然后处理掉那些有可能成为危险分子的人。但从不会作任何尝试向他们灌输党的思想。大众不需要拥有强烈的政治意识，党需要的是他们单纯的爱国主义，能在需要时随时唤起。这样更有利于让他们长时间工作并需求更少的报酬。

他们有时也会表示不满，但这类不满不会造成后果。因为他们不具备抽象思想能力，他们只会关注那些细枝末节，对那些大的罪行却视而不见。他们中大多数人的家里连电屏都没有，警察也很少会去管他们的事情。伦敦犯罪率非常高，让人感觉这就是一个到处都是小偷、强盗、妓女和毒贩、骗子的城市，不过是大多数犯罪都发生在普通人民身上，所以不被当回事。对于发生在人民中的问题，党采取的政策是允许人民按照古老的道德方式自己处理，也不对人民施行禁欲政策。人民可以乱交而不用担心受到处罚，也可以随意离婚。他们甚至被允许有自己的宗教信仰。他们不值得在意，这就像党的口号表述的一样："人民和动物是自由的。"

温斯顿伸手去挠挠脚踝那又开始痒起来了的溃疡处。说来说去，问题总归是你根本没法知道革命前的生活究竟是什么样。他从抽屉中取出那本从帕森斯太太那借来的儿童历史教科书，他把其中一段话抄在了日记本上：

在伟大的革命开始之前，伦敦不是像人们现在看到的这样美丽。那时它是黑暗、肮脏、可怜的，人们食不果腹，衣不蔽体，成千上万的人穷得居无定所，连鞋子都没有穿。很多孩子年龄还没有你们大，就不得不为那些有钱人干活。他们每天要干十二个小时，稍微慢一点就会遭到鞭打，而每天只能靠陈面包屑和白水为生。

但就是在这样贫困的环境中，还是能看到一些豪华的房屋，它们都是属于那些有钱人的。这些有钱人被称为资本家，他们个个脑满肠肥，拥有好几十个仆人，模样凶狠。这些人通常穿着黑色的礼服，戴着高高的看上去像烟囱一样的帽子。这样的服装除了他们自己，其他人是决不允许穿的。

资本家占有世上的一切，其他人都是他们的奴隶。他们占有一切土地、房屋、工厂、钱财。谁要是不听他们的话，就会被投入监狱，或者被剥夺工作的机会，活活饿死。普通人在资本家面前要鞠躬行礼，并且必须摘下帽子表示尊敬，要称呼资本家为"先生"，而那些资本家的首领被称为"国王"。并且——

温斯顿很清楚接下去的内容是什么。接下去会提到穿着细麻布法衣的主教、貂皮法袍的法官，还有脚镣手铐、鞭挞之刑罚、市长的宴会、亲吻教皇的脚尖，以及拉丁文里的"初夜权"。当然，也许儿童教科书中不会提到这个。所谓"初夜权"，就是法律规定资本家有权占有那些在他的工厂做工的女人。

这里面有多少是谎言，你根本无法确定。现在，一般人的生活水准要比革命前好，这可能是事实。唯一相反的证据是发自你内心的无声抗议，这是一种本能，你会觉得现在的生活难以忍受，因此觉得过去的生活一定跟现在的不同。温斯顿突然想到，当下生活真正的特点不在于它的残酷与缺乏安全，而是在于它的空洞、阴暗和缺乏意义。感受到的现实生活和电屏里宣称的毫无共同之处。就算是党员也是枯燥、中性的生活内容居多，政治性的内容很少，他们的主要生活就是努力完成每天的任务、在地铁和电梯里抢位置、缝缝补补袜子和衣服、相互之间索取一块糖、想方设法节省一个烟头……这一切都与党的那种宏大的理想相去甚远，完全没有宣传里的那种光芒四射的东西：世界到处是钢筋水泥、庞大的机器和可怕武器，到处都是骁勇的战士和狂热的信徒。所有人都团结一致、思想一致，人人喊着一样的口号，不知疲倦地工作、战斗，不停打胜仗，不停迫害他人——三亿人千人一面。而真实的现实却是城市破败，人民面有菜色，饿着肚子，穿着破衣烂衫住在十九世纪缺乏修缮的房屋里。烂白菜和尿臊味在城市里四处飘荡，到处都是残破的建筑和无处不在的上百万垃圾桶，在这些之间，温斯顿看到了皱纹满面、头发稀松的帕森斯太太，她正看着堵塞了的下水管道束手无策。

　　他又伸手去挠了一下脚踝。电屏仍然在没完没了地播放统计数字，证明今天的人们比五十年前吃得好、穿得暖、住得宽敞、玩得痛快——并且比五十年前长寿，工作时间更短，比五十年前高大、健康、强壮，也更快活，受的教育更多。但你根本没法证明这些都是真实或者虚假的。例如，党声称今天的人民成人识字率高达百分之四十，而革命前只有百分之十五。党声称在今天，婴儿的死亡率只有千分之一百六十，而这个数字在革命前是千分之三百，这就像是一个包含着两个未知数的方程。历史书上的任何数字，甚至那些人们确信无疑的也可能出自虚构。就温斯顿所知，过去很可能就没有过"初夜权"这样一条法律，也从没有过描述中的资本家那样的一些人，就像没有过高高的礼帽那样的服饰一样。所有这一切都是难以证明的。

　　当过去给抹掉后，一切都会被时间的迷雾遮蔽起来，等到抹掉本身也被遗忘了，谎言就成了唯一的事实。他一生之中只有一次掌握了制造伪证的确凿证据，这一点在那件事发生后显得格外重要。并且这个证据在他的手中曾经停留过三十秒之久。一九七三年，是的，就是在这一年，就发生在他跟凯瑟琳分居的时候。但真正关键的时间点，要比这早七八年。

　　这件事要从六十年代中期，也就是从那次对革命元老的彻底清洗时期说起。到一九七〇年，除老大哥外，那些革命的最初参与者一个都不复存在。他们被当作叛徒和反革命揭发。戈德斯坦逃走了，音讯全无；其他人有少数失踪了，大部分被在规模宏大的审判大会上处决。那些活下来的人中有三个值得说说，他们是琼斯、阿朗森和卢瑟福。这三个人大概是在一九六五年被捕的，然后消失了一两年后突然又出现，按照惯例承认自己的罪行。他们承认自己通敌（那时是欧亚国），承认挪用了公款和密谋杀害党的领导人，并承认在革命前就开始了反对老大哥的活动。同时，他们还承认因为自己谋划的阴谋活动，导致了成千上万人的死亡。然后他们得到了宽大处理，被恢复党籍，安排了看似重要，实际上毫无实权的职位。在《泰晤士报》上这几个人都写了很长的检讨书，检讨了自己腐败堕落的原因，并承诺改过自新。

  他们获释后，温斯顿曾在栗树咖啡馆见到过他们三个人。他还记得他当时怀着又惊又怕的心情偷偷观察过他们。他们比他年纪大得多，是旧世界的遗老，是建党初期峥嵘岁月中留下来的最后一批大人物。他们身上仍旧隐约散发着早期地下斗争和内战时期的风采。尽管事实和年代早已经模糊，但他仍能感觉到在自己的潜意识里，在知道老大哥前就已经知道这些人了。但他们是罪犯、是敌人，是不能接触者，会在不久后就死去。一个人一旦落入思想警察的手里，就很难逃脱这样的命运。他们在温斯顿眼里，不过是几具行将就木的行尸走肉。

  那次他们周围的位置都是空着的，靠近他们是很危险的。他们无声无息地坐在桌子边，面前摆放着那家店里特制的丁香味的杜松子酒。卢瑟福给温斯顿的印象最深。在革命前，他是一个名气很大的漫画家，他的讽刺画在革命前后都给了人们很大的鼓舞，即使是在今天，每隔一段时间《泰晤士报》还是会刊登他的作品。只是那都是些对过去风格的模仿，毫无活力，更没有说服力。那些画依然是同一个主题：贫民窟、饥饿的孩子、巷战和戴着高高的礼帽的资本家——就是在巷战中，那些资本家也戴着这样的帽子。这是种没有希望的努力，卢瑟福努力想要找回昔日的风采。他那灰色的头发油光可鉴，脸皮松弛，布满了伤疤，有着像黑人一样厚厚的嘴唇。他的身材高大，你能感受到他曾经的健壮，但那时已经彻底垮了，变得臃肿不堪。他就像是一座即将坍塌的火山，眼看就要在你面前崩溃。

  当时正好是下午三点，那家店里人不多。温斯顿不记得当时自己怎么会去那里。空空的咖啡馆里，电屏正在播放轻柔的音乐。那三个人坐在角落里不说一句话，也不动一动。是服务生主动送过去的杜松子酒。他们旁边桌上有个棋盘，棋子都摆好了，但没人下。大约半分钟后，电屏的音乐突然换了，变成一种无法形容的刺耳的歌曲，带着嘲弄，温斯顿自己在内心把这种定义为"黄色警报"。那歌曲唱道：

在遮阴的栗树下，
我出卖你，你出卖我；
他们躺在那里，我们躺在这里，
在栗树的绿荫下。

这三个人纹丝不动。但温斯顿在卢瑟福疲惫的脸上，发现了他眼里的泪水。他第一次注意到，阿朗森和卢瑟福的鼻梁已经被打断了，看上去触目惊心。温斯顿不清楚自己为什么会害怕。

没过多久，这三个人就再度被捕。理由是他们被释放后仍在从事阴谋活动。在第二次审判时，这三个人不但重复交代了过去那些罪行，还承认了新的罪行。于是对他们新旧罪行一起算，三人遭到处决。他们最终的结局被作为教育的材料写入党章。五年后，也就是一九七三年，温斯顿偶然从那些被气动输送管道送来的文件中发现一小片报纸的剪辑。看上去是不小心夹入进去的。当温斯顿打开这片报纸的剪辑时，他马上意识到了它的价值和意义。那是从十年前的一期《泰晤士报》上剪辑下来的报纸的上半页，清楚显示了日期。上面有一幅当年在纽约举行的党代会的照片，照片的中央位置正是琼斯、阿朗森和卢瑟福。照片还附有说明和人物介绍。

这张照片并不是问题，问题是三个人在审判中供认他们那一天是在欧亚国，正从加拿大某个秘密机场准备前往西伯利亚的一个接头地点，同欧亚国总参谋部的人员见面，把重要的军事机密泄漏给他们。温斯顿的记忆对那个日期印象深刻，因为那天正好是仲夏日，于是他想，在别的什么地方一定还有关于这件事的记载。对此唯一能成立的理由就是：供述是伪造的谎言。

当然，这件事本身并不是什么新发现，即使在那时，温斯顿也从来没认为过，在清洗中被清洗掉的人确实犯了指控他们的那些罪行。但这张报纸却是具体的确凿证据，是被抹掉的过去的一个不小心残存下来的碎片，好像一根骨头的化石，突然在不该出现的断层中出现，推翻了地质学的某一理论。如果有办法将其公之于世，让大家都知道它的意义，就可以让党的信誉遭到毁灭性的打击。

　　他继续工作。看到这张照片并理解它的意义后，他即刻用一张纸把它盖住。幸好他打开它时，从电屏的角度正好是上下颠倒的。

　　他把草稿本放在膝上，把椅子往后挪动了一些，尽量避开电屏。要控制面部表情不难，只要下点功夫就行，甚至呼吸都可以控制，但是你无法控制心脏跳动的速度，而电屏却很灵敏，连你的心跳都能接收。他一直担心会发生什么突发事件暴露自己，比如一阵风吹开了覆盖着那片报纸残片的纸。那之后他再也没打开过那张纸，而是把它和下面覆盖着的报纸残片，跟其他废纸一起扔进了记忆处理洞。他心想着，也许一分钟后就会化为灰烬。

　　这是十年，不对，是十一年前的事。要是在今天，他大概会保留这张照片的。奇怪的是，这张照片同其他记录在案的事件仅仅存在于记忆中，他也还是认为，这张照片的意义重大。对此他想，这份已经不存在了的记录毕竟毋庸置疑存在过，他为此开始怀疑党对过去的控制是否真如想象的那样严密。

　　可到今天，即使这张照片有办法复原，也不再成为证据。因为在他发现照片的时候，大洋国已不再同欧亚国打仗，而这三个死人都成了东亚国的特务，一样背叛了自己的国家。从那以后，交战的对象发生了两次或者三次的改变，究竟多少次了他也记不清。很可能供词已一再重写，到最后，原来的日期和事实已毫无意义。过去就是这样被不断篡改。温斯顿从来也没想过，为什么要对历史做这样毫无节制的篡改和伪造，但正是这个问题一直以来都像噩梦似的折磨着他。伪造的好处显而易见，但更深层次的动机让人困惑。

　　他再次拿起笔写道：

　　我知道如何做，但我不知道为什么。

　　他经常会怀疑自己是不是疯了。或许疯子指的就是少数派。历史上人们就曾把相信地球绕着太阳转看作是疯子的行为。那么在今天，如果相信过去不会被篡改，那也一定是疯子。很可能他是唯一不会这样想的人。如果属实，那么他就一定是疯子了。对此他并不害怕，他害怕的是自己有可能是错的。

　　他捡起那本儿童历史教科书，看一看卷首的老大哥相片。那双富有魅力、能把人催眠的眼注视着他。一种巨大的力量压着你，似乎有什么正在刺穿你的头颅，直达你的大脑，它恐吓你，让你放弃所有属于自己的信念，几乎逼迫你不再相信自己的感觉。当党宣布二加二等于五时，你也不得不相信。而他们必然会这样宣布，这是不可避免的：他们所处的地位要求他们这样做。他们的哲学使得他们会否认经验的有效性，否认客观现实存在的真实性。常识成了一切异端中的异端。可怕的不是他们因为你不这样想而要杀死你，可怕的是他们可能是对的。因为，毕竟我们怎么能知道二加二就一定等于四呢？怎么能证明地心吸力的作用呢？怎么知道过去是不可改变的呢？如果过去和客观世界只存在于意识中，而意识又是可控制的——那该怎么办？

可是不行！他的勇气突然爆发了出来。他的脑海中浮现出奥布兰的脸，这并不是明显的联想所引起的。他比以前更加确定，奥布兰是站在自己一边的。他是在为奥布兰——对的，就是奥布兰——写日记，这像一封没写完的信，没人会读，却有一个特定的对象。这样想后，温斯顿的思路一下子活跃了起来。

党叫你不相信耳闻目睹的东西。这是他们最后也是最根本的命令。他想到自己面对的力量是如此庞大，想到党的任何一个知识分子都能轻而易举驳倒自己，想到那些他不仅不能理解，更谈不上反驳的狡猾而精巧的论点，心就一沉。但他是正确的！是他们错了，而不是他。他必须捍卫那些显而易见、简单真实的东西。只有不言自明的道理才正确，才是必须坚持的！客观世界存在的规律不会改变。石头硬，水湿，悬空的东西会朝着地球中心掉落。他觉得他是在向奥布兰说话，也觉得他是在阐明一个重要的原理，于是他写道：

所谓自由就是二加二等于四。承认这一点，其他就迎刃而解。

第八章

这时他想到刚刚那个女孩离开她不到三分钟，现在要去追赶很可能还来得及。追上她后，他可以悄悄跟踪她，在某个僻静的地方，用一块石头敲碎她的脑

袋。对，口袋里这颗玻璃球完全足够。

从那边一条小巷尽头的某个地方，有股烘咖啡豆的香味向街上飘来，这味道可不是胜利牌咖啡，而是真咖啡。温斯顿不觉停了下脚步。大约有那么两秒钟时间，他又回到了遗忘过半的童年世界。接着一声砰的关门声，把香味像声音一样切断。

他在人行便道上已经走了好几公里，脚踝溃疡的地方又在发痒。三个星期以来，今晚是他第二次没到集体活动中心站去，这样做实在是很冒险，因为你参加集体活动中心的次数会被记录下来。原则上，一个党员没有空暇的时间，除了在床上睡觉，总是有人做伴的。不在工作、吃饭、睡觉的时候，他必须要参加某种集体的文娱活动。一个人行动是危险的，哪怕独自去散步都有危险。新语中对此有个专门的词"独自生活"，它所代表的是极端个人主义和孤僻。但今晚他从部里出来时，四月芬芳的空气引诱了他。天空是湛蓝的，让他今年第一次感受到了温暖。突然之间，他觉得在中心站度过这个喧闹冗长的夜晚，玩那些令人厌烦的游戏，听那些枯燥无味的讲话，靠杜松子酒维持勉强的同志关系，都让他无法忍受。他冲动地从公共汽车站走开，步行穿过伦敦迷宫似的大街小巷，先是往南，然后往东，最后是朝着北方，迷失在一些不知名的街道中，但他不顾一切朝前走着。

他曾在日记中写下："如果还存在着希望，希望就一定是在人民身上。"这段话最近不断浮现在他脑海里，它揭示着一个神秘而荒谬的真理。不知不觉他来到了圣潘克拉斯车站东北的一片褐色贫民窟，那里有一条鹅卵石铺的街道。街两边是低矮的两层楼，破烂的大门凸显在人行道旁，有点奇怪地使人联想到老鼠洞。到处都是肮脏的积水，黑黝黝的门洞有很多人在进进出出，他们在狭窄阴暗的小巷里来来去去。那些女孩们仿佛是开放在角落里的花朵，她们的嘴上涂抹着鲜艳的唇膏，被少年们追逐着。身材臃肿的女人们走起路来摇摇摆摆的，展示着女孩们十年后的样子。还有那些迈着八字步、身躯佝偻、只能慢慢挪动的老人们，以及那些赤着脚、衣衫褴褛的孩子们，在污水坑里玩耍，他们不时被母亲的呵斥驱散。街上的玻璃窗有四分之一是早已被打碎了，用木板钉起来的。街上大多数人根本不理会温斯顿，只有很少几个人会谨慎地看他一眼。两个粗壮的女人交叉着砖红色的胳臂在一个门口闲聊。温斯顿走近时听到了她们谈话的片言只语。

"'是啊,'她说,'这样不错。'我说:'不过,要是你是我,你就也会像我一样。说别人总是容易的。''可我遇到的麻烦你可没遇到过。'"

"啊,"另一个女人说,"一点没错,问题就是这样。"

两人刺耳的交谈突然停止。两个女人看到了温斯顿,都在用敌意的目光打量着他。不过严格说不能算是敌意,而是警觉,就像是陌生的动物经过自己的领地一样。在这条街上,很难看到党员蓝色的制服。温斯顿也很清楚,在这样的地方被人看到,如果不是因为公务并不是一个明智的行为。如果碰上了巡逻队,一定会被拦下来询问:"同志,请出示您的证件。您在这里干什么?您是什么时候下班的?您经常从这条路回家吗?"就是这样,没有规定禁止党员走不常走的路回家,但思想警察要是知道了,就会引起他们的注意。

突然,整条街骚动起来。警报声瞬间在四面八方响起。原本在街道上的人顿时窜入了门里。一个年轻的女人从门里冲出来,一把把正在水坑边玩耍的孩子拉过去,藏到自己的围裙下,接着就跑进门里,动作迅捷异常。同时,一位穿着像手风琴似的黑衣的男子从一条小巷朝着温斯顿这边跑来,他用手指指天空,神情紧张地对温斯顿说:

"飞艇!"他大声喊着,"小心,先生!有炸弹,快卧倒!"

也不知为什么,人民会把火箭弹叫"飞艇"。温斯顿想也没想就立刻趴到地面。他的本能告诉他,人民给的警告总是准确的。对他们来说,尽管火箭弹的速度已经超过了音速,但他们还是能在几秒时间内,判断到火箭弹的来袭。趴到地上的温斯顿用手抱住了自己的头,也就在同时,响起一声巨大的轰隆声,大地都像是被掀了起来似的,有东西掉落在温斯顿背上,等他再度爬起来后才知道,那是附近残存的几扇玻璃窗被震碎了,碎玻璃飞落到了他身上。

他站起来继续往前走。那颗炸弹把前面两百米外的一些房子炸掉,升腾起一股浓浓的黑烟,黑烟柱的下半部分是灰尘形成的雾霾。爆炸过后,人们迅速涌向了刚被炸出的废墟。温斯顿看到前面的街道上堆起了一堆废墟,有一个红色的东西掉落在废墟边。他走近才看出,那是一只手。手的手腕处血肉模糊,但除此之外惨白得像一座石膏塑像。

他不知道为什么要把它踢到一旁的水沟里去。他避开混乱的人群，拐进右手边一条小巷里，几分钟后就离开了挨炸的地方。而这时，污浊不堪的街道上仍然是人来人往，丝毫看不出刚遭到过轰炸。将近晚上八点了，附近的小酒吧里已经拥挤起来（人民称之为"酒馆"，pubs），灰黑色的弹簧门在不停打开关上，浓烈的尿骚味混合着啤酒，还有碎木屑的味道从门内不时涌出。附近有一栋墙角凸出来的房屋，在街道边形成一个阴暗的角落，角落里有三个人，他们相互间紧挨着。站在中间的那个人，手里拿着一份折叠起来的报纸，另外两个人正在低着头看。看不清他们的脸，但从他们站立的姿势透露出他们的专注。报纸上很显然刊登了什么重要消息。就在温斯顿离他们几步远时，紧挨着的三个人突然分开，其中两人开始激烈地争吵，看上去都非常生气。

"你他妈不能好好听我说吗？我告诉你，过去的一年零两个月，末尾是七的号码没中过彩！"

"中过了！"

"不，没中过！我把过去两年多的中奖号码全记在了一张纸上。就在我家里，跟钟表一样准确无误。我告诉你，末尾是七的号码没有——"

"中过了，七中过！我他妈差不多就能说出那个号码来。尾数不是四就是七。那是在二月里，二月的第二个星期。"

"操你奶奶的二月！我都记下来了，白纸黑字，一点不差。我告诉你——"

"唉，都给我住嘴！"第三个人说。

他们是在谈论彩票。温斯顿走出三十米后，再次回头看了看，发现他们还在那继续争吵。这就是人民最关心的事情，每周一次的开奖，奖金十分丰厚。对他们来说，彩票是支撑着他们的生活的一个主要理由，成了他们生活的乐趣所在，当然也是他们的愚蠢所在，彩票是最能刺激他们神经的东西。那些原本连简单的算数都不会的人，在看到彩票后却能做最复杂的运算，连记忆力也变得难以置信的好。不少人干脆靠预测中奖号码，卖中奖秘籍和吉祥物为生。温斯顿跟彩票没有关系，那是富部的业务。但他也知道（实际上每个党员都知道），那些巨额奖金大多数是虚构的，而那些中奖了的人实际上也不存在。购买彩票的人最多只能中到一些小额的奖金。在信息不畅的大洋国，想要操控彩票是非常容易的事情。

但你必须要坚信这点，那就是如果存在着希望，希望一定是在这样的人民身上。记录下这句话，因为它就像是真理一样合情合理。温斯顿看看那些和自己擦身而过的人们，这句话很快就成了他的信仰。拐过一个弯，他走上一段下坡路，突然感觉自己来过这里，再朝前不远应该就是大街了，前方传来嘈杂的人声。走着走着，街道突然转向，来到尽头出现了一条凹陷下去的小巷。小巷里有几个商贩，正在出售蔫不拉几的蔬菜。温斯顿猛然想起了这地方，他记起了再往前走一段，拐过一个弯就是他买到那个笔记本的旧货店。在那家店铺旁边，应该还有一家文具店，他就是在这家店里买的笔杆和墨水。

他在台阶上停了会。小巷的那一头是家昏暗的小酒店，窗户上满是尘垢。一个年纪很老的人，虽然腰板挺不起来，动作却很矫捷，白色的胡子向前挺着，好像明虾的胡须，他推开弹簧门走了进去。温斯顿站在那看着，想这老头一定有八十岁了，在革命刚开始时已经是中年。他那样的少数几个人，现在成了同消失了的资本主义世界最后的联系纽带。在党内，几乎没有人的思想是在革命前就定型下来的。那些老一辈的大多数在五六十年代的大清洗里遭到了清洗，少数侥幸活下来的也早已吓怕，在思想上完全投降。活着的人中，能告诉你二十世纪初期情况的人，只可能存在于人民中。突然，温斯顿的脑海里又浮现了他从历史教科书上抄在日记中的一段话，一个疯狂的念头促使他不顾一切走进那家小酒馆，他想和那个老头谈谈，想要问问他："请说说您小时候的事。那时候的日子怎么样？比现在好还是比现在差？"

他不想为自己留下犹豫害怕的时间，因此马上急匆匆走下台阶，穿过狭窄的小巷。一定是疯了，他这样想自己。虽然并没有具体规定不许同普通人民交谈，或光顾他们的酒店，但这样的举动太不平常，必然会引起人的注意。但他想好了。如果巡逻队来了，他可以说是因为突然感到头晕，不过他们多半不会相信他。他推开门，迎面就是一阵难闻的、劣质啤酒的气味。他一进去，里面谈话的嗡嗡声就低了下来。他可以感觉到里面的每个人都在盯着自己的蓝制服，屋那头原来在玩投镖游戏的人，这时也停了大概有半分钟。他跟那个老头儿来到柜台前，老头正在跟酒保争吵。酒保是个体格魁梧的年轻人，胳膊粗壮。还有几个人拿着啤酒杯围着看他们。

"我不是很客气问你了吗？"那老头儿说，狠狠挺起腰板，"你的意思是说这鬼地方没有一品脱装的杯子？"

"他妈的什么叫一品脱？"酒保用指尖撑着柜台，身子朝前倾。

"听听，酒保居然不知道什么是品脱？一品脱就是半夸脱，四夸脱是一加仑。是不是下次我还得从 ABC 开始教你？"

"我可从没听说过什么品脱。"酒保说，"就是一升或者半升，这地方全他妈这样在卖。杯子就在你前面的架子上。你自己看好了。"

"我就是喜欢说品脱，"老头显然很固执，"你可别想这么容易就不让我说，我年轻时根本没他妈的这样按升卖这回事。"

乌烟瘴气的酒吧里爆发出一阵笑声，一扫刚才因为温斯顿的出现引起的紧张气氛。老头满脸胡茬的脸涨红了，他咕噜着转身，碰到了温斯顿。温斯顿借机轻轻搀扶了一下他的胳膊。

"我请您喝一杯可以吗？"温斯顿问老头。

"这才是绅士，"老头把肩膀挺直一下，眼里似乎根本没注意到温斯顿身上蓝色的制服，"品脱！"他大声朝酒保喊着，声音中满满都是挑衅，"一品脱厉害的！"

这时候，酒保就在柜台下的水桶里洗了两个厚厚的玻璃杯，然后往杯子里分别注上半升棕色的啤酒。在人民的酒馆，你只能喝到啤酒，杜松子酒是被禁止在这里出售的，但这并不影响他们轻易就能获得这种酒。酒吧里的那些人很快就忘记了温斯顿和老头，大家重新开始了自己的事情，谈论彩票，玩起飞镖。温斯顿和老头在一张靠窗的桌子前坐下，那里比较偏僻，不用过度担心别人听到你的谈话。从进来时温斯顿就注意到了，这里没有电屏。

"谁也别想让我不说品脱。"老头坐下后还在继续抱怨，酒保已经把酒杯放在了他面前。"才半升，这么点不够。不过一升也有点多了，会让我的膀胱一个劲忙，更别说价格了。"

"您年轻时一定跟现在有很大变化，是吧？"温斯顿开始试探着问。

老头眨巴一下淡蓝色的眼睛，目光从飞镖那边转到吧台，再从吧台那转到男洗手间。他看上去是在酒吧里找着什么。最后，他似乎是在自言自语着：

"啤酒更好，也便宜。年轻时我们叫啤酒为汽酒，四便士一品脱。当然那都是战前的事了。"

"战前？请问是哪次？"

"全部的战争，"老头的话听上去很有些含混，他端起杯子挺直了腰，"祝您健康！"

他皮肤松弛的脖子上，喉结快速地蠕动着，杯子里的啤酒被一口气喝光。温斯顿不得不再度来到吧台前买了两杯，每杯都有半升多。老头似乎是忘了自己刚刚还说一升有点多了。

"您可比我年长，"温斯顿继续试探着，"在我出生前，您就已经成年了，不知道您还记不记得革命前的日子？我这样年纪的人对那时几乎是一无所知。我们能知道的都是从书本上读到的，可谁知道书上写的那些是不是真的呢？我很想听您说说那时候。历史书上说，革命前的日子和现在的完全不同。那时候到处都是压迫，人们都很穷。在伦敦，很多人到死也没吃过一顿饱饭，而且大多数人没有鞋子穿，每天要工作十二个小时，九岁就离开学校去做工。十几个人挤在一间屋子里。书上说那时候只有少数人，大概是几千人吧，他们是资本家，有钱有势，所有东西都属于他们，他们住在豪华的大房子里，有几十个仆人伺候。他们出门时都坐着汽车或者四轮马车，喝的是香槟之类，戴着高高的礼帽……"

老头儿突然眼睛一亮。

"高礼帽！"他说，"真有趣，你会知道高礼帽。我昨天还想到它。不知为什么。我想我已有很多年没看到高礼帽了。最后一次看到还是在我嫂子的葬礼上。那是多少年前的事了？好吧，我说不上具体的日期。但怎么也有五十年了，那是特地为葬礼租来的礼帽。"

"倒不是高礼帽有什么了不起，"温斯顿耐心说，"问题是那些资本家和靠他们生活的律师、牧师等——是这些人当家做主。什么都对他们有利。你——普通老百姓，工人——是他们的奴隶。他们对你们这种人爱怎么样就怎么样。他们可以把你们当作牲口一样运到加拿大去。他们高兴的话可以要求你们的女儿跟他们睡觉。他们可以叫人鞭挞你。你们见到他们得脱帽鞠躬。资本家每人都带着一帮仆人——"

老头儿的眼睛再次发亮。

"仆人！"他说，"好久没听到这个词了，现在居然还有人知道它。仆人！听到它让我又回到了过去。也不记得那是多久前的事了。那个时候我经常在礼拜日下午去海德公园，那里总是会有很多的演讲，什么救世军、天主教、犹太人、印度人——这个那个的。有一个家伙——唉，我可不能告诉你他的名字。他很有魅力，讲话一点也不客气！'奴才！'他说，'资产阶级的奴才！统治阶级的走狗！'还有一个名称是寄生虫。对了，还有豺狼——他真这样称呼那些人。当然，你知道，他这样说指的是工党。"

温斯顿发现两人在各说各的话。

"我想知道的是这些，"他说，"您是不是觉得现在比那时候更自由？觉得自己活得更像是一个人？在过去，有钱人，那些高高在上的——"

"贵族院！"看样子老头沉浸在回忆里了。

"好吧，贵族院。随您了。那些人是不是看不起您，原因就是他们有钱而您没有？那时您得称呼他们'先生'，遇到他们您必须要脱帽致礼？"

老头陷入了沉思。然后他一口喝掉了杯中四分之一的啤酒，回答说：

"是的。"他说，"他们都喜欢你摸摸你的帽子表示对他们的尊敬。我不赞成这样，我是说我自己，不过我也没少这样做。你说的也对吧，你不得不这样。"

"这经常发生——我是从那些书中读到的——那些人是不是经常会要他们的仆人把您推到路边的水沟去？"

"我记得只有过一次，"老头说，"这事过去很多年了，但还是像发生在昨天似的。那是一个赛艇的晚上，这样的夜晚总是很闹——我在夏福特伯里街撞到了一个年轻人，他穿着衬衫，黑色的外套，还戴着高高的礼帽，看上去倒像是一个绅士。他当时在人行道上摇摇晃晃地走着，大概是我没留意撞到了他。他对我说：'你不能看着点？'我就回答他说：'你以为你他妈是谁呀，把整条路都买下了吗？'他就说：'你再这样无礼，我会拧下你的脑袋。'我看看说：'你醉了，等会我再来收拾你。'这我可不是在胡扯。他冲过来推我胸，我差点被推到了公汽的轮子下。那时我很年轻，我想要好好教训他一下——"

温斯顿感到很无奈。老头的这些回忆仅仅是一堆垃圾似的碎片。看来就算是问他一晚上，他也说不出什么有用的东西来。这样看来党宣扬的历史很可能是真实的，甚至有可能是彻底真实的。他想要做最后一次尝试。

"可能我没有把话说清楚，"他说，"我的意思是，您活了很长时间，其中有一半时间是在革命前。比如说吧，一九二五年，那时候您已经成年了。您可以说说那时，说说在您记忆里，那时是不是比现在好，或者更差？要是让您选择，您是更愿意生活在那时还是现在呢？"

老头转头去看看那边的飞镖，把杯里的酒喝光，但速度比先前要慢很多。在他再度开口后，语气里就有了一点哲学家的隐忍，可能是啤酒让他沉静了。

"我知道你想我说什么。"他说，"你是希望我说我很快会再变得年轻了，要是你去问问他们，他们大多数人都会告诉你，他们最大的愿望就是能变得年轻。在人年轻时，身体好，有力气。可是到了我这样的岁数，你的身体就不可能会好。看看我，脚有毛病，膀胱也不行了，每天晚上都不得不上下床六七次。但在另一方面，人老了也不是完全没好处，你不再会为同一件事操心，也没有女人缠着你。这事非常棒，不管你信不信，我差不多有三十年没碰过女人了。不过我也不怎么想。"

温斯顿靠着窗台站起身来，他感觉到没必要继续下去了。他正想要再去买杯啤酒，那老头忽然站了起来，拖着腿，很快走到酒吧另一端的小便池。多喝的半公升啤酒看来在他身上起作用了。温斯顿发呆地看着面前的空酒杯，又呆了一两分钟，然后迷迷糊糊走出了那家酒馆。来到街上，他心想，最多二十年，"革命前的生活是不是比现在好？"这个简单的但也是最关键的问题，就会永远也不会有答案了。事实上即使是在今天，也没人能回答这个问题。旧时代的幸存者早已丧失了对比两个时代的能力。他们能记得的不过是那些没有价值的东西，记得工友之间的争吵，自己丢失了的自行车，那些死去了的姐妹兄弟，甚至是七十年前某个清晨的扬起了灰尘的旋风，但跟这些有关的事实却不在他们的视域中。他们就像是蚂蚁一类的昆虫，只能看到很小的事物，根本不可能看得见那些大一点的。这样的记忆是不可靠的，在文字被伪造的时代，人们只能接受党给出的说法，相信自己的生活更好了，因为根本不存在参照的对象，这样的对象带来标准，而这样的标准现在没有，将来也不会有。任何不同的看法和观点都无法得到证明。他突然停下了思考，朝四周看看。他发现自己正在一条很窄的巷子里，巷子的两旁有不少光线暗淡的小店铺，混杂在民居之间。温斯顿的头顶有三个色彩黯淡了的金属球，仔细看似乎曾镀过金。他觉得认识这个地方。不错！他来到了买那本日记本的旧货铺门口了。

他心中一阵恐慌。到这地方买那个日记本已经足够莽撞了，他曾发誓再也不靠近这个地方。但在不知不觉中,当他沉浸在思绪里时,自己的脚却又一次把自己带到了这个地方。他之所以想要记日记,是为了提醒自己不要去做这类自杀性的事情。也是在同时,他发现尽管时间已将近九点,这家店还在营业。比起在街上闲逛,还不如进到这家店铺里待一段时间。于是他走了进去,他想好了,要是有人问,就说是来买剃须刀片的。

  店主人刚刚点亮煤油挂灯,油灯散发出的气味虽然看上去不太干净,但味道还算好闻。温斯顿看清了店主,那是一位大约六十岁左右的人,身体看上去很虚弱,背驼着,腰直不起来,他有一只有点过长的鼻子,面相善良,戴着眼镜,目光透过厚厚的镜片折射出来。他的头发全白了,但眉毛却乌黑浓密。无论是他的眼镜还是他轻柔的动作,包括他身上穿的黑色绒布夹克,都让他显得温和儒雅,看上去像是一名学者或者音乐家。当他开口说话时,他的声音很温柔,听起来完全不像那些一般人民。

  "您在街上时我就认出来了,"他说,"您就是那位买了年轻女士的笔记本的先生。那本子的纸张真漂亮,奶油色的,过去人们都这样叫。现在已经没有这种纸了,我想大概有五十多年没再生产了。"他看着温斯顿,"您是想买点什么,还是随便转转呢?"

  "我是路过这里,"温斯顿语焉不详地说,"没想过要买什么特别的,就是进来看看。"

  "也好,"店主说,"反正现在我也没有什么可以卖给您的了。"说着他摊摊手,做出一个抱歉的姿势,"您也看到了,店里现在基本上都空了。我就是跟您说说,旧货生意看来是到头了,再也没人买,也没有了存货。那些旧家具、旧瓷器、玻璃制品,都在慢慢朽毁。金属制品大多被没收,被拿去熔掉。我最后一次见到铜质的烛台都忘记是在什么时候了。"

  店内很狭小,让人觉得难受。看不到任何有价值的东西。在墙角那堆放着一些几乎被灰尘覆盖住了的旧相框,让空间看上去更加狭窄。橱窗内还摆着一些螺钉螺帽,磨损严重的刻刀和缺口了的削笔刀,那些失去光泽的钟表不再走动,还有一些不知道是什么。整个店铺内,只有角落那张小桌子上有些还算有点意思的玩意,比如一只漆鼻烟壶、一枚玛瑙的胸针。温斯顿朝这张桌子走过去,那上面有个圆圆的东西吸引了他。这件东西反射着油灯昏暗柔和的光。他走过去拿起来。

这是块半球型的厚玻璃，它的颜色和质地看上去跟雨水一样柔和。它中间有一个粉红色，看着很像海藻或者玫瑰花之类的东西，被玻璃球的弧放大了。

"这是什么？"温斯顿感到好奇。

"里面那是珊瑚，"店主回答说，"它一定是来自印度。人们把珊瑚镶嵌到玻璃中。这东西至少有一百年历史了，也许更久吧。"

"真漂亮！"

"是的，很漂亮！"店主露出欣赏的神色，"如今已经没有什么值得用这个词来形容的了。"

店主咳嗽了一声，他再看看那个东西，对温斯顿说："要是您想买下，就给四块钱吧。我记得这东西过去能卖到八镑。唉，我也算不出来了，不过那的确是一笔不小的数字。可惜现在没多少人会关注这些老古董，再说也没多少留下来了。"

温斯顿掏出四块钱递给了店主，他把那个玻璃球放进口袋里。吸引他的并不是这颗球的漂亮，而是它给予他的一种感觉，它诞生的那个时代和今天完全不同。这颗柔和得像雨水一样的玻璃球和他见过的任何玻璃制品都不同。吸引温斯顿的恰恰是它的无用这一点，他在心里推测，在过去，它一定是被用来做镇纸的。温斯顿感觉到了口袋里充实的沉重，好在从外面看不算很明显。作为党员，他不该拥有这样的东西。无论是什么，任何旧的、美丽的东西都会引起怀疑。收下四块钱后，店主很高兴。温斯顿想，也许给他两三块他也会一样高兴。

"对了，楼上还有些房间，您愿意的话，可以上去看看，"店主对温斯顿说，"里面没什么东西，就几样。要是您想上去，就带上这盏灯。"说着，他拿出另外一盏灯来，他步履蹒跚，勾着腰自己先朝着陡峭破旧的楼梯爬上去。来到楼上，他们进入一个房间。房间正对着一个铺着鹅卵石的院子，院子里有一小片树丛。温斯顿首先注意到了房间里的那些家具，看上去这个房间很久没有人住过了。房间的地板上铺着一小块地毯，墙上挂着一幅画，紧挨着壁炉有一把又脏又旧的、高背的扶手椅。一个老式的十二格玻璃面的挂钟，在壁炉上方嘀嘀嗒嗒走着。窗户下是一张有床垫的床，床很大，占去了房间几乎四分之一的空间。

"我妻子去世前我们就住在这间房里，"店主说，"现在我正在把家具一点点卖掉。这张床很漂亮，是真正红木的。只需要清除一下臭虫就行。不过我认为您会觉得它过于笨重。"

他把灯高高举起，好把整个房间照亮。温暖的灯光让房间有了一种鬼魅的感觉。温斯顿的脑海里出现了一个奇怪的念头，他想要是自己冒险租下这间房子应该问题不大，因为看来每周要不了几块钱。这个念头太不现实了，因此刚一出现温斯顿就放弃了。只是他不得不承认，这个房间勾起了他对过去的感受，一定程度上唤醒了他沉睡的记忆。当他想到自己坐在那把扶手椅里，身边是点燃了的炉火，脚放在炉前的挡板上，炉内的铁架上是一壶正冒着热气的水，没有谁在监视你，不会有任何意外的声音来打搅你，只有水壶里的水发出的声音和墙壁上挂钟的嘀嗒声，那是一种完整彻底的安静，一种几乎是绝对的安静。

"这里没有电屏！"他几乎是脱口而出的。

"啊，"店主说，"我从没装过那玩意。太贵。再说我也不觉得自己需要它。那边那张折叠桌很不错，不过您要想用桌子，那您得换一个新的活页。"

这时候，墙角那个小书架吸引住了温斯顿。他走过去，想看看上面有没有有点价值的东西。但他没看到什么。即使是在民间，对书籍和印刷品的查抄与销毁工作都做得相当彻底，在大洋国里，人们很难找到一九六〇年前出版的图书。店主举着灯走到壁炉前，那里正对着床的墙上挂着一幅用相框镶嵌起来的画，相框的边沿有着蔷薇纹样的装饰。

"要是您对版画感兴趣——"

温斯顿走近去仔细看这幅画。他看清那是一幅铜版画，画中有镶嵌着长方形窗户的椭圆形建筑，建筑的正前方有一座带栏杆的小塔。在塔的后面，有些类似雕像的东西。温斯顿盯着看了一会，他觉得自己在哪见到过画里的那座建筑，但又想不起来了。

"画框被钉在墙上了，"店主说，"不过我可以为您取下来。"

"我见过这座建筑，"温斯顿说，"它是不是已经被拆毁了？应该就在正义宫那条街上。"

"对，它原本在法院外面。很多年前被炸掉了。是一座教堂，圣克莱蒙特教堂。"老人露出抱歉的微笑，他很可能意识到了自己说的话的荒谬，"橘子和柠檬，圣克莱蒙特的大钟说。"

"您说什么？"温斯顿一惊。

"我是说橘子和柠檬，圣克莱蒙特的大钟说——小时候经常念的一句韵文。后面的内容记不清了，但记得结尾的：烛光照着你睡觉，斧头砍下你的头。这是一种舞蹈，大家伸出手让你从下面钻过，当他们唱到斧头砍下你的头时，就会用胳膊夹住你的头。在那时的伦敦，所有主要的教堂里都会唱这首歌谣。"

"想不到它曾经是教堂。"温斯顿若有所思地说。

"很多教堂都被保留下来了，真的。"老人说，"但都被用来做别的了。那首歌是怎么唱的？啊，我想起来了！

橘子和柠檬，圣克莱蒙特教堂的大钟说。
你欠我三个法寻，圣马丁教堂的大钟说——

不行，我就记得这些了。法寻就是那种小铜板，大概是一分钱吧。"

"圣马丁教堂是在哪？"

"圣马丁教堂？哦，就在胜利广场，在画廊那边。正面是三角形的柱子，台阶很高很大。"

这时候温斯顿记起来了。他对那地方非常熟悉，现在成了博物馆，专门用来展出各种宣传用品，比如火箭弹和水上堡垒的模型等，还有一些表现敌人残酷的蜡像。

"对了，圣马丁教堂过去叫作田野圣马丁教堂。"老人补充了一句，"但我记不清是不是有过田野。"

温斯顿没有买下那幅画，跟玻璃镇纸比起来，它更不适合带回家去，而且也没法带走，除非从相框内把它取下来。在老人这温斯顿又多待了几分钟，跟他说了一些话。由店外的题字，温斯顿猜测老人的名字应该是威克斯，但实际上他不叫这个名字，他叫查林顿，是个鳏夫，今年六十三岁，在这地方住了有三十年了。

老人说三十年来，他一直都想要把橱窗上的名字改过来，但一直都没改。面对这位老人，温斯顿的脑海中总是会冒出那首歌谣来："橘子和柠檬，圣克莱蒙特教堂的大钟说。你欠我三个法寻，圣马丁教堂的大钟说。"这时候他似乎听到了圣马丁教堂的钟声,这钟声属于失去的伦敦,而这个伦敦还留在某个地方,它改变了模样,被人们遗忘。温斯顿似乎听见钟声正从一个个尖塔上传出,尽管在他记忆里,他记得自己从未听见过它们。

告别了查林顿先生后,他独自从楼上下来,他不想让老人看到他出门前在查探小店外街上的动静。他想以后每隔一段时间,都要来这家小店看看,比如一个月一次。尽管这比起从活动中心溜走要危险得多。买那本日记本已经够蠢了,更别说又这样来一次。同时,他不知道老人是不是值得信任,他实际上一点都不了解他,但——

是的,他确定了自己还会来这里。他还会买那些美丽但毫无用处的东西;他会买下那幅圣克莱蒙特教堂的版画,把它从墙上取下来,从画框里拿出来,然后藏在制服下带回家;他还要想法把那首歌谣从查林顿先生的脑子里完整地找出来,他甚至会租下楼上那个房间……这些疯狂的念头一度在他脑海中翻腾,持续了大约五六秒钟,这使得他兴奋不已,他因此忘了隔着橱窗检查一下街上,就那样忘乎所以地走了出来。他甚至编了一个曲子开始哼唱。

橘子和柠檬,圣克莱蒙特教堂的大钟说。
你欠我三个法寻,圣马丁——

突然间,他整个人像是被冻结了起来。在离他不远的地方,大约十几米远,一个穿蓝色制服的身影走过来。那是小说司那个黑发女孩。那时的光线很暗,但并不妨碍他认出她来。她似乎也认出了他,直视着他的脸,接着迅速走起来,好像根本没有看见他似的。

温斯顿一动不动,他被吓住了。好一阵后,他才缓过神来,迈着沉重的步伐朝右走去。他没有马上发现自己走错了方向,他的脑子在急速思考着如何应对。他现在坚信,这个女孩是在监视自己。她一定是跟着自己来到这里的。这不可能是巧合,不可能在同一个晚上,他们凑巧都出现在这样一个非党员所在的地区,而且距离还这样远。至于她是思想警察还是一个过于热心的业余侦探都不重要,重要的是他受到了她的监视。她很可能发现他去过那家小酒馆。

现在,他连走路也费劲了。他口袋里那块玻璃,每走一步都在撞击着他的腿，他差点把它掏出来扔掉。最糟糕的是他开始肚子痛。他觉得如果不赶紧找个厕所，他就会死掉。可现在四周哪也看不到一间厕所。好在不一会这样的疼痛就过去了，只留下隐约的不适。

这是条死胡同。温斯顿停下来，站了几秒钟，不知怎么才好。然后他转身往回走。这时他想到刚刚那个女孩离开她不到三分钟，现在要去追赶很可能还来得及。追上她后，他可以悄悄跟踪她，在某个僻静的地方，用一块石头敲碎她的脑袋。对，口袋里这颗玻璃球完全足够。但很快他就打消了这种疯狂的念头，这想法让他恶心，难以忍受。他既跑不动，也没力气敲碎女孩的脑袋。而且女孩看上去很健壮，会反击他。他现在只想尽快回到集体活动中心，在那地方关门前赶回那里。然后当作证据，否认自己今晚去了别的地方。但这似乎不太可能，他感到了疲倦，想回到家里，静下来休息。

等他回到公寓时，已经是夜里十点多了，再晚一点到了十一点，公寓大门就会自动关起来。他走进厨房，倒了满满一杯胜利牌杜松子酒灌下去，然后来到桌前坐下，从抽屉里拿出那个笔记本。他没有即刻打开本子，这时候，电屏里一个粗哑的女声正在唱着爱国歌曲。他就那样坐着，盯着面前的本子看，那上面大理石的花纹吸引了他，他想要不去听电屏里传出的歌声，但他无法做到。

他们总是在夜里来抓你。是的，总是在夜里。对此温斯顿确定无疑。唯一正确的做法是在他们前来逮捕你前自杀，很多人的确是这样做的，那些失踪的估计也有很多就是自杀了。但问题是人们很难得到枪支，也不可能获得足以迅速置人死地的毒药，并且自杀需要很大的勇气。他突然意识到，痛楚和恐惧会导致人生理上的无助感，越是到了需要身体的时候，它就会越是僵硬。当初要是动作迅速，本来可以把那黑发姑娘灭口的，但正是由于他处于极端危险状态，使他失去了行动的能力。面对危险，人要应付的不单单是外部敌人，更需要应付自身。即使现在喝下了一大杯杜松子酒，腹部隐约的疼痛一样还是让他没法集中注意力。猛然间，他不再相信那些英勇、悲壮的故事。在战场上，在刑讯室里，在即将沉没的船上，人会忘记你所对抗着的对象，因为你的身体会成为你最大的障碍，它阻止着你去想别的东西。即使你没有被恐惧震慑住，没有痛哭嚎叫，生命一样要应对饥饿、寒冷、疾病，还有那些牙痛、胃痛和溃疡处的奇痒。

他打开日记本，必须要把这些都记录下来。电屏上那个女人开始唱一首新歌，她的声音像碎玻璃片一样插进他的大脑。他努力想奥布兰，这些日记是为他，或者是写给他的。但他开始想到的却是思想警察把自己带走后，会有怎样的遭遇。被处死应该是毫无疑问的，要是没有立刻处死他，在死前（尽管没有一个活着的人说过那期间所遭遇的，但人们都能想象到），在被迫认罪的过程中，他将不可避免要经受难以忍受的折磨：他会趴在地上号叫着、哀求着，他的骨头会被一根根打断，牙齿被一颗颗拔掉，头发浸泡在自己的鲜血中。

如果所有这些都指向的是同一种结果，为什么他还要忍受这些？为什么不把自己的生命缩短几天或者几个星期？没有人能逃避被跟踪侦查，也没有人能拒不认罪。一切犯下思想罪的人，唯一的结果就是被处死。那为什么他们还要做那些恐怖但毫无用处的事呢？难道仅仅是为了让未来记住？

他试着去想奥布兰的模样，但一点都不成功。"我们将在没有黑暗的地方相见。"他记得梦里奥布兰曾这样对他说过，他认为自己明白这话的意思。没有黑暗的地方也就是想象中的未来，但人们永远也不可能看到。不过要是具备预知未来的能力，就可以秘密分享这个预言。电屏里传出的声音影响了他，让他很难集中注意力顺着这个思路继续想下去，他点燃一支烟，把一半的烟丝掉在了舌头上，那味道又苦又涩，但又难以吐出去。脑海里，老大哥的脸代替了奥布兰。正如他几天前所做的那样，他从口袋里掏出一块辅币。辅币上的脸看着他，线条粗犷，镇静而警惕，但藏在那黑胡子后的是怎样的一种笑呢？像一个不祥的预兆，那几句口号再一次浮现：

战争即和平
自由即奴役
无知即力量。

第 2 巻

第一章

他俩看着前方,十指相扣,在拥挤的人群里不至于被发现的。代替女孩目光的是车上那位上了年纪的囚犯,他的眼在蓬乱的白发后,悲伤地看着他。

快到中午的时候,温斯顿离开自己的小隔间去卫生间。

在明亮的长走廊内,对面走来了那个黑发的女孩。自从在旧货店外遇到过后,至今已经过去四天了。她走近时,温斯顿才发现她的右臂待在绷带里,因为绷带的颜色跟制服一样,所以刚才离得远时,温斯顿没能看出来。温斯顿想,也许是在操作那台大型搅拌机的时候弄伤了手臂,小说的那些情节最初的雏形就是在那种搅拌机里形成的。温斯顿知道,这样的小事故在小说司屡见不鲜。

可就在两人相距不到四米时,那女孩突然跌倒,跌倒时几乎面朝下。估计碰到了受伤的手臂,她发出一声痛苦的尖叫。温斯顿马上停下来。那姑娘已经从地面爬起来,半跪在那。温斯顿看见她的面色蜡黄,嘴唇被衬托得越发鲜艳。她看着他,神情显得很是哀怨,但与其说是因为疼痛,还不如说是害怕。温斯顿的内心产生了一种奇怪的感觉。他觉得自己面前的这位姑娘是自己的敌人,是他曾经想要杀死的敌人,但现在却是一个受伤了、正经受着骨折痛苦的平常女孩。出于本能,温斯顿走过去想要帮助她,他看清了她跌倒后,正好碰到了受伤的手臂,感觉到自己似乎也疼了起来。

"你受伤了?"他问。

"没事。碰到了手臂,过一会就会好了的。"她说。她的面色变得苍白起来。

"没摔坏吧?"

"没有,疼一阵就好了。"她把好的那只手递给他,让他帮助自己站起来。

她的气色恢复了些，不再那么难看。

站起身后，她对温斯顿说："我没事，谢谢你了！同志！"说完，她就朝温斯顿来的方向走了。温斯顿回身看着她，她步履轻盈，看不出有事的样子。整个过程不到半分钟。对温斯顿来说，不让自己的感情在脸上表露出来，早已成了一种本能。更何况这事发生得太突然，而且还是在电屏前。尽管如此，他还是很难掩饰住惊异，因为就在他搀她起身的一瞬间，那姑娘把件东西塞在了他的手里。看来一切都是预谋的，温斯顿坚信是这样。那是个扁平的小东西。他从厕所门口经过时，把它悄悄塞进了口袋里。他在口袋里用手摸，原来是一张折成小方块的纸条。

走进厕所，他站在小便池前，小心地在口袋里把它打开了。他相信上面一定写着什么想要告诉他的消息。有那么一下子，他差点控制不住拿出来看了。但他深知这太不理智。要知道没有什么地方是完全可靠的，谁也不清楚什么地方藏着监视的眼睛。

他回到办公间坐下，把纸片随便放在桌上的一堆纸里，戴上了眼镜，拉过来语音记录器。"五分钟，"他无声地对自己说，"至少五分钟！"他的心这时跳得厉害，他都能清晰地听到心跳的声音。好在他今天的工作只是例行公事，更改一堆数字不需要花费很大精力。

不论那纸片上写的是什么，那一定是有些政治意义的。

他能够估计到的，只有两种可能性。一种可能的可能性较大。即那个姑娘是思想警察的特务，就像他所担心的那样。

他不明白，为什么思想警察要用那种方式送信，不过他们也许有他们的理由。纸片上写的也许是一个威胁，也许是一张传票，也许是一个要他自杀的命令，也许是一个不知什么的圈套。但是还有一种比较荒诞不经的可能性不断地冒出来，他怎么也压不下去。那就是，这根本不是思想警察那里来的而是某个地下组织送来的信息。也许，兄弟会真的是确有其事的！也许那姑娘是其中的一员！毫无疑问，这个念头很荒谬，但是那张纸片一接触到他的手，他的心中就马上出现了这个念头。过了一两分钟以后，他才想到另外一个比较可能的解释。即使现在，他的理智也在告诉他，这很可能就是一个死亡信息，但他还是不信，那个不合理的希望仍还在，他的心仍在怦怦跳，他费了很大劲才克制住自己。他对着语音记录器念一些数字时,声音很低,努力控制自己不要发抖。

把完成了的文件卷起来放入输送管里。看看时间过去了八分钟。他扶了一下鼻梁上的眼镜,叹了口气,把一堆还没完成的材料拉过来,那张纸就在这堆材料上面,他把它打开、铺平,上面歪歪斜斜写着很大的几个字:

我爱你。

他被吓了一跳。在吃惊之余,竟然忘了要把这个足以定罪的证据扔进那个记忆处理洞里去。他很清楚,对任何事表现出过多的兴趣是危险的,但他还是忍不住要再看一遍,想要确定纸条上是否真写着这几个字。那之后,整个上午剩下的时间他都心不在焉。他很难再集中精力到工作上去,这样的时候在电屏前隐藏自己的情绪简直就是在受罪。他的肚子又开始难受,像有一团火正在里面燃烧。

吵闹的食堂对温斯顿来说显得更加闷热,在拥挤不堪的人群里,温斯顿感到难以忍受的痛苦。原本想吃完饭一个人安静地待一会,没想到笨蛋帕森斯跑了过来,在他身边坐下。这家伙身上的汗酸味都盖住了炖菜的味道,他对着温斯顿开始喋喋不休说起仇恨周的筹备情况。他女儿用硬纸板做了一个两米高的老大哥的头像模型让他兴奋异常,这是他女儿为少年侦察队仇恨周准备的。食堂内人群的喧闹让温斯顿根本听不清他说的话,他不得不一次次听对方重复讲那些废话。在这期间,他看到了那个姑娘一次,她当时正跟另外两个女孩在一起,坐在食堂的另一端。她们在忙着自己的事,似乎完全没注意到温斯顿。温斯顿也不敢过多去看那边。

到了下午,温斯顿觉得好很多了。当刚吃完午饭回到办公间时,温斯顿接受了一项比较复杂的工作,需要好几个小时才能完成,因此他只能放下别的事情,全神贯注地来完成这项工作。那是一件要求他修改两年前的一些工作报告的工作,用来损害党内某个目前受到怀疑的要人的声誉。这是温斯顿的专长,同时这也让他在两个多小时里,暂时忘记了那个姑娘。只是这只能短时间压制,无法让他完全忘掉,因此在工作差不多完成时,女孩就又占据了他的脑海。他有了一种强烈的欲望,很难抑制。他想单独待一会,想要理清这件事的头绪。

晚上,他又需要去活动中心。马马虎虎在食堂吃了顿无味的晚饭,匆匆赶到中心站去，参加愚蠢的"讨论组"讨论。后来他打了两局乒乓球，喝了几杯杜松子酒，听了半小时《英社与象棋的关系》的讲座。他烦透了，可他第一次没有想要逃掉的冲动。看到那张纸条上"我爱你"三个字后，他内心非常矛盾，既充满了欲望，又因为难以理解而害怕。但这三个字却使得他开始对活着有了从没有过的渴望，因此他开始注意自己的行为，不想引起注意造成差错。晚上到了十一点他才回到家里，当躺到床上后，他就开始认真思考。在黑暗中，只要别说话，就能避开电屏的监视。

现在，他需要解决一个很实际的问题：怎样同那姑娘保持联系，并见上一面。他开始不再怀疑这是那个姑娘设置的陷阱，因为这不可能。他清楚地看到，就在她递给他纸条时，她的情绪是激动的，并且被吓坏了。他不想拒绝她的示好。想起就在几天前，他还曾经想要敲碎她的脑袋，他就有一种奇怪的感觉。而现在，他满脑子里却是这位姑娘年轻的、充满活力的赤裸肉体，跟在梦里曾经梦见过的一样。原本以为这个姑娘跟其他人一样，脑子里只有谎言和仇恨，有着一副铁石心肠，现在温斯顿对她的感觉完全不同了。只要想到自己很可能会失去她，他的内心就会出现一阵恐慌，就会出现想象中的她的迷人的胴体。他开始担心，要是不能尽快跟她取得联系，她很可能会改变主意。问题是想要单独见面太难了！这就好比是下象棋，当你被将死了时，你依然想要找出一步能救活自己的棋来。但是在这样的环境下，无论朝着什么方向，你都在电屏的监视范围内。其实在刚看到那张纸条的几分钟里，他就一直在想办法。现在，趁着可以安静地独自思考，他前前后后把所有的可能都重新清理了一遍，就像是把自己的工具都摆在桌上，一一检视一遍。

显然，今天上午那样的相遇是无法重新来一次的。要是她在记录司工作，那就简单得多，但是小说司在大楼里的分布情况，他的印象很模糊，他也找不出借口去一次那里。要是他知道她的下班时间或者住址，也许他能想出一点办法来，比如下班途中的一次偶遇等。要是去跟踪，那会很危险，在真理部外面转悠会引起注意的。最不可能的办法就是写信，因为所有的信件都会被拆开来检查。事实上如今只有很少的人还在写信，一般需要传递什么，人们大多使用明信片，在寄出去前把不合适的划掉。另外，他不知道这个姑娘的名字，更不知道她的地址。到了最后，他得出的结论是最安全的地方应该是食堂，如果遇到她单独坐在一张桌子前——必须要是在大厅的中央，离电屏不能太近，周围要有很多人——具备这些条件，并能持续三十秒，他就能安全地跟她说上几句。

在以后的一个星期里，生活就像辗转反侧的梦。第二天，在他要离开食堂时她才到来，那时已吹哨了。她大概换了夜班。两人擦身而过，相互也没看对方一眼。第三天，她还是在那个时间出现，但这次她身边有另外三个女孩，而且还是坐在电屏下。接下去，连续三天时间他没在食堂看到她。他的身心为此备受煎熬，变得敏感。他发现自己的每一个动作、发出的每一个声音和每一次接触，都掩饰不住他的焦虑情绪。这让他痛苦。即使是在梦里也很难逃脱这样的折磨。他做不到不去想她，这几乎不可能做到。只有工作能暂时让他安静一些，能给他十几分钟的平静。那几天他不知道她是不是发生了什么事，完全没有一点线索。她很可能就此蒸发了，也可能是自杀了，可能被调到大洋国的另一端——这里面最可怕也最有可能的是她改变了主意，不再对他有兴趣。

就在温斯顿陷入极度焦虑和恐慌中时，她终于又出现了。这一次她手臂上的绷带已经去掉，但手腕还贴着膏药。看到她，温斯顿兴奋极了，忍不住凝视了她几秒钟。在接下来的一天，他几乎跟她说上话。当时他走进食堂，看见她正好坐在远离墙壁的一张桌子边，而且只有她一人。那时候食堂里人还不是很多，领餐的队伍在缓缓移动。就在温斯顿要靠近领餐台的时候，前面那位开始抱怨没能领到糖精，因此耽搁了两分钟。好在她仍然坐在那里。温斯顿终于领完自己的午餐，他朝她那里走去，假装着想要在她周围的桌子找一个空位。就在他离她只有几米远的时候，身后传来叫他名字的声音。他原本想装作没听到，但那人又一次喊他，这次的声音更加大。他不得不转身去看，原来是一个金发的年轻人，看上去很笨拙。这个年轻人叫威舍尔，温斯顿并不熟悉他。威舍尔笑容可掬地走到温斯顿跟前，邀请他一起坐到旁边的空位去。在这样的场合，拒绝是不理智的。但他已经失去跟姑娘单独见面的机会。在这时再去跟姑娘坐到一起，会引起人们的注意。温斯顿不得不勉为其难地露出笑容坐下。这个愚蠢的大男孩则冲他和蔼地笑着。那一瞬间温斯顿恨不得用十字镐敲碎他的脑袋。而不到几分钟，那个姑娘的周围就坐满了人。

但温斯顿坚信她一定看到了他准备要走过去，也许她领会了这个暗示。第二天，他很早就去了。果然，她又坐在几乎相同的位置，还是一个人。这一次在领餐的队伍中，排在温斯顿前面的是一个个子矮小，行动敏捷的人，这个人长得很像一只甲虫，一张扁平的脸上，一对细小的眼里充满了怀疑的目光。在离开领餐台时，温斯顿看到这个男人正朝那个姑娘走去。他的希望再一次落空。再过去的一张桌子有个空位子，但那小个子的神色表露出他很会照顾自己，一定会挑选一张最空的桌子。温斯顿心里一阵发凉，只好跟在他后边走过去。除非他能单独与那姑娘在一起，否则是没有用的。也就在这个时候，忽然那小个子四脚朝天跌在地上，盘子不知飞到哪去了，汤水和咖啡流满一地。他爬起来，恶狠狠看了温斯顿一眼，显然怀疑温斯顿故意绊了自己。但五秒钟后，温斯顿坐在了姑娘的桌旁。

他没有看她，他放好盘子就很快吃起来。应该趁还没有人到来前马上说几句，但偏偏他被巨大的恐惧控制了。从她向他有所表示以来已有一个星期了。她很可能已经改变了主意，她一定已经改变了主意！这件事是不可能的，不可能在实际生活里发生。要不是看到那个长发诗人安普尔福斯——那个耳朵上长很多毛的——端着一盘菜饭到处要想找个座位坐下，他很可能就此逃跑了。安普尔福斯对温斯顿似乎有着好感，如果看到温斯顿，肯定会坐到他旁边来。也许只剩下一分钟时间，要行动就得迅速。温斯顿和那姑娘都在吃饭。他们吃的是同样的菜豆汤。温斯顿用很低的声音说出了。两人谁也没抬头，不紧不慢地把稀糊糊的东西往嘴里塞。他俩就那样悄声交谈起来。

"什么时候下班？"

"十八点三十。"

"在什么地方可以见面？"

"胜利广场，纪念碑附近。"

"那里尽是电屏。"

"人多就不要紧。"

"有什么暗号吗？"

"没有。不要靠近我，除非看到我周围很多人。千万别看我，在我边上就行。"

"时间？"

"十九点。"

"好。"

安普尔福斯终于没看到温斯顿，他在另一张桌子边坐下了。他们没有再交谈，也没有相互看一眼，因为这时温斯顿和女孩坐在一起。女孩吃完很快离开了，温斯顿待了一会，他抽了一根烟。

在约定时间之前，温斯顿就到了胜利广场。他在那个大笛子般的圆柱底座周围徘徊，圆柱顶上老大哥的塑像朝着南方的天际凝视着，他曾经在"一号空降场战役"中歼灭了欧亚国的飞机（而在几年前，那还是东亚国的飞机）。纪念碑前的街上，以前还有个骑马人的塑像，据说是奥立佛·克伦威尔。约定时间过了五分钟，那个姑娘还没有出现。温斯顿又开始害怕起来。他的脑子里又被她改变主意了的念头占据。他开始慢慢朝着广场北边走去，不一会看见了圣马丁教堂，突然间心里涌起了一阵喜悦。当它还有钟的时候，它会敲出"你欠我三个法寻"。那之后，他看到了那个女孩。她就在纪念碑的底座边，准确说是她在假装看圆柱子上的宣传画。这时候她周围的人很多，温斯顿就这样走了过去。到处都能看到电屏。但就在这时，靠左边的某处传来一阵喧闹和重型汽车的轰鸣声。然后所有的人都在跑离广场。女孩轻灵地跃过纪念碑底座边的狮子塑像，她钻进了人群里。温斯顿跟了过去，他在奔跑中听到了人们在喊叫，那是装运欧亚国俘虏的车队在通过。

密密麻麻的人群堵塞了广场的南边。温斯顿平时碰到这种混乱的场合，总是会被挤出去，但今天他努力往里挤。终于他又看到了那个女孩，这次他们之间只有一臂之遥，可惜的是两人被一个大个子男人和一个女人隔开了，这两个人像一堵墙，使得温斯顿无法靠近女孩。温斯顿拼命想要挤过去，他把肩膀插进那两个人之间，有那么一阵他被两个结实的屁股夹住了，感觉自己的五脏六腑都要被挤出来。最后，他终于挤了过去，来到女孩身边。他们就那样并肩站在一起，目光注视着前方。

这时，一长队的卡车慢慢驶过大街，车上直挺挺站着手持轻机枪面无表情的警卫。车里蹲着许多身穿草绿色破旧军服的人，这些人脸色发黄，紧紧挤在一起。他们悲哀的蒙古种的脸朝着卡车外，神情漠然，脸上看不到一点表情。一车车的愁容满脸的俘虏开了过去。温斯顿知道他们不断在经过，但是他只是时断时续看到他们。姑娘的肩膀和她手肘以上的胳臂挨着他。她的面颊这么近，他几乎可以感到她的体温。就像在食堂一样,她马上控制了局面。她开始说话,但听不出任何情绪,她的声音太小,很容易被喧闹的人声和卡车驶过的轰鸣声掩盖:

"能听到我说话吗?"

"能。"

"星期天下午能调休吗?"

"能。"

"那听好。你得记住。到巴丁顿车站——"

她告诉了他路线,像制定的军事计划一样详尽清晰。这让他非常吃惊。坐半小时火车,出车站往左拐,沿公路走两公里,穿过一个没有了门梁的大门,走过田野,经过一条被荒草覆盖了的小路,然后走过灌木丛中的小径,到了那里就能看到一棵覆满了苔藓的枯树。她的脑子里像是有一张完整的地图,对他描述时让他历历在目。最后她低声问温斯顿:

"记住了?"

"记住了。"

"先左拐,然后右拐,最后再左拐。大门顶上没有横梁。"

"知道。什么时间?"

"大约十五点。到了你可能要等。我从另外一条路去。都记下了?"

"记下了。"

"好,马上离开我。"

这不需要她告诉他。但在拥挤得密不透风的人群中,他们很难马上脱身。卡车还在经过,人们还都不知足地看着。人群中发出了零星的嘘声,但那不可能是党员发出的,很快就停止了。对观看的人来说,好奇占据了绝大部分。外国人,不管是来自欧亚国还是东亚国的,对人民来说就跟奇珍怪兽似的。除了战俘,平时人们很少看到外国人,即使是俘虏,也只能匆匆一瞥。人们并不知道这些俘虏最终的下场。他们中一小部分会被当作战犯吊死,其他的很可能被送去了劳改营。圆圆的蒙古种的脸过后,出现了类似欧洲人的脸,肮脏,憔悴,满面胡须。这些人的眼睛在颧骨上朝着温斯顿的方向看着,有时目光专注,有时一闪而过。车队终于走完。他在最后一辆卡车上看到一个上了年纪的人,这个人笔直地站在车里,双手交叉在身前。他好像已经习惯了带着镣铐,一头斑白的长发遮住了他的脸。

在分开的最后时刻里,在拥挤的人群中女孩找到了他的手,紧紧握住了一会。

虽然没有超过十秒钟,对温斯顿来说却像是很久很久。他有着足够的时间去熟悉她手上的每一个细节。他摸到了她纤长的手指,椭圆的指甲,由于操劳而磨出了老茧的掌心,手腕上光滑的皮肤。这样抚摸着,温斯顿的眼睛也似乎看清了她。他记不起自己是不是知道她眼睛的颜色,可能是棕色,不过黑发的女孩有时会拥有一双蓝色的眼睛。回头去看她是愚蠢的。他俩看着前方,十指相扣,在拥挤的人群里不至于被发现的。代替女孩目光的是车上那位上了年纪的囚犯,他的眼在蓬乱的白发后,悲伤地看着他。

第二章

可如今已没有了纯真的爱或单纯的欲念,一切都夹杂着恐惧和仇恨。他们的拥抱是一场战斗,高潮是一次胜利,是对党的打击,是一种政治行为。

温斯顿从稀疏的树荫中穿过那条小路,在树枝分开的地方,映入了金色的阳光。在左边那棵树下,长着白绒绒的风信子。空气湿润,好像在轻吻着肌肤。这是五月的第二天。从树林深处传来了斑鸠的啼鸣。

路上没有遇到什么困难,他来得稍早了些。那姑娘显然很有经验,使他不像平时那么害怕。大概可以相信她能找到一个安全的地方。一般来说,你不能想当然地以为在乡下一定比在伦敦更加安全。不错,在乡下没有电屏,但危险一样无处不在,你很可能被藏在什么地方的窃听器记录下你说的话。不仅如此,独自出门的人很难不被注意。当不超过一百公里时,还不需要在通行证上签注,但有时在火车站外巡逻的巡逻队会拦住每一个路过的党员,检查证件,甚至会问一些让你难堪的问题。凑巧的是这天温斯顿没有遇到巡逻队。离开车站后,他多次回头检查,确定没有人跟踪自己。天气很好,火车里坐满了普通人民,他们每个人都显得兴高采烈。在他坐的那节硬座车厢里，温斯顿遇到了一大家子去乡下走亲戚的人，里面从没有牙齿了的老太太到还没满月的婴儿都有，他们告诉温斯顿，他们会顺带着弄点黄油什么的带回来。

  路变得宽阔起来。很快，他就抵达了女孩说的那条小路上，那是条被牲畜踩踏出来的小路，被茂密的灌木丛遮蔽了起来。他没有手表，但知道还不到十五点。他的脚边到处都是盛开的蓝色铃兰，他蹲下身去，采摘了一些。他有一个模糊的念头，想在跟女孩见面时，送她一束鲜花。就在他拿着花闻着花香时，身后传来了一声人踩折地上树枝的声音，这声音突如其来，让温斯顿的身体绷紧了，不敢回头去看，只能继续机械地采摘着花朵。也许是那个女孩，也许是其他什么人，比如跟踪自己的。他知道自己不能回头，那样更会引起怀疑。就那样，他一朵接着一朵采着。然后，一只手轻轻落在了他的肩头。

  他不得不抬起头去看，是那位姑娘。她摇摇头，警告他不要出声。然后，她拨开树枝，领着他沿着那条小径走到树林深处。她很娴熟地躲避着路上那些坑洼，看上去对这一带很熟悉。紧跟在后面的温斯顿手里紧攥着那束花，一开始他很放松，但当他在后面看到前面女孩健康苗条的身体，看到她被红色的腰带勾勒出的妙不可言的臀部曲线后，他突然心灰意冷起来，因为这时他强烈感受到了自己的形秽。这种突如其来的感觉太沉重了，让温斯顿开始想要退缩。他想着，要是这姑娘转过头来看见自己，她会是怎样的感受？这时，即使是原野里甜丝丝的风和满目的绿意也无法让温斯顿有点快乐。当他走出那个火车站的时候，五月明媚的阳光曾让他感到自己的萎靡和脏乱，感到自己的苍白。生活在伦敦让他毛孔里都塞满了污浊的煤灰。他这样想，她从没在这样的阳光下见到过自己。

  来到女孩说的那棵枯树前，女孩轻巧地一跃而过，拨开了灌木丛。那里原本看不到出口的迹象，但当温斯顿跟着走过去后，眼前却出现一片空地。高高的树长在芳草萋萋的土墩旁，密密地把这片空地围了起来。

  "我们到了。"女孩转身对他说。

  他面对着她，相距只有几步远。但是他仍不敢向她靠近。

  "在路上不想说话，"她说，"也许什么地方藏着话筒。那些畜生总可能有一个认出你的声音。这里就没事了。"

  他没勇气靠近她，"这里就没事了？"他只是愚蠢地问着。

"是的。看这些树。"那是些还没长大的白蜡树,从前被人砍伐过,后来长出了新苗,形成了这一片树林。那些树还很细,没有手腕粗。"没有一棵大得可以藏下话筒。再说,我以前来过这里。"

他们在没话找话说。他已经走近了她一些。她挺着腰站在他前面,脸上是有点嘲讽意味的笑,好像在问他为什么行动这样迟缓。他手里的花束好像是自己掉下了。他抓住她的手。

"你相信吗?"他说,"到现在我还不知道你眼睛的颜色。"他注意到它们是棕色的,一种比较淡的棕色,睫毛很浓。"现在,你看清了我,你受得了一直看着这样的我吗?"

"当然能。"

"我三十九岁,有个摆脱不了的妻子。患静脉曲张,有五个假牙。"

"我不在乎。"那姑娘说。

说着,她倒在了他怀里。起初,他除了不相信外,没有任何感觉。但当她年轻的身躯紧紧依偎着他,一头乌发贴在了他的脸上,他才开始有了美妙无比的感觉。她抬起脸,他吻了她微微张开的红润的唇。她的双臂搂紧了他的脖子,轻轻叫他亲爱的、宝贝、爱人。他把她拉到地上,她一点也不抗拒,听任他摆布。但事实上温斯顿更多是骄傲和紧张。是的,他很高兴,但却没有多少肉体的欲望发生。这一切发生得太突然、太快,她的年轻和美丽也让他害怕,同时他已经很久没跟女人在一起生活了。他也不知道什么缘故。那个姑娘坐了起来,摘下头发上的一朵风信子。她靠着他坐着,伸手搂住他的腰。

"没有关系,亲爱的,不用急。整个下午都是咱们的。这地方很隐蔽是不是?有一次集体远足我迷了路才发现的。要是有人过来,一百米以外就可以听到。"

"你叫什么名字?"温斯顿问。

"茱莉雅。我知道你叫温斯顿——温斯顿·史密斯。"

"你怎么知道的?"

"我想,比起你,我更擅长于调查吧。亲爱的,告诉我,在我递给你条子前,你对我有什么看法?"

他没想对她说谎,一开始就把最坏的想法告诉了她,这甚至也是爱的表示。

"刚一见到你就恨你，"他说，"我想强奸你，然后再杀死你。两个星期前，我真想过在地上捡起一块石头打破你的脑袋。要是你真想知道，我以为你同思想警察有联系。"

姑娘开心地笑了，在她看来，温斯顿的话表示了对她伪装的认可。

"思想警察！你真这样想吗？"

"嗯，也许不完全是。但从你的外表看，你知道，就只因为你年轻、健康、充满活力，我想，也许——"

"你想我是个好党员。言行纯洁，旗帜、游行、口号、比赛、集体郊游——总是这一类。你以为我会揭发你，说你是思想犯，然后让他们杀掉你？"

"是的，几乎是那样。太多年青姑娘都这样干，这你也知道。"

"都怪这东西，"她一边说，一边把少年反性同盟的猩红色腰带扯了下来，扔在一根树枝上。当她的手接触到自己的腰的时候，她想起了什么。她从外衣口袋里拿出了一小块巧克力，把它分成两块，一块递给温斯顿，一块自己留着。接过巧克力，温斯顿没有马上吃。他从香味就知道，这不是一般的巧克力。巧克力包在锡箔纸里，颜色黑得发亮，而一般的巧克力都是褐色，味道被人们描述为像是烧垃圾冒出的烟。温斯顿曾经吃到过她给的这种巧克力，但刚闻到这种香味，就触发了内心的不安和一种模糊而强烈的记忆。

"你从哪儿搞到这玩意的？"他问。

"黑市，"她平淡地回答，"我是那种女孩：擅长各种比赛，做过少年侦察队的中队长，每个礼拜有三个晚上为青少年反性同盟做义工，在伦敦城里到处张贴那些胡说八道的宣传品，每次游行都是旗手。看上去我很快乐，毫不退缩，永远都是和大家一起喊着口号。我想要告诉你，这都是一种自我保护的办法。"

一小片的巧克力慢慢在温斯顿的舌尖消融开去，那种味道难以言说的妙。只是这种味道唤醒的那种记忆始终在他脑海里萦绕。他能感受到这记忆带来的强烈感觉，却没法确定它是什么。这样的感觉就像是眼角的余光扫视到的东西。他努力想要避开这种记忆，因为它带给他的感觉很难受，让他悔恨。

"你很年轻，"他说，"比我小十几岁。我不知道是什么让你看上的我？"

"是你脸上有东西吸引了我。我决定冒一下险。我很擅长发现谁是不属于他们的人。我一看到你，就知道你对他们的抗拒。"

他们,温斯顿认为她指的是党,尤其是指核心党。她的语气里对他们充满嘲讽,丝毫不掩饰对他们的憎恨和厌恶。尽管现在很安全,但温斯顿本能地感觉到不安。他很是惊讶于从她嘴里说出的一连串的脏话,温斯顿自己很少会说脏话,即使是偶尔说了也只会是私底下很小心地。但茱莉雅只要提到他们,就会冒出一堆街头巷尾用粉笔写在墙壁上的那些话。对此他觉得仅仅是来自她对他们的行为和言辞的反感,就像是一匹马嗅到了坏了的饲料会打喷嚏,自然并且健康。

他们离开了那个空地。阳光透过枝叶照在林间斑驳陆离,两人依偎着走在小径上,小径的宽度刚好足够两人并肩而行。他感觉到了她拿掉了腰带的腰肢的柔软。他们轻声交谈着,茱莉雅提醒除了空地就要保持静默。来到树林边,她让他停下来。

"别出去。外面可能有人看着。我们到树后去。"

他们站在榛树荫里。透过枝叶照在他们脸上的阳光是热的,温斯顿朝着原野看去,心中涌起了种奇特的感觉。他被震惊了,这地方他认识。第一眼看到,他就确定这是那个曾被啮齿动物咬得乱七八糟的牧场,有一条小路蜿蜒穿过,地面到处都是鼹鼠的洞穴。牧场对面是低矮的灌木,一些高出来的榆树影影绰绰,在风中摇曳,宛若女人的秀发。这附近一定有一条溪流,尽管现在看不到,但一定在什么地方。那里有池塘,碧波荡漾的池水里有鲦鱼在游弋。

"附近是不是有条小溪?"他轻轻问。

"对呀,就在那边田野的边上。里面有鱼,很大的鱼。你可以看到它们在柳树下的水潭里游动,摆动着尾巴。"

"黄金乡,就是黄金乡。"他喃喃自语着。

"黄金乡?"

"没什么,真的。是我有时在梦中见到的景色。"

"看!"茱莉雅轻声叫道。

一只画眉停在不到五米远的一根树枝上,那根树枝刚好跟他们的眼睛高度差不多。看上去那只画眉没有注意到他们,它在阳光下,而他们站在树荫里。它展开了一下翅膀,又把翅膀收了起来,一低头,样子像是在给阳光行礼似的。接着它开始歌唱,美妙的歌声一泻而出,在安静的下午显得格外清亮。听着这迷人的歌声,两人紧紧依偎在了一起。时间在分分秒秒流逝,而鸟儿在继续歌唱,它的声音委婉多变,一次都不重复,就像是特意赶到这地方来一展自己的歌喉。有时,它会停一下舒展自己的羽毛,然后挺一下自己带斑点的胸脯继续唱下去。温斯顿的内心充满了敬意,他想知道它为什么要这样歌唱,为谁而唱?看不到它的爱人,也看不到有谁跟他竞争,那是什么让它就这样在安静的树林间停下来孤寂地引吭高歌?对这附近是不是存在着窃听器,温斯顿没有把握,因此他跟茱莉雅说起话来都尽量放小声音,以免被某处隐藏着的话筒收录。他们倾听着这只鸟儿的歌声。很可能在话筒的另一端,有一个形似甲虫的小个子正在专心地听着——听着这一切。后来,他的思绪被鸟的歌声唤醒了过来。他的注意力再度集中到鸟的歌声上。那歌声宛若液体,随着枝叶缝隙间透过的阳光一起洒落,一直洒落到他们身上。他感受到了这一切,在他怀里,女孩的腰肢变得更加的柔软温暖。他转过她的身体,面对着她。她的身体像水一般融入到了他的身体里,他们的嘴唇贴到了一起。同先前僵硬的亲吻不同,现在的吻湿润温暖。久久的吻让他们有点喘不过气,他们暂时分开了,深深叹上一口气。而那只鸟被惊到了,扑棱棱飞走了。

温斯顿的嘴唇贴在她耳边轻轻说:"现在。"

"这里不行,"她轻轻回答,"回到空地去,那里安全些。"

他们很快回到那片空地,一路上折断了一些树枝。一回到小树丛中,她就转过身来对着他。两人的呼吸开始急促,但她的嘴角上又浮现出了笑容。她站着端详了他一会,然后拉开自己制服的拉链。对呀!就是这样的。跟梦中完全是一样,她迅速褪去了衣裳,把它们扔到一旁,那姿态难以形容的曼妙优雅,但却无比地坚定,仿佛是在摧毁一座巨大的建筑一样。当她的身体裸露在阳光下时,她的胴体闪烁着白色的光辉。然而他却没有急着去叹赏这样美丽的身体,而是看着她长了很多雀斑的脸哈哈大笑起来,他被这些雀斑吸引住了。他在她身前跪下,握住她的手。

"你以前做过吗?"

"当然。好几百次了——唉,至少几十次吧。"

"同党员一起?"

"是的,跟党员一起。"

"核心党员?"

"那可没有，从没跟那些畜生一起过。不过如果有机会，他们有不少人会愿意的。他们并不像他们装的那样道貌岸然。"

他的心跳得非常剧烈了。她已经干过几十次了。他真希望是几百次、几千次。任何带着堕落意味的事都使他感到希望。谁知道？也许在光彩的表面下，党早已腐朽，它提倡自律与朴素，不过是为了掩盖罪恶和这种腐朽。他很乐意让他们全都沾染上麻风病、梅毒，要是能有办法，他会很愿意去这样做。

他把她拉下来，两人面对着面。

"你听好了，你有过的男人越多，我越爱你。你明白吗？"

"明白。"

"我恨纯洁，恨善良。我不希望世界上存在美德。希望每个人都一直堕落到骨髓里去。"

"那我应该很适合你。我就是已经堕落到了骨髓里了。"

"你喜欢这玩意吗？我不是指我，是指这件事本身。"

"我热爱这事。"

这就是他最想听的话。不仅是一个人的爱，而是动物的本能，简单而不加区别的欲望。他把她压倒在草地上，在散落的蓝色铃兰间进入到了她的身体里。这次没什么困难。两人的胸脯都在起伏，呼吸渐渐恢复到正常，然后带着愉快又无助的感受彼此分开。温暖的阳光让他有了睡意。他伸出手去拉过来扔在地上的制服盖在她赤裸的身体上，两人很快就沉入梦乡。

两人一睡就睡了大约半小时。温斯顿先醒，他坐起身来看着她长着雀斑的脸，她的头还枕着他的手臂，睡得安详恬静。其实要说漂亮，她除了嘴唇其他的也谈不上。靠近点后，他发现了她眼角上的皱纹，她的黑色短发浓密柔软。他突然想起来了，自己还不知道她的姓和住址。

她年轻健康的肉体还在熟睡中，显得无助又毫无依靠，这引起了他强烈的怜爱与保护欲。但不同于先前在树荫下偷听画眉鸟歌唱时的那种柔情。他再次拉开覆盖在她身体上的制服，凝视着她光洁白皙的肉体。他想，要是在从前，一个男人看一个女人的肉体，就会动了欲念，事情就那么单纯。可如今已没有了纯真的爱或单纯的欲念，一切都夹杂着恐惧和仇恨。他们的拥抱是一场战斗，高潮是一次胜利，是对党的打击，是一种政治行为。

第三章

那只是因为我赞成积极的事物。在我们参加的这场比赛里，我们根本没有取胜的希望，只不过有的失败相较于别的失败要相对好点，仅此而已。

"我们还能来一次这里。"茱莉雅说，"任何地方最多只能用两次。当然，一两个月内这里不能来了。"

她一醒来就变了样，动作干净利落。她穿上了衣服，系上红腰带，开始安排回去的路线。把这种事情交给她去办似乎很自然，她显然在实际生活方面很有办法，而这正是温斯顿所欠缺的。而且她对伦敦周围的乡间看上去了若指掌，这是她从一次次集体郊游中积累下来的。她安排的回去的路线与来的路线大不相同，要他从另一个车站去伦敦。她说："回去的路线永远也不要跟来的路线一样。"好像是在阐明一条重要的原理似的。她先走，温斯顿是等她走了半小时后才离开的。

分手前她还说了一个地方，他们可以在四天后下班时在那里相会，那是一个在贫民区某条街道上的露天市场，平时人来人往，非常喧闹。她告诉他自己会在那些摊贩的摊子中转悠，假装寻找鞋带或者线团。如果她认为平安无事，她见他走近就擤鼻子；否则他就得装着不认识一直走过去。如果运气好的话，他们就可以在人群中间太平无事地说上一刻钟的话，安排下一次约会。

"现在我得走了，"一等到他记住了她的吩咐，她就说道，"我得在十九点三十分赶回去，要为少年反性同盟尽两小时的义务，发传单或者别的什么事。你是不是觉得这很让你厌恶？帮我梳一下头发好吗？头发里是不是有树叶？你确定？那好亲爱的，再见！"

她扑到他怀里，狠狠吻他。一会儿后，她拨开密集的小树丛，悄无声息地消失在树林中。到这时，他依然不知道她的姓还有她的住址。不过没关系，因为他们不可能在室内相会，也不可能用文字交流。

后来，他们再也没去过那片树林中的空地。在整个五月里，他们只有一次真正做爱的机会。那是在茱莉雅告诉他的另一个地方，那是一座钟楼，在三十年前那地方曾遭到过原子弹的袭击，早已是一片废墟。那是一个非常好的藏身之处，只要你能安全走到那里，到那地方去需要经过很危险的一段路。除此之外，他们每次见面都是在大街上，每晚一次，在不同的地方，每次不超过半个小时。在街上时，他们勉强还能说上几句。他们经常就那样没有目的地走着，不能说是并肩而行，也从不相互看对方。他们之间就像是忽闪着的灯塔，以一种奇特的方式交流着。每当见到电屏，或者是有身着党的制服的人经过，他们就会停止交流，等重新安全后再开始。这种交流会在到了约定好的分手地点后突然中断，然后到第二天晚上见面时重新续上。对茱莉雅来说，这样的交流方式习以为常，她把这称之为"分期谈话"。她能在说话时看不出嘴唇的动，这真让温斯顿惊讶。他们在这样的约会中，将近一个月时间只有过一次接吻。那是一次当他们走在僻静的小巷里时（茱莉雅从不会在大街上开口说话），突然发生了一起爆炸，爆炸声惊天动地，整个世界都在猛烈摇晃，很快就腾起了浓浓的黑烟。温斯顿被剧烈的爆炸震倒在地上，他侧身躺着，浑身发痛。很可能是一枚火箭弹落在了附近。等他清醒过来时，看到茱莉雅的脸色苍白，紧挨着他的脸一动不动。他以为茱莉雅死了，于是紧紧抱住了她，开始亲吻。但很快他就发现，茱莉雅还活着，她的嘴唇是温暖的。他的嘴里进了一些粉末状的东西，那时他才发现，茱莉雅的脸上是落上了一层白灰。

也有一些晚上，他们到了约好的地方，却不得不连招呼也不打就走开，因为正好街角有巡逻队过来，或者头顶上有直升机在巡逻。即使不那么危险，想要找到合适的时间也很困难。温斯顿一周要工作六十个小时，茱莉雅工作的时间就更长，他们的休息日需要根据工作繁忙的情况来定，经常会有人无法出来，而茱莉雅大多数时间被浪费在了演讲、游行、散发传单这类事情上，她还需要经常为仇恨周做准备工作。茱莉雅把这些说成是伪装，因为只有在小事上循规蹈矩，才能在大事上打破常规。她甚至说服温斯顿用一个晚上的时间义务去做军需品生产的工作，这项工作很多表现好的党员都会参加。那之后，温斯顿每周都要拿出一个晚上时间，在昏暗的工作车间里工作四个小时。他在那里经受着电屏传出的令人难受的音乐声，还有锤子敲击金属之类的嘈杂。他的工作是把螺丝拧紧，那可能是炸弹的引爆装置。

终于在教堂钟楼上见面后，他俩几乎把之前交流的那些被迫中断的空隙全部填满了。那是一个炎热的下午，钟楼上狭小的空间让人感到窒息，空气中充斥着鸽子粪的怪味。他们就在那布满灰尘和破烂木料的阁楼的地板上躺着，一直聊了几个小时。他们每隔一阵都需要从钟楼的窗户缝隙朝外看，看看有没有人靠近。

茱莉雅二十六岁，同其他三十个姑娘一起住在一个宿舍（"总是生活在女人的臭味中！我恨女人！"她说），而正如他所想的那样，她在小说司负责写作机。她说她喜欢这项工作，她需要操作并维护一台大功率的复杂机械。而她并不"聪明"，只是喜欢动手，跟机械打交道让她觉得自在。她能介绍给你怎样创作一部小说的全部过程，从计划委员会发出的总指示到改写小组的最后润饰。但是她对成品没有兴趣。她说，她"不怎么喜欢读书"。书本只不过是要生产的商品，就像果酱或鞋带一样。

对六十年代早期前的事，她说都不记得了，她所认识的人中，唯一经常谈到革命前日子的是她的爷爷，但爷爷在她八岁时消失了。上学时她做过曲棍球队队长，连续两年获得体操奖杯，在加入青少年反性同盟前，她当过少年侦察队的队长，青年团支部书记。她得到的鉴定一直很出色，甚至被送到小说司里的色情文学科工作，这是某人可靠的标志。据她说在那地方工作过的人都称那地方为"垃圾制造车间"。在那里工作了一年，协助生产像《最佳故事选》或《女学校的一夜》之类装在密封外套里的书。年轻的普通人民喜欢偷偷买回去，有种违禁品的感觉。

"这些书写些什么？"温斯顿好奇地问。

"哦，全是垃圾，是胡说八道，非常无聊。他们一共只有六种情节类型，反复周转着编造。我负责搅拌机，从来也没加入过改写队，而且我一点都不擅长文字写作。亲爱的——我做不了。"

对此他很惊讶，因为他刚知道，在色情科除了领导，其余的工作人员都是女性。据说有一种理论，说相较于女性，男人的性本能太强，很难控制，男人更有可能被自己制造的色情产品侵蚀。

"他们甚至不要已婚的女人到那去工作，"她说，"一般总认为姑娘纯洁。

却不知道有一个不一样的。"

她第一次同男人发生关系是在十六岁的时候,对象是个六十岁的党员,他后来怕遭到逮捕便自杀了。"他干得很干净,"茱莉雅说,"否则他们会知道我的名字。"

那之后,她又有过很多次。在她看来,生活很简单。你想快快活活过日子,"他们",也就是党,却不想要你快乐。那你只有自己想法尽力去冲破他们制造了规则的网。在她的感觉里,被"他们"剥夺快乐的权利,就好比避免被他们抓住一样,都是很自然的事。她用最粗俗的辱骂表示自己仇恨这个党,但她没有批评。她对党的那些理论之类的毫无兴趣,只要不涉及她的生活,其他的就与她毫无关系。他注意到了,除去那几个已经成为日常用语的词,她从不使用新语。她没听说过兄弟会,也不相信它的存在。她认为任何跟党作对的组织和个人都是愚蠢的,因为他们注定了会失败。她认为聪明的做法是既能打破常规,又不至于被发现而丧失性命。对此温斯顿不清楚是不是年青一代都跟她一样,或者仅仅是她个人是这样。这些年轻人都是在革命之后成长起来的,对过去毫无概念可言,党的存在以及如今的生活是理所当然,就像天空大地一样。他们也许不会公开反抗权威,但却会跟她一样像兔子躲避猎狗一样躲开。

他们没有谈结婚的可能性。这事太渺茫了,连想也不值一想。即使能有办法除掉温斯顿的妻子凯瑟琳,也没有一个委员会会批准这样一桩婚事。既然是白日梦,也就没必要去做了。

"她是怎么样的一个人,你的妻子?"茱莉雅问。

"她是——你知道新语中有个词叫'思想好'的吗?是说天生的正经派,根本不可能有坏思想的。"

"我不知道这个词儿,不过我知道那号人,太知道了。"

他把他们的婚后生活告诉了她,奇怪的是,她似乎早已知道了其中的大致情景。她好像亲眼看到过或者亲身经历过一样,向他一一描述他一碰凯瑟琳,凯瑟琳的身体就会变得僵硬起来,即使她的胳膊紧紧搂住了他,她似乎仍在使劲推开他。跟茱莉雅谈这些事很容易。不管怎样,那种生活已不再让他痛苦了,也变得不再那么让人恶心。

"要不是为了一件事,我还能忍受。"他接着把凯瑟琳每星期一次在同一天的晚上，强迫他像例行公事似的干那事的情况告诉了她。"她讨厌这事，但又不能不干。她曾经把它叫作——你猜也猜不到。"

"咱们对党的义务。"茱莉雅脱口而出。

"你怎么知道的？"

"亲爱的，我也上过学。在学校里对十六岁以上的姑娘每个月有一次性教育讲座。在青年团里也有。他们长年累月这样向你灌输。在许多人身上大概生了效。但谁也说不准，人人都是伪君子。"

她开始就这个话题发出了一番感慨。对茱莉雅来说，性的欲望是所有事的起点。无论以怎样的方式涉及，她都表现出敏感来。跟温斯顿不同，她很清楚党宣扬禁欲的原因。不仅仅是性本能容易制造出党很难控制的个人世界——这是主要的原因，还因为性压抑会造成人的歇斯底里，而这正是党想要看到的，因为这种情绪可以转化为对敌人，对战争的狂热，以及对党的领袖的崇拜。她是这样说的：

"做爱时，会消耗你极大的精力。事后你感到快乐，不会抱怨其他事情。而这正是他们所不愿意见到的。他们需要你时时刻刻都保持旺盛的精力。而游行、欢呼、挥舞旗子等，恰恰是发泄性欲的另一种途径。要是你的心里总是充满了愉悦，你就不可能为了老大哥，为了三年计划，为了两分钟的仇恨会去激动了。"

他想她说得很有道理，在禁欲和政治上的正统性之间，确有一种直接的紧密关联。除了抑制人的强烈本能，把它用来作为推动力外，还有什么别的办法能把党在党员身上所要求的恐惧、仇恨、盲目信仰保持在一定水平上呢？性的冲动对党是危险的，党需要加以控制和利用。他们对人们要想做父母的本能，也要了同样的手段。要废除家庭是实际做不到的，相反，还鼓励大家要钟爱自己的子女，这种爱护几乎是一种极其古老的方式。另一方面，却有计划地教子女反对父母，教他们侦察自己父母的言行，揭发、告密自己的父母，进而让家庭成为思想警察的延伸。用这种方法，让每个人都清楚自己处在日夜被监视的情况下，而且告密者还是自己最亲近的人。

他又突然想到了凯瑟琳。凯瑟琳太愚蠢，没有识破他见解的不合正统，要不然早就向思想警察揭发他了。

但在这时，让他想起凯瑟琳的是炎热的天气。他的头上冒出汗来。他开始对茱莉雅讲述一件事，或者说是没有发生过的一件事。那是在十一年前，也是这样一个炎热的下午。那时他们刚结婚三四个月。他们在去肯特郡集体远足过程中迷路了。当时他们稍微不注意，落后了其他人一段距离，然后就拐错了弯，走到别的路上去了。来到一个白垩矿场后，路断了。那座矿场的露天矿坑有一、二十米深，矿坑里到处是很大的石块，附近看不到一个人。而发现迷路后，凯瑟琳就表现出了强烈的不安，开始显得烦躁起来。她从来就没法脱离群体，哪怕仅仅离开很短时间，她都会开始埋怨。当时她想要尽快往回走，看看有没有别的路。也就是在这时，温斯顿注意到了脚下的石缝里有几簇不起眼的野花，有砖红色的和紫红色的，它们长在同一条根上。温斯顿没见过这种花，他喊凯瑟琳过去看。

"快看，凯瑟琳！看这些花。靠近矿底那。你看清楚没有，是两种颜色。"

她本来已经转身要走了，但还是勉强回来看了一眼。她从悬崖上伸出脖子去看他指的地方。他站在她后面不远，用手扶着她的腰。这时他忽然想到附近没有一个人影，只有他们两个，连树叶也纹丝不动，更没有一声鸟语。在这样一个地方，装有窃听器的可能性是极小的，即使有，也只能录到声音。这时是下午最热最困的时候。阳光向他们直晒，他的脸上淌着汗珠。一个念头就在这时突然在他脑海里冒出……

"你为什么不好好推她一把？"茱莉雅问，"换了我会推的。"

"是的，你会推。要是换了现在的我也会。也许——不过我说不好。"

"你后悔没有推吗？"

"是的，我后悔没有推。"

他们并排坐在挤满灰尘的地板上。他把她拉近些。让她的头靠在自己的肩头，她头发散发出的清香盖过了鸽子粪的味道。在他眼里，她年轻，对生活还充满希望，她还无法理解，把一个给自己带来麻烦的人推下去，解决不了任何问题。

"实际上不会有什么不同。"他说。

"那么你为什么后悔没有推呢？"

"那只是因为我赞成积极的事物。在我们参加的这场比赛里，我们根本没有取胜的希望，只不过有的失败相较于别的失败要相对好点，仅此而已。"

他感到她的肩膀动了动，看来她不同意他的想法。当他说出类似的观点时，她都会表示反对。她不能接受"个人总会失败"是自然规律的看法,在一定程度上,她也认识到了自己难以逃脱命运的安排,那些思想警察抓到她只是迟早的事情,她会被杀掉。但在她内心深处某个地方,保存着对把握自己命运的愿望和希望。对此,她想的是需要勇气、努力、机智和运气。她还不懂得世上根本不存在什么幸福这点,不懂得唯一可能的改变只在不可预期的未来,那时候你可能早已离开人世。当你开始向党的原则和党本身挑战时,你就该做好成为一具尸体的心理准备。

"我们是死人。"他说。

"我们还没有死。"茱莉雅说出这个事实。

"肉体上还没死。半年,一年或者五年,这可以想象。我害怕死,你年轻,所以大概比我还害怕。当然,我们都会尽可能延迟我们的死亡。但这改变不了什么,只要你还拥有人性,生死就没有区别。"

"哦,胡说八道!你愿意跟谁做爱,和我还是一具骷髅?你不喜欢活着的吗?你不喜欢这种感觉吗?这是我,这是我的手,还有我的腿,我是真实的,活着的!你不喜欢吗?"

她转过身来用胸脯压着他。隔着制服,他感到她的乳房丰满而结实。她好像是在用自己的身子把青春和活力注入他的体内。

"是啊,我喜欢这个。"他说。

"那不要再说死了。现在听着,亲爱的,我们得安排下次的约会。我们也可以回到那个树林中去,已经很久没去了。但这次你一定得走另外一条路。我已经计划好了。你要坐火车——看,我给你画图,你就按照图上提示的走。"

她把地板上的灰尘扫在一起,从一边的鸽子窝里拿过来一根小树枝,开始在地板上画起来。

第四章

落日的余晖映在了床腿上,照亮了壁炉,锅里的水开得正欢。下面院子里的那个女人已不再歌唱了,但自远方街头传来了孩子们的喧闹声。

温斯顿环顾了一下查林顿先生店铺楼上那个小房间。窗边那张大床如今已收拾了一下，铺上了一块粗糙的毛毯，床上放了没有枕套的枕头。壁炉上方那只十二小时制式的老挂钟不紧不慢、嘀嘀嗒嗒地走着。上次买的那个玻璃镇纸放在角落里那张折叠桌上，在光线有些昏暗的房间里散发出柔和的光。

壁炉围栏里这次多了一只破旧的铁皮煤油炉，一口锅和两个杯子，这都是查林顿先生为他提供的。温斯顿点燃了壁炉，在铁架上烧上一壶水。来时他用一个信封装了不少的胜利牌咖啡和片状糖精。现在那座钟的时间是下午七点二十，也即是说十九点二十，离茱莉雅到达还有大约十分钟。

温斯顿在心里暗骂自己愚蠢。他责备着自己：都是自找的，完全没有道理干这种自杀式的蠢事。在所有党员可能犯的错误里，这一种是最难掩盖的。当他第一次发现镇纸在折叠桌上折射出的影子时，就开始了这样的自责。查林顿没说任何别的就把房间租给了温斯顿，他本来就有过想要温斯顿租下这个房间的想法。但得知温斯顿租下自己的房间是为了跟情人幽会时，他也没流露出丝毫的惊讶和不安，甚至也没有表示任何的"我理解"这类的表情。查林顿先生的神情只是淡漠，就好像这一切都与他无关似的。他对温斯顿说，一个人单独待着是很有必要的，每个人都有时会想要一个人待一会。你要是发现了某个人有这样的一个地方，最好是不要去打搅的好，这是做人最基本的礼节。他告诉了温斯顿这地方有两个出入口，一个穿过后院，另一个连接着小巷。他在说这些的时候，你感觉到他似乎并不存在似的。

窗外有什么人在唱歌。温斯顿来到窗边，隔着窗帘往外看。太阳此时还高高挂在六月的天空里，窗外的小院里洒满了阳光。一个高大的女人像根诺曼柱子一样壮实，胳膊通红，腰上系着一条粗布围裙，正迈着笨重的步子在洗衣桶和晾衣绳间来回走着，晾晒着一些方形的白布，那应该是婴儿的尿布。当她嘴里不咬着晾衣服的夹子时，就会用大嗓门的女低音唱：

> 这不过是毫无希望的痴念，
> 像春天一样转瞬即逝，
> 可一句话，一个眼色，
> 让我又开始胡思乱想，失魂落魄！

这首曲子在伦敦已经流行了好几个星期。它是由音乐司下属的一个专为普通人民制作歌曲的部门制作的无数类似歌曲中的一首。这类歌曲的歌词由一种专门的机器写出，完全不需要人。不过这个女人的歌声很是优美，把这样一堆垃圾也唱得如此动听。尽管外面传来了女人的歌声，鞋子在石板路上摩擦的声音，还有街上孩子们的打闹声，屋内却出奇的安静。真是要感谢电屏在这里的缺席。

愚蠢，愚蠢，愚蠢！他再次想起来了。难以想象他们之间这样在几个星期里频繁幽会居然没被发现。但这种诱惑太大了，使得他们不断在寻找那种隐秘且能在屋内的地方，而且最好距离不要太远。在钟楼见面后，很长一段时间他们没法再见面。为了迎接仇恨周，大家的工作时间都被大大延长。现在离仇恨周还有一个多月时间，但前期繁重的准备工作让每个人都不得不加班加点。好不容易两人才有一个一起休息的下午，原想着去那个远离伦敦的林子里去。但在那之前的晚上，他俩跟平时一样在大街上匆匆见了一面。当他们在熙熙攘攘的人流里相遇时，温斯顿从来不敢去正视茱莉雅，不过在迅速扫视了一眼后，他就发现了茱莉雅的面色很苍白。

"全完了。"感到周围是安全的后，她即刻这样对他说，"我是说明天的事。"

"什么？"

"明天下午。我不能来了。"

"为什么不能？"

"噢，老问题。这次来得早些。"

他突然感到生气起来。在认识她一个多月后，温斯顿对她的欲望性质上发生了改变。一开始几乎没有真正的情欲，第一次做爱时，几乎就是一种有意识的行为。只是在第二次开始，就不同了。她头发的气味、嘴唇的味道、皮肤的感觉都似乎融入到了他的身体内，或者说是成了他周围空气的一部分。对他来说，她已经成为像呼吸一样的生理上的必须。他不仅想要她，而且开始本能觉得这是自己的一种权利。因此，当听到她说无法前来时，他觉得自己受到了欺骗。这时，人群把他们挤到了一起，他们的手无意中相互碰了一下。她飞快捏了一下他的手指尖，这一下子激起了他的强烈愿望，但似乎不是情欲，而是爱。这让他意识到，你如果同一个女人生活在一起，这种失望大概是不断发生的正常事。猛然间，他对她生出了一种深深的柔情。他真希望他们是一对结婚了十年的夫妇。希望两人像现在这样在街上走着，不用这样担惊受怕，两人随意地闲聊着，聊些家庭琐事，聊些柴米油盐。他尤其希望他们能有一个地方可以单独在一起，不用每次见面都像只是为了做爱似的。那之后的第二天，他才产生了租下查林顿先生这间屋子的念头。他把这个想法告诉茱莉雅后，她马上就同意了。他俩都明白，这样做是发疯。好像两人都是在故意朝着坟墓跨近。他在床边坐着等待她，想起了仁部的地下室。命中注定的恐怖在你的意识中来来去去，它就在某个时刻等着你，就像九十九一定是在一百前面一样确定，它必定会在死亡来临前出现。谁也无法避开它，仅仅是有可能推迟它的到来。当然，在某些情况下，人也会在神志清醒状态下刻意去加快它的到来。

楼梯响起了一阵急促的脚步声。茱莉雅冲了进来。她提着一个棕色帆布工具包，这是他经常看到她在上下班时带着的。他走向前去搂她，但是她挣脱开去，多少因为她手中还提着工具包。

"等会儿，"她说，"我给你看我带来了一些什么。你带了恶心的胜利牌咖啡没有？我知道你会带来的。不过你可以把它扔掉了，我们不需要它。看看这是什么。"

她跪下，打开工具包，掏出上面的一些扳子，螺丝刀，露出下面几个干净的纸包。她递给温斯顿的第一个纸包给他一种奇怪而有点熟悉的感觉。里面是沉甸甸的细沙一样的东西，摸到任何地方都会塌陷下去。

"是糖？"他问。

"真正的糖。不是糖精，是糖。这里还有面包条，真正的白面包，不是那种我们吃的劣质货——这里还有一小罐果酱。这是听装牛奶——看！这才是我想让你看的，我要把它包好，因为——"

她不用告诉他为什么要把它包好，因为满屋子浓郁的香味已经告诉了他。这种香味似乎是从温斯顿早已忘记了的童年飘来的。但实际上加上今天，他也仅仅是偶尔有机会闻到过。有时它来自一扇刚关上的门，有时它从走廊里飘来，有时则是在人流如潮的大街上。

"这是咖啡，"他喃喃自语着，"真的咖啡。"

"这是核心党的咖啡。这里有整整一公斤。"她说。

"这些东西你怎么弄到的？"

"这些猪猡没有弄不到的东西。不过那些服务员、勤务员有时也能偷拿一点。看，我还弄到了一小包茶叶。"

温斯顿在她身旁蹲了下来，把纸包撕开一角。

"这是真正的茶叶。不是黑莓叶。"

"最近茶叶不少。他们攻占了印度还是别的什么地方。"她有点语焉不详地说，"但亲爱的。你转过身去，只要三分钟。到床那边去坐着，别离窗子太近。我不喊你别转身。"

温斯顿心不在焉地隔着窗帘朝外看。院子里那个胳膊通红的女人仍在洗衣桶和晾衣绳间走来走去地忙碌着。她从嘴里取出两只夹子，深情地唱着：

都说时间能治愈一切，
都说你总能忘掉这些，
但这些年的笑容和泪水，
仍使我心如刀割。

这个女人能把这废话满篇的歌词牢牢记住，她的歌声在甜美的夏日里飘向空中，带着愉悦的忧伤，格外动听。这一切使得人觉得只要这样的六月的下午一直持续下去，假如有洗不完的衣服，那这个女人就会心满意足地一边晾晒着尿片，一边唱着歌，直到千年之后。温斯顿突然意识到，还没有哪个党员这样发自真情唱过歌。这很奇怪，这样唱就像是在自言自语，怪诞而且危险。也许，人们只有在垂死的时候才能这样歌唱吧。

"好，现在转过身来。"

他转过身去，一时几乎认不出是她了。他原来以为会看到她脱光了衣服，但她没有这样，她的变化比赤身裸体还使他惊奇。她的脸上涂了胭脂，抹了粉。

她一定是到了人民区小铺子里买了一套化妆用品。因为她的嘴唇涂上了口红，脸颊上抹了胭脂，鼻子上扑了粉，甚至眼皮下也涂了什么东西使得眼睛显得更加明亮了。是的，她给自己化妆了。

温斯顿想，她一定是在人民聚集区哪家旧货铺买到了这些化妆品。她的化妆技术谈不上娴熟,但温斯顿要求并不高。他以前从来没见过或者想过一个党内的女人脸上涂脂抹粉。她的面容的变化十分惊人。这里抹些红,那里涂些白,她不仅好看多了,而且更加女性化了。她的短发和男孩子气的制服强化了这种效果。当他把她搂在怀里时,鼻子里充满了阵阵人造紫罗兰香气。他想起了在地下室厨房里的半明半暗中那个老掉牙的女人的嘴。她用的也是这种香水,但现在这一点却似乎无关紧要。

"还用了香水!"他说。

"是的,亲爱的,还用了香水。你知道下一步我要做什么吗?我要去弄一件真正的女人的衣裙,不穿这讨厌的裤子了。我要穿丝袜,高跟鞋!在这间屋子里做一个女人,而不是党员同志。"

他们脱光了衣服,爬到红木大床上。这是他第一次在她面前浑身赤裸。在此之前,他一直对自己苍白瘦削的身体,还有小腿上的静脉曲张和脚踝处的溃疡感到难堪。床上没有床单,但他们身下的毛毯已没有毛,很光滑,他们两人都没有想到这床又大又有弹性。"一定尽是臭虫,但谁在乎呢?"茱莉雅说。除了在那些普通人民家里,你很少能看到这样的双人大床。小时候,温斯顿偶尔睡过双人大床,而茱莉雅则完全不记得自己睡过。

他们睡着了一会儿。温斯顿醒来时,时钟的指针已悄悄移到九点附近。他没有动,因为茱莉雅的头枕在他手臂上。她脸上的胭脂和粉大部分已经擦到他的脸上或枕头上,但残留下来的淡淡一层使得她显得更加美。落日的余晖映在了床腿上,照亮了壁炉,锅里的水开得正欢。下面院子里的那个女人已不再歌唱了,但自远方街头传来了孩子们的喧闹声。他隐约想到,在那被抹掉了的过去,在一个夏日的傍晚,一男一女一丝不挂躺在这样的一张床上,愿意做爱就做爱,愿意说什么就说什么,没有觉得非起来不可,就那样躺着,聆听外面传来的喧闹。他无法知道在被清除掉的过去时光里,这样的事是不是很平常?茱莉雅醒了,她揉揉惺忪的眼,支起手肘看着煤油炉。

"水烧干了一半,"她说,"我马上起来做咖啡。还有一个小时。你公寓什么时候停电?"

"二十三点三十。"

"宿舍里是二十三点。不过你得早些进门,因为——嗨,去你的,你这个脏东西！"

她突然扭过身去床下地板上拾起一只鞋子，像男孩子似的举起胳膊朝着屋角扔去，动作跟他看到她在那天早上两分钟仇恨时间时，向戈德斯坦扔词典完全一样。

"是什么？"他吃惊地问。

"一只老鼠。我瞧见它从护板下钻出鼻子来。那边有个洞。我把它吓跑了。"

"老鼠！"温斯顿喃喃自语，"在这间屋子里！"

"到处都有老鼠，"茱莉雅重又躺下，满不在乎地说，"我们宿舍里甚至厨房里也有。伦敦有些地方尽是老鼠。你知道吗？它们还咬小孩。真的，咬小孩。在那些街上，妈妈们不敢离开孩子，一两分钟都不敢。那是种褐色的体型很大的老鼠。还有更恶心的，真是让人作呕——"

"别说了！"温斯顿紧闭双眼。

"亲爱的！你的脸色都发白了。怎么回事？你觉得不舒服了？"

"世界上最可怕的是老鼠！"

她用双臂双腿钩住他，好像要用自己身体的温度来抚慰他。他没有马上睁开眼。有好几分钟之久，他觉得自己又回到了那个一直在做的噩梦里，梦里他站在一堵黑色的墙前，墙的另一边是让人难以承受的东西，这东西如此可怕，以至于让人无法面对。他在梦里总是在欺骗自己，这种感觉挥之不去。他知道黑色的墙那边是什么，却又不愿去明确。只要努力去面对，他知道自己能把这东西从黑暗中拽出来，就像从大脑里取出来一样。可每次都一样，都是在就要明确了的时候就醒了。这东西一定程度上跟刚才和茱莉雅所说的有关。

"对不起，"他说，"没什么。我只是不喜欢老鼠。"

"别担心，亲爱的，我不会让它们待在这里的。等一会走之前，用破布把洞口塞上。下次来时，我带些石灰，把洞好好堵上。"

说不清的恐惧消退了很多。温斯顿有些尴尬，他坐起身来靠在了床头。茱莉雅下床去煮咖啡。很快就有一股浓香飘散得满屋子都是。他们关上了窗户，不想引起人们的注意，这种香味太特殊了。咖啡加上真正的糖后味道更好，入口后有种丝绸般的柔滑。这对已经吃了很多年糖精的温斯顿来说，简直就是绝世的美味。茱莉雅一只手放在口袋里,另一只手拿着一块抹上了果酱的面包,她在房间里来回踱步。她检查一下书架,对那张折叠桌修理后的情况发表一点自己的看法。她在那把扶手椅上坐下,使劲压了压,然后饶有兴趣地察看了一下壁炉上的那个座钟。最后,她拿起那只镇纸,在那道明亮处仔细察看。但温斯顿马上从她手里把它拿走,他被它雨水般温润的色彩深深吸引。

"你认为这是什么东西?"茱莉雅问。

"我认为它什么也不是——我是说,我认为从来没人把它派过用场。我就是喜欢这一点。它是被他们篡改抹除的历史残留下来的一个碎片,是来自百年前的一点信息。"

"还有那边的画——"她对墙上的画点点头,"那也有一百年的历史了?"

"还要久。大概两百年了。我说不好。如今什么东西你都无法知道到底有多长的岁月。"

她走过去仔细看。

"对了,就是这里,刚刚那只老鼠就是从这里伸出鼻子来的,"她踢了下画下方的护板,"这是什么地方?我以前好像在什么地方见过。"

"这是一个教堂,至少以前是。叫圣克莱蒙特教堂。"这时,查林顿先生教给他的那首歌谣又出现在脑海里,于是他有点忘情地唱了起来:

橘子和柠檬,
圣克莱蒙特的大钟说。

使他惊奇的是,她竟然能接着唱了下去:

你欠我三个法寻,
圣马丁教堂的大钟说。
什么时候还给我,
老贝利教堂的大钟说——

"下面怎么唱我忘了。不过反正我记得最后一句是:蜡烛照着你睡觉,斧头把你的头砍下来。"

这好像是一个分成两半的暗号。不过在"老贝利教堂的大钟"后,一定还有一段,很可能查林顿先生提醒一下就会记起来。

"是谁教你的?"他问。

"我爷爷。我很小的时候他常常教我唱。我八岁那年,他蒸发了,反正是不见了。我不知道柠檬是什么,"她随口说,"我见过橘子。那是种皮很厚的圆形黄色的水果。"

"我还记得柠檬,"温斯顿说,"在五十年代很普通。很酸,闻一下也叫你的牙齿发软。"

"那幅画后面一定有个老鼠窝,"茱莉雅说,"哪一天我把它取下来好好打扫一下。现在,咱们该走了。我得把粉擦掉。真讨厌!等会我再擦掉你脸上的唇膏。"

温斯顿在床上又待了会。屋子里慢慢地黑了下来。

他转身对着光,懒洋洋地看着玻璃镇纸。使人感兴趣的不是那里面的那块珊瑚,而是玻璃的内部本身。那样深,却又像空气一般透明。玻璃表面的弧仿佛苍穹,而弧下是一个被包裹起来的小小世界,连大气层都一应俱全了。他感到自己可以进入到这个世界中去,事实上他已经在里面了。还有这红木的大床、折叠桌、座钟、铜版蚀刻画以及镇纸本身。那镇纸就是所在的房间,珊瑚是茱莉雅和自己的生命,被永恒包裹在了这颗水晶球里。

第五章

正因为他们拒绝理解,因此才能始终保持清醒而不发疯。他们接受任何东西,因为这些东西很快就会消失,接受了也不会造成危害。就好比一粒谷物没经过消化而通过一只小鸟的身体。

塞姆不见了。一天早上,他没来上班。有几个没脑子的人说他旷工了。但从第二天起就再也没提到他。第三天,温斯顿到记录司的前厅去看布告,其中有张开列了象棋委员会委员的名单。塞姆过去是委员之一。这张名单看上去跟以前没有区别——谁也没被去掉——仅仅是一个名字不见了。这就够了,塞姆就此不存在,他从没存在过。

天热得够呛。在迷宫般的部里没有窗户,装有空气调节设备的房间保持着恒温,但在外面,人行道热得烫脚,上下班时间高峰期的地铁臭气熏人。仇恨周的准备工作正如火如荼进行,部里所有工作人员都在加班加点。游行、集会、军事检阅、演讲报告、蜡像陈列、电影放映、电屏节目等,都要重新安排。看台要搭建,雕像要制作,标语要撰写,歌曲要制造,谣言要传播,照片也要伪造。在小说司里,茱莉雅所在的单位现在已经中断了小说制造,他们正在赶着制造一批展示敌人暴行的宣传册。而温斯顿则要花很多时间检查那些过期了的《泰晤士报》,修改、润色那些演讲中需要用到的新闻。到了深夜,有很多的人民在街上转悠,整座伦敦城都吵吵闹闹的,气氛越来越火热。火箭弹的袭击频率也变高了,时不时就会传来一声巨大的爆炸声。谁也不知道怎么了,谣言开始四处传播。

仇恨周主题歌(叫仇恨之歌)的新旋律已经谱好,电屏上正在没完没了地播放。准确说这不是音乐,而是嚎叫。它曲调粗鲁,更像是在敲鼓,但当数百人一起迈着正步大声歌唱时,那种阵势一样具有强烈的震撼效果。人民喜欢这种形式,它如今在街头巷尾和那些流行的如《这不过是没有希望的单恋》相呼应。在公寓里,帕森斯的孩子们用梳子和卫生纸日夜吹奏着,让人难以忍受。对温斯顿来说,现在的夜晚更加让他紧张。由于帕森斯组织的那些志愿者正在街上为仇恨周做准备,他们缝制条幅,张贴宣传画,在屋顶竖起旗杆,还冒险在大街上吊起了铁丝用来悬挂欢迎的彩旗。对此,帕森斯吹嘘说,仅仅一座胜利大厦,旗帜就有四百米长。他的天性在这类活动中完全展现了出来,像一只百灵鸟一样兴奋。炎热的天气和体力劳动让他有了在晚上穿短裤圆领衫的借口。他会在任何地方突然出现,即兴地干点什么,用激烈的言辞说教来激励别人。他身上的汗酸味令人作呕。

一时间,伦敦到处都贴满了宣传画。这些宣传画上没有文字说明,只有一个三四米高的体型巨大的欧亚国士兵,有一张蒙古种的脸。脸上没有任何表情,正在大踏步行进，脚上蹬着大号的军靴，腰间挎着冲锋枪。不论从哪个角度看，枪口总是对着你，由于透视的原理，枪口很大很大。这张宣传画贴满了墙上的空位，甚至比老大哥画像的数目还多。人民一般不关心战争，这时也被鼓动了起来，迸发出巨大的爱国热情。好像是为了呼应这种情绪，火箭弹炸死的人比平时多了很多。有一枚落在了斯坦普尼一家拥挤的电影院里，把好几百人埋在废墟下。附近的居民都出来参加葬礼，形成长长的送葬队伍。葬礼持续了几个小时，到处都是群情激奋的集会和演讲。还有一次，炸弹落在了一片空地上，把正在那里玩耍的一群孩子炸成碎片。人们再次掀起了愤怒的浪潮，举行了声势浩大的示威游行，焚烧着戈德斯坦的塑像，把无数欧亚国士兵的宣传画扯下来，燃烧起熊熊大火。混乱中，一些商店遭到了抢劫。之后的传言说，有间谍通过无线电操纵火箭弹的投射，为此一对老夫妇的房子被焚烧，他们也在火中被烧死，就因为他们可能有外国血统。

在查林顿先生铺子的楼上，茱莉雅和温斯顿只要有机会，就在窗边的床上并排躺着，为了凉快，身上脱得光光的。老鼠没有再来，但炎热的天气让臭虫数量猛增。但这似乎没有什么关系。不论是脏还是干净，这间屋子无异于天堂。他们在房间里到处撒上黑市买来的胡椒，然后流着汗做爱，完了就睡一觉。醒来后臭虫又开始猖獗，聚集起来进行反攻。

在整个六月里，他们一共幽会了四次、五次、六次——或者七次。温斯顿已不再每晚上喝杜松子酒，他不再有此需要。他长胖了，静脉曲张造成的溃疡也痊愈，只在脚踝上留下一块棕斑，就连早起的咳嗽也好了。日常生活也不再让他难以忍受，他也不再有对着电屏扮鬼脸、大声辱骂的冲动。如今这个隐蔽的幽会点，成了另一个家。哪怕见面的次数很少，而且每次见面也只能在一起一两个小时，他也不觉得有什么可惜的。重要的是这个地方还在，查林顿的旧货店还在。他知道到了这里，就不会再有人打搅。这房间就是一个世界，是过去时光的微缩点，已经灭绝了的动物在这里面悠然地漫步。其中最典型的就是查林顿先生。有时来这里时，温斯顿会下楼去跟查林顿先生聊上几句。看上去这个老人从不出门，客人也很少，他就这样在自己幽暗狭小的商店，和比商店还小的厨房中过着自己与世隔绝的日子。厨房除了做饭，还有那些该有的东西，还有一部老掉牙的带大喇叭的留声机。他就是这样在一堆毫无价值的旧货中间走动，很高兴能有机会与人说话。他的鼻子又尖又长,戴着一副镜片很厚的眼镜,穿着一件平绒上衣,更像一个收藏家而不是一个旧货商。他有时会深情地抚摸一下某件东西——瓷器做的瓶塞、破鼻烟壶的釉漆盖、镀金胸针盒,装着几根早已夭折的婴孩头发的黄铜盒子——他从不要求温斯顿买东西,只是认为他应该懂得欣赏。听他说话就像听一架老掉牙的八音盒一样。他从记忆中不断挖掘出一些早已为人遗忘的歌谣片断。有一首歌是关于二十四只乌鸦的,一首是关于一头折了角的母牛的,另外还有一首是关于柯克罗宾的惨死的。"我想你也许会有兴趣。"每想起一个片断,他就会不以为然地笑道。但所有这些歌谣,他都只能记住只言片语的几句歌词。

他们两个人都知道——也可以说,他们从来就没有忘记——现在这样的情况不可能长久。有时候,死亡的临近就像他们一起躺在床上一样真实。当他们紧挨在一起时,肉欲根本无法掩盖内心深处的绝望,这就像是一个坠入地狱的灵魂,在下坠过程中抓住最后几分钟时间享受快感。但偶然里他们也会存有某种幻想,那就是感觉到自己是安全的,并能一直这样下去。只要待在这个房间里,他们会觉得自己不会受到伤害。抵达这个房间的过程充满了艰难险阻,但房间内是安全的。温斯顿看着那个镇纸,渐渐感觉到自己进入了玻璃球的核心,那里是一个完全不同的世界,一旦进入,时间就会停止。在房间里,两人经常会放纵自己沉浸在这种白日梦里,不去想随时可能到来的厄运,而是自欺欺人地以为能这样一直持续下去,能不断地这样幽会,直到生命的结束。要不凯瑟琳意外死亡了,他们可以通过某种方式结婚。要不就改头换面一起消失,在另一个地方重新开始。他们可以模仿那些普通人民的说话方式,去一家工厂里做工,然后在某条僻静的街道上的一处隐蔽的房屋内度过余生。但现实是没法逃避的,这他俩都清楚,而唯一可行的办法就是自杀,只是他俩几乎都没想到过这个选择。对他们而言,其实就是得过且过,坚持一天是一天。人在看不到未来的情形下,拖延时间似乎是一种本能,就像呼吸一样,只要还存在着空气,就不会停止。

他们有时也会讨论怎样去主动应对党,但问题的关键在于他们想不出首先该怎样做。就算是传说中的兄弟会真的存在,他们也不知道去哪找到。他告诉了茱莉雅自己对奥布兰有种很奇怪的感觉,也可能是一种亲近感,这种感觉让他有时会有对奥布兰说出自己对党的厌恶的感受的冲动,他甚至想得到对方的帮助。奇怪的是茱莉雅却不认为这是冒险。她很擅长依靠本能，通过一个人的外表看人，在她看来，温斯顿仅仅依靠一个眼神和感受就认为奥布兰值得信赖，其实是很自然的事。她还认为人人都对党有着不满，甚至仇恨，只要生命不受到威胁，谁都想要打破现在的格局，改变一下现实。只是她认为有组织的抵抗是不存在的。她告诉温斯顿自己的看法，认为戈德斯坦和所谓的秘密军队都是党为了某种目的编造出来的，而一般人只能相信。在很多次的党员集会和游行活动里，她都呼吁把那些自己从不认识的人处死，而她从不相信这些人真的犯下了被冠以的那些罪行。公审大会上，她参加青年团的队伍，去把法院团团围住，从早到晚地呼喊"杀死卖国贼"。在每天的两分钟仇恨会上，她也会大声咒骂戈德斯坦，显得比任何人都要激动。只是这个戈德斯坦是谁，有什么主张，做过什么，她一概不知。她是在革命后的时代里长大的，根本不可能记得发生在五六十年代的意识形态斗争。那些独立的政治运动超出了她想象的范围。不管怎样，对她来说，党就是一个不可战胜，会永恒存在下去的事实。你所能做的仅仅是反对它，最激烈的也不过是通过一些单独的暴力行为，比如杀死某位党的领导，或者炸掉一个物体来表达一下。

在某些方面，她比起温斯顿来要更为敏感，不会随便就相信党说的。有次，温斯顿提起了跟欧亚国之间的战争，让温斯顿想不到的是，她竟然脱口而出，说自己根本不相信有什么战争。她说，每天落在伦敦城里的那些火箭弹，很有可能就是大洋国政府自己发射的，目的"只是想让人民一直生活在恐惧中"。这种想法很独特，温斯顿可从没想到过。她还说，在每天的两分钟仇恨会上，对她来说最难的就是忍住不笑出来。这让温斯顿有些妒忌。不过，只有当党的规定触犯到了她的个人生活，她才会去质疑。一般情况下她都会采取相信的态度对待。这只是因为对她来说，这些宣传的真假毫无意义。比如，她不会质疑学校学到的飞机是党发明的这类。（温斯顿还记得自己读书那会，党只是说直升机是自己发明的。而到了六十年代，当茱莉雅开始上学时，就变成了飞机。看来再过一代人，蒸汽机也会变成是党发明的了）而在他告诉她，在他出生前，也就是革命爆发前很久，飞机就早已存在了时，她没有丝毫的兴趣。对她来说，飞机是谁发明的都一样。最让他吃惊的是，他在偶然的一次交谈中发现，她不记得四年前大洋国是在跟东亚国打仗，而跟今天的对手欧亚国是盟友。这并不奇怪，对她而言，所有这些战争都是假的，但显然她没有去注意到对手名称的改变。"我还以为我们一直都是在跟欧亚国打仗呢。"她的回答有些含混。温斯顿认为，飞机是在她出生前很早发明的，她不知道很正常，但战争的对手更换仅仅是不到四年的事，是在她已经成年后，她也竟然不知道。他们为此争论了一会，直到她改变了自己的看法，恢复了记忆。她最终想起了有段时间敌人的确是东亚国，尽管还有些含糊。不过她说："谁又会在意呢？"她开始有些不耐烦了，"战争一场接着一场，一直都是这样，每个人都清楚新闻是在骗人。"

温斯顿好几次对她说了记录司的事，告诉她那些伪造的工作。但看上去她完全无动于衷。看来对于她，就算是谎言成了真理，也不会以为深渊正在自己脚下打开。他告诉她琼斯、阿朗森还有卢瑟福等人的事，还有自己手中的那张报纸的残片。但这一切似乎对她都毫无意义。事实上一开始她完全就不知道这些事有什么值得在意的。

"他们是你的朋友？"她问。

"我不认识他们。他们是内党党员，年纪也比我大很多。属于革命之前那个时代的人。我只是认出了他们。"

"那有什么好担心的？随时都在杀人，你说呢？"

他想要让她明白："这不是一件小事，不是杀人或者被杀的问题。你没有意识到，从昨天往前推，过去实际上并不存在，它完全消失了吗？幸存下来的也不过是一些具体的事物，根本不可能有文字的记录，更没有说明。比如这块玻璃。所有的记录都被销毁、篡改，每本书都重写了，每幅画都被重画了，每座雕像、每条街道、每栋大楼都改换了名称，甚至连日期都被修改了。并且这样的事情每时每刻都在发生着。历史终止了。除了党的正确，没有什么是永恒并值得存在的。我当然知道过去遭到了篡改。只是我没法证明这点，即使是我自己就亲手在篡改。原因是篡改后不会留下任何证据。唯一的证据在我的脑海里，但我不能确定其他人是不是跟我一样。在我一生中，只有过一次，我发现了发生在过去的事件的真实证据。"

"能有什么用吗？"

"没用，因为几分钟后我就把它扔进记忆处理洞里去了。但今天发生同样的事的话，我应该记录下来。"

"好吧，我不会这样做！"茱莉雅说，"我做好了冒险准备，但不会是为了你说的这些事。我想就算你留下那些东西，你能做什么呢？"

"的确不能，但那是证据。要是我有胆子拿去给别的人看，就有可能在这里那里播下怀疑的种子。的确，我不认为自己能改变什么。只是我还是会想象，在某个地方出现了一小撮的反抗者，他们自发聚集起来，然后渐渐壮大。他们甚至会留下一些记录，然后让后代继续中断了的事业。"

"亲爱的，我对下一代没兴趣。我只对我俩感兴趣。"

"只有你的腰部以下才会叛逆。"他对她说。

她觉得这话很风趣，高兴得伸开胳膊搂住他。

她对党的理论和细枝末节毫无兴趣。他一开始谈到英社的原则、双重思想、过去的沉默多变和客观现实的被抹杀，或者开始使用那些新语，她就厌倦，说她从来没有注意过这种事情。大家都知道这是废话，因此操这个心干什么？她只知道什么时候该欢呼，什么时候该发出嘘声。如果他老是谈这种事情，她就会睡着，这个习惯真叫他没有办法。她就是这种人，随时随地能睡着。

在同她说话中，他发现假装正经而又不知正经为何是件容易的事。可以说，在没有理解能力的人身上，党把它的世界观灌输得最为成功。最明显不过的违反现实的东西，都可以使他们相信，因为他们从来不会去意识到，对他们的要求是何等荒唐蛮横。他们对社会大众的事毫无兴趣，不会去拒绝任何东西。正因为他们拒绝理解，因此才能始终保持清醒而不发疯。他们接受任何东西，因为这些东西很快就会消失，接受了也不会造成危害。就好比一粒谷物没经过消化而通过一只小鸟的身体。

第六章

就算他明白坟墓一直都在那等着自己，他也没有因此感觉就好点。

该发生的终于发生了。期待的消息终于来了。对他而言，等这个消息都等了一辈子。

当时他正走在长长的走廊里，快到茱莉雅上次把纸条塞到他手中的地方时，他发现身后跟着一个个子比他高的人。不管他是谁，那人轻轻咳了一声，显然是想要跟他说话。温斯顿猛然站住，转过身去。那人是奥布兰。

终于面对着面了，他唯一想的就是逃跑。他的心在猛烈跳动，完全没法开口说话。而奥布兰不紧不慢地朝他走来，很友好地把一只手在温斯顿的肩上搭了一下，然后两人就开始肩并肩朝前走。完全不像党的那些核心成员，奥布兰显得彬彬有礼，他用温和的语气跟温斯顿说：

"我一直希望能有机会跟您谈谈，前几天我在《泰晤士报》上读到您关于新语的一篇文章，我猜您对新语有很浓的学术兴趣。您说我想的对吗？"

温斯顿这时已经好些了，他努力让自己显得沉稳。他回答说："谈不上学术兴趣，这不是我的专业，我只是个业余爱好者。实际上我从没做过与语言相关的工作。"

"但您的文章非常精彩。"奥布兰说，"这不仅是我个人的看法，最近刚跟您一个朋友谈过，他是这方面的专家。不过很对不起，我一时想不起他的名字了。"

这时候，温斯顿的内心再一次因为痛苦而抽搐起来。他知道奥布兰说的是谁，他很难想象不是。但现在塞姆不仅仅是死了，而且是蒸发了，遭到了整肃的，与他有关的任何事情都具有致命的危险。显然奥布兰的话是个信号，一个暗号。由于两人共同参与了这个小小的思想罪行，因此就使得两人成了同谋。就在他们继续在走廊里走着时，奥布兰突然停了下来，他习惯性地推推鼻梁上的眼镜，这个姿势一如既往地让温斯顿感到亲切。奥布兰接着说：

"我其实想要说的是，我在你的文章中注意到你用了两个现在已经过时了的词，不过这两个词是最近才过时的。你有没有看过第十版的新语词典？"

"没有，"温斯顿回答，"我想它还没发行吧。现在我们记录司用的是第九版的。"

"是啊，第十版还要几个月才能面世。不过少量的试行版已经出来了。我自己就有一本。您也许有兴趣？"

"很有兴趣。"温斯顿说。他马上领会了奥布兰的意思。

"部分新发展很有独创性。减少动词数量,我想这对您会有吸引力。让我考虑一下,看看是不是派人把词典给您送去?可这种事我总是会忘记。也许您抽时间到我住的地方去拿,您觉得呢?等等,这就把地址给您。"

他们此时正好是站在电屏前。奥布兰摸摸自己制服上的口袋,漫不经心掏出一个皮面的小本子和一支金色的钢笔。他所站的位置电屏能清晰显示出他在纸上写的是什么。奥布兰写好地址,把那一页撕下来给了温斯顿。

"我一般晚上都待在家里。"奥布兰说,"如果我不在家,我的服务人员会把词典给您的。"

说完,奥布兰留下温斯顿一个人走了。温斯顿手里拿着那张纸,呆呆地站在原地好一会。这次,他不需要藏起了,但他依然小心记下了上面写的内容,几个小时后,就把它同一堆废纸一起扔进记忆处理洞内。

他们顶多交谈了几分钟。只可能有一个含意,那就是为了让温斯顿知道奥布兰的地址。之所以有此必要,因为除了直接询问,想要知道谁住在哪里是不可能的。完全没有电话簿、地址录一类。奥布兰对他说的是:"你如果想见我,可以到这个地方来找我。"也许那本词典里藏着某个信息。无论怎样,有一点是可以确定的,他所想的那阴谋是存在的,而且他现在已经接触到了外沿。

他知道,自己迟早要应奥布兰的召唤去找他。可能是明天,也可能隔很久——他也说不准。刚发生的不过是多年前已经开始的一个事件的一个过程。第一步是秘密的、不自觉的念头;第二步是开始写日记,把思想变成文字;下一步也许就是把文字变成行动;而最后一步会在仁爱部里发生,他现在已经接受了这个结局,它就包含在开始里。但他还是害怕,感到恐惧,或者说是像提前品尝了一下死亡的滋味,为此又要少活好几天了。在跟奥布兰谈话时,当他理会了谈话的内在含义时,他感到身体里出现了一股寒意,不由得开始颤抖,就像是踏进到了阴冷潮湿的坟墓里。就算他明白坟墓一直都在那等着自己,他也没有因此感觉就好点。

第七章

这是他们唯一做不到的事。不论他们可以使你说些什么,但他们不能使你相信这些,他们不能进入你的内心里。

温斯顿醒来时,满眼都是泪水。茱莉雅睡得迷迷糊糊,又往他怀里挤近了些。她嘴里喃喃自语着,似乎是在说:"怎么了?"

"我梦见——"他不知道是不是该说出来,也不知道该怎样说,这个梦太复杂,很难用言语描述。因为除了梦境,还有与这个梦有关的记忆。那是在醒来后几秒钟内浮现在他脑海里的。

他重新躺下,闭上眼,让自己再度沉浸在梦中的氛围里。那是一个明亮的梦,梦境辽阔。在梦里,他的人生像夏夜的雨后一样清晰爽朗。所有的一切就跟是发生在那个玻璃镇纸中似的。玻璃的表面是苍穹,苍穹之下所有的事物都被柔和的光清晰覆盖着,看不到边际。这梦可以由他母亲手臂的一个姿势来概括,实际上它正是由母亲手臂的一个动作构成的。三十年后,他在那不久前上映的影片里又一次见到了这个姿势,就是那个犹太妇女为了保护她的孩子免遭直升机的子弹射中时的那个动作,但仍然和她孩子一起被炸得粉碎。

"你知道吗,"他说,"直到刚才,我还以为我母亲是我害死的。"

"你为什么要害死你的母亲?"茱莉雅仍是迷迷糊糊的。

"我没害死她。我说的不是肉体意义上的死亡。"

在梦中,他记起了他看母亲的最后一眼,那之后他醒来,与这个梦境相关的一系列细节涌了出来。正是这些记忆,多年来,他一直都想从记忆里清除掉。没有具体的日期,但他记得自己那时至少有十岁或者十二岁。

他的父亲很早就失踪了,具体是什么时候他记不清。但他记得父亲失踪后他们过的那种艰难的日子:规律性的空袭让人们不断地往地铁站跑,满世界都是残垣断壁，街角到处贴着他不能理解的公告。穿着同样颜色衬衫的成群少年，在面包房前排成长长的队伍，远处不时会传来机枪声。让他印象最深的是饥饿，人们似乎永远也吃不饱。他记得每天下午要花很多时间跟其他男孩子一起在垃圾桶、废物堆里翻寻被人丢弃的菜帮子，马铃薯皮，有时甚至还能捡到陈面包片，那时他们就小心翼翼地把炉渣掸掉。他们都对卡车行驶的线路了如指掌，知道那些车上装载着喂牲口的饲料，他们会在卡车经过的颠簸的路段上寻找偶尔掉下来的几片油渣。

父亲失踪时，母亲并没有表现出强烈的吃惊和悲痛，但那之后她完全变了一个人，变得麻木不仁，像一个行尸走肉。就连那时还小的温斯顿也看出了她是在等一件她知道一定会到来的事情。她继续干着那些需要她干的活，做饭、洗衣服、缝补衣裳、打扫房间、定时清理壁炉上的灰尘。但比起过去明显要缓慢很多，也看不到丝毫多余的动作，就像是一部自动行走的艺术家的模型机器。她那高挑的身体似乎能自动静止，她在床边一坐就是几个小时，一动不动地照料着温斯顿的妹妹，那时他的妹妹只有两三岁，看上去是那么的瘦小、多病、安静，一张小脸跟猴子似的。有时候她会把温斯顿搂在怀里，搂得那样紧，一言不发。他很小，也很自私，但他依然能察觉到这跟某个即将发生却不会被提及的事情有关。

他记得他们住的那间屋子，阴暗狭小，一张白床单铺盖的床占了一半的面积。屋子里有个煤气灶，一个食物柜，外面的台阶上有个棕色的陶瓷水池，是几家合用的。他记得母亲在煤气灶前弯着雕塑般的身子搅动着锅里的东西。他老是肚子饿，吃饭时总要吵闹。他常常一次次问母亲，为什么没有更多吃的，他向她大喊大闹（他甚至还记得当时自己的声音，因为过早进入到变声期，有时洪亮得有些奇怪），他尝试着发出可怜的啜泣声，而这时母亲总是乐意多给他一些。她认为他是"男孩"了，多分点很正常。但不论分给他多少，他总是嫌不够。她一再央求总求他不要自私，不要忘了妹妹有病，需要食物。但这一点用也没有，每当母亲停止给他添食物，他就会愤怒地喊叫，试图从母亲手里夺过锅和勺子，要不就去从妹妹盘子里抢。他知道自己让母亲和妹妹挨饿了，但他对自己没办法，最后他甚至认为自己有权这样做。他的肚子因为饥饿而发出的咕咕叫，就是为他的行为做出的最好的辩护。在两顿饭之间，他还会经常乘母亲不注意，从架子上偷东西，尽管那上面能吃的东西很少。

一天，定量供给的巧克力分下来了。过去几个星期、几个月都没发了。他记得非常清楚，那是很小的一块巧克力，因此更加珍贵。两盎司（那时候仍用这个计量单位），三人分。应该平均分成三块。但突然之间，仿佛有人指使他似的，温斯顿听到自己打雷般的声音，在要求把整块巧克力都给他。他母亲叫他别贪心。他们为此争执了很长时间。他叫喊、哀号、哭泣、央求、抗议。而他瘦弱的妹妹抱着母亲的脖子，睁着大大的眼看着他，眼里充满了忧伤。最后，母亲把巧克力掰开，给了他四分之三，剩下的给了妹妹。小女孩拿着那块巧克力发呆，也许是不知道该拿它怎么办。也就是在这时，温斯顿突然冲过去一把抢走了妹妹手中的巧克力，冲到了屋外。

"温斯顿，温斯顿！"母亲在后面叫他，"快回来！把巧克力还给妹妹！"

他停了下来，但没有回来。母亲看着他，目光里全都是忧虑。即使是到了今天，他还是惦记着那件事，但就算是马上要发生，他也无法知道最后发生的是什么。他的妹妹意识到巧克力被抢走了，只是无力地哭了几声。母亲紧紧搂住她，把她的小脸贴在自己的胸前。这个姿势里有什么在告诉温斯顿，妹妹就要死了。他转身下楼，手中那块巧克力已经开始融化了。

那是他最后一次见到母亲。在吃完那块巧克力后，他突然有了愧疚感。在街上游荡了几个小时后，饥饿使得他回到家里。但母亲消失了。在那个时候，这样的消失经常会发生。屋里什么都没少，连她们的衣服都在。唯独没有了母亲和妹妹。到今天他也不敢断定，母亲是不是死了，很可能她是被送去了劳改营。至于妹妹，很可能是像他一样，被送去了专门收留无家可归的儿童的地方。那地方因为战争而发展壮大起来。但这都没有把握，妹妹也可能被遗弃然后死掉了。

这个梦鲜活如生，尤其是母亲伸出手臂去围住什么想要保护的姿势，似乎是在把整个梦所昭示的意义囊括了起来。他想起了几个月前做的另一场梦。在那个梦里，母亲坐在一艘沉船里，看上去就跟坐在脏的白床单上一样，她怀里的孩子也是像妹妹那样紧贴着她的胸口，那时她所处的位置在他的下面，那地方很远很远，一直都在下沉，但她也一直透过越来越暗的海水看着他。

他对茱莉雅讲述了这些。茱莉雅闭着眼，翻了个身好让自己睡得更舒服些。

"你那时大概是猪，"她含糊地说，"小孩全是猪。"

"但这件事真正的含义——"

从她呼吸声来看，她又睡着了。他很想继续跟她说母亲的事。在记忆中，母亲是一个不平凡的女性，尽管不比其他人聪明，但却拥有高雅、纯洁的品质。她总是遵循自己的行为准则，拥有着属于自己的感情，绝不会为外部的事物改变自己。而且母亲也从不认为无用之物无意义。你爱一个人，就去爱他，当你不能给他什么时，你还可以给他爱。最后一块巧克力被抢走了，母亲就把孩子抱在怀里。这没用，什么也改变不了，她不可能变出一块巧克力来，也不能让自己和孩子逃脱死亡。但对她而言，这似乎自然而然。大海上那个逃难的母亲用手臂护住孩子，她是在为自己的孩子抵挡子弹，她这样做实际上并不比一张纸强多少。恐怖的是党的所作所为就是在让你相信，人定胜天，靠着勇气和情感，你可以和任何力量对抗。但与此同时，却把你身上任何足以控制物质的力量剥夺。一旦处在党的掌握之中，不论你有感觉还是没有感觉，不论你做一件事还是不做一件事，都没关系。不论怎么样，你或你的行动都会消失，都不会再有人提到。历史的潮流里不会留下你的踪迹。但在两代之前的人们看来，这似乎并不是那么重要，因为他们并不想篡改历史。他们有自己特定的爱憎作为行为的准则。他们重视个人的关系。一个完全没有用处的姿态，一个拥抱，一滴眼泪，对将死的人说一句话，都有其相应的价值。他突然想到，人民仍旧是这样。他们所效忠的不会是一个政党或一个国家，更不会是一种思想，他们的忠诚是给予对方的。有生以来他第一次不再轻视人民，或者只把他们看成是一种有朝一日会拯救这个世界的没有人性的力量。人民有人性，他们没有麻木不仁。他们仍保有最朴素的感情，而他自己却需要做出有意识的努力才能重新学会这种感情。他这么想时，毫无理由地记起了几星期前，他看到人行道上的那只断手，他把它踢到了马路边，像对待一个菜头。

"人民是人，"他大声说，"我们不是人。"

"为什么不是？"茱莉雅再次醒来。

他想了会说："你有没有想过，"他说，"我们最好是趁早从这里出去，以后不再见面？"

"想过，亲爱的，我想过好几次了。但我还是不想那么做。"

"我们很幸运，"他说，"但运气不会长久。你还年轻。你的外表正常纯洁。如果你避开我这种人，你还可以活上五十年。"

"不，我已经想过了。不论你做什么，我都要跟着做。别灰心丧气。我会有办法活下去的。"

"我们可能还可以在一起待六个月——一年——谁知道呢。最后我们还是要分手的。你没有想到我们将来会是孤独无援的？他们一旦逮住了我们，我们两个是没办法的，一点也没法给对方任何帮助。如果我招供，他们就会枪毙你，如果我拒绝招供，他们也会枪毙你。不管我做什么，说什么，或者不说什么，都不会让你的死亡哪怕推迟五分钟。我们不会知道对方是死是活。我们将束手无策。有一点是重要的，那就是我们不要出卖对方，尽管这一点也不会带来任何改变。"

"如果你说的是招供，"她说，"那我们还是要招供的。谁都会招供。你没办法。他们拷打你。"

"我不是说招供。招供不是出卖。无论你说或做什么都无所谓。除了感情。如果他们强迫我停止爱你——这才是真的出卖。"

她想了一会。"这他们做不到，"然后她说，"这是他们唯一做不到的事。不论他们可以使你说些什么，但他们不能使你相信这些，他们不能进入你的内心里。"

"是的，"他因此多了些希望，"没错，他们没法进入你的内心。对于人性，如果你觉得值得保留，即使是这无法带来任何结果，也能让你战胜他们。"

他想到电屏，想到无休止的监听监视。他们可以夜以继日地监视你，但如果你能保持头脑清醒，你仍能战胜他们。他们尽管聪明，但仍无法掌握挖出人的思想秘密的方法。但当你落在他们手中，情况就会不同。没有人知道仁爱部里发生的那些事，但人们可以想象：拷打、用药、用各种精密的仪器记录你的神经反应、不让你睡眠，由此一点点让你屈服。他们会把你关在单独牢房里，没日没夜审问、拷打你。事实上，没有什么事是可以隐藏起来的。他们总是要一追到底。但要是你的目的不是活着，而是保留住自己的人性，那将会有不同吗？他们无法改变你的情感，就算你自己想改变也办不到。他们能让你把每个细节都交代出来，但你的内心除外。因为对你自己，你的内心也是神秘的，是坚不可摧的。

第八章

在我们这一辈子里，不可能发生什么看得见的变化。我们是死者。我们的真正生命在未来。我们将作为一抔尘土、几根枯骨参与未来的生活。

他们来了，他们终于来了！

他们站在一个长方形的房间里，房间里有柔和的光线。电屏的声音被调到了最小，基本无法听清。房间的地板上铺了深蓝色的地毯，人踩上去像是踩在了天鹅的羽绒上。奥布兰坐在房间一端的一张桌子前，桌上的台灯有着绿色的灯罩，上面放着一大摞的文件。茱莉雅和温斯顿被带进去时，奥布兰没有抬头看他们。

温斯顿的心跳得厉害，使他担心自己会说不出话来。他心里想的只有这件事："来了，他们来了，他们终于来了。"到这里来，本身就是件冒失的事，还是两人一起来，那就更是愚蠢。不错，他们是走不同路线来的，到了奥布兰家门口才碰头。但仅是走进这个地方就需要极大地勇气。只有在极偶然的情况下，你才有机会见到核心党员家里的情况，说得更明确点，那就是只有极其偶然的情况下，你才能有机会进入他们居住的区域。这里的一切都令人生畏。公寓很大，很气派，样样东西都显得富丽堂皇，那些食品和烟草散发出的香味你也闻所未闻。公寓的电梯看不到拥挤，在安安静静地、有条不紊地上下。那些身着白色上衣的服务人员悄无声息地忙碌不停——这里的一切都让人肃然生畏。到这里来，温斯顿尽管有正当的理由，但每走一步都还是在担心穿黑色制服的警卫会突然出现，拦住你，向你要证件，要不就把你赶出去。见到他们，奥布兰手下的服务员没有丝毫犹豫就让他们进去了。那是个一头黑发的小个子男人，身着白色上衣，有一张近乎菱形的脸，很可能是一名中国人。他带他们穿过走廊，走廊里铺了很柔软的地毯，墙壁上贴了奶油色的墙纸，护墙板被漆成了白色。周围所有东西都显得干干净净，这同样让人心生敬畏。在温斯顿的印象中，还真不记得有这样一面一尘不染的墙壁。

奥布兰手里捏着一张纸条,似乎在专心阅读。他的大脸低着,能看清他鼻子的轮廓,他的样子充满智慧,但让人敬畏。大约有二十秒的时间,他就那样坐在那一动不动。然后他拉出语音记录器来,用各个部通用的行话说了起来:

"项目一逗号五逗号七批准句号六项包含的建议加倍愚蠢接近思想罪取消句号未处理建设性付款加上满足预算机械装置一般费用句号结束消息。"

他慢吞吞地从椅子上站了起来,经过无声的地毯向他们这边过来。说完了那些新语,他的官架子似乎放下了一点,但神情比平时严肃,好像因为有人来打扰而不高兴。温斯顿本来已经很恐惧,这时却突然又掺杂了一些尴尬。他觉得很有可能自己犯了一个愚蠢的错误。他有什么证据可以断定奥布兰是个政治密谋家呢?除了闪烁的目光,一两句似是而非的话,他什么足以确定的证据都没有。此外,只有他拥有的那些私密的念头,也都是建立在猜测和幻想之上的。但他现在已经没有了退路,甚至都不可能拿词典做借口,因为那样就没法解释茱莉雅的到场。在电屏前,奥布兰似乎想起了什么,他停下来,转身去按动了墙上一个按钮,啪的一声,电屏里的声音消失了。

茱莉雅发出一声惊呼,而温斯顿却因为太吃惊了,以至于控制不住自己问出声来:

"您可以把它关掉!"

"是的,"奥布兰说,"我们可以把它关掉。我们有这个特权。"

他站在他们面前。他的身材魁梧,比他俩要高出很多,而他的神情让人捉摸不透。他现在看上去有些严厉,他似乎是在等温斯顿开口。但温斯顿不知道自己该说什么。他现在给温斯顿的感觉像是在生气,也许是他很忙,是温斯顿他们打搅了他,所以他很生气。有那么一阵,房间里的安静让人透不过气来,电屏已经关掉,没有任何声音。温斯顿被这种气氛压抑得非常难受,他开始去注视奥布兰的眼睛。也就在这时,奥布兰本来严峻的脸上露出了笑容。他还是习惯性地扶一下自己的眼镜问:

"我说,还是你说?"

"那还是我来说吧,"温斯顿立刻回答说,"那玩意儿真关掉了?"

"是的,关掉了。这里就只有我们自己。"

"我们到这里来是因为——"

他一下子不知道该说什么了。他感到了自己并没有什么明确的目的。并且,他也没想过要从奥布兰得到什么具体的帮助,因此他无法说清自己来的目的。但他还是不得不继续说下去,他的话显得苍白无力:

"我相信存在某种阴谋,有一些秘密组织正在进行着反党的活动,而且你也是其中之一。我们来是因为我们想要加入。我们不喜欢党,不相信英社说的那些东西。好吧,我承认我们是思想犯,通奸了。我们来告诉您这些,就是想把自己交给您处理,要是您希望我们以别的方式证明自己,我们也愿意。"

他觉得后面门开了,就停了下来回头看。果然不错,那个个子矮小、脸色发黄的仆人没有敲门就进来了。温斯顿看到他手中端着一只盘子,上面有一瓶酒和几只杯子。

"马丁是自己人,"奥布兰不露声色地说,"马丁,把酒端到这边来,放在圆桌上。椅子够吗?我们最好是坐下来,那样谈话会更舒适。马丁,这是公事,接下去的十分钟里你不用扮演仆人。"

小个子坐了下来,但神情里还是免不了有几分仆人的神色。温斯顿用余光看看他,萌生出一个念头,这个男人在一生中都是在扮演某种角色,即使是暂时褪掉伪装,也一样让人觉得危险。奥布兰把酒瓶拿了过来,在玻璃杯中倒了一种深红色的液体。这使温斯顿模糊地想起,很久前在墙上或者广告牌上看到过的一只电灯泡组成的大酒瓶,酒瓶上下移动着,把里面的液体倒入杯子里。从上面看下去,酒几乎是黑色的,但在酒瓶里,却像红宝石一样闪烁着。它有一股酸甜的气味。茱莉雅端起酒杯,好奇地闻了闻。

"这是葡萄酒,"奥布兰微笑着解释,"没有问题,你们在书上一定读到过。不过,没有多少卖给外围党员。"他的表情又严肃起来,举起杯,"让我们为健康干杯吧,为伟大的领袖戈德斯坦干杯。"

温斯顿很热切地举起了酒杯。他从书上读到过葡萄酒,总是梦想着尝尝。像那块玻璃镇纸或查林顿先生忘了大半歌词的歌谣一样,都属于已经消失很久了的那个浪漫的时代。他偷偷把那个时代称之为"老时光"。不知为什么,他一直认为葡萄酒味道是甜的,像黑莓果酱,而且能马上使人喝醉。实际上,等他真的一饮而尽时,却有些失望。原来他喝了多年的杜松子酒,已经品味不了葡萄酒的美味。他放下空酒杯。

"那么真的有戈德斯坦这个人?"他问。

"是,有这样一个人,他还活着。至于在哪我们就不知道。"

"那那个密谋——那个组织也是真的?不是秘密警察杜撰的?"

"不是,它是真的。我们叫它兄弟会。除了它确实存在,你们是它的一员,别的你们不需要知道。关于这点,我等会再说。"他看了眼手表,"哪怕是核心党里的人,把电屏关掉半个小时以上也是不恰当的。你们再也不用一起来这里,走时得分开。你,同志——"他对茱莉雅点点头,"先走。我们大约还有二十分钟时间。我首先得向你们提一些问题,这你们想必是能理解的。总的来说,你们打算干什么?"

"凡是我们能够干的。"温斯顿回答。

奥布兰坐在椅子上略为侧过身来,这样可以对着温斯顿。他几乎把茱莉雅忽视掉了,大概是他理所当然地把温斯顿看作是可以代表她的。他的眼皮低垂了一下,开始用没有感情的声音例行公事地提问,就像他预先知道答案似的。

"你们准备献出生命吗?"

"是的。"

"你们准备好杀人了吗?"

"是的。"

"你们准备从事的破坏活动,这可能会造成千百无辜百姓的死亡,你们知道吗?"

"是的。"

"你们准备好了把祖国出卖给外国吗?"

"是的。"

"你们准备好欺骗、伪造、讹诈、腐蚀儿童心灵、贩卖成瘾毒品、鼓励卖淫、传染花柳病——凡是能引起腐化堕落和削弱党的力量的事,都准备好去做了吗?"

"是的。"

"比如,如果把硫酸泼在一个孩子的脸上能促进我们的事业,你们愿意去做吗?"

"是的。"

"你们准备隐姓埋名,一辈子改行去做服务员或码头工人吗?"

"是的。"

"如果需要,你们准备好了自杀吗?"

"是的。"

"你们两个人愿意分手,从此不再见面吗?"

"不!"茱莉雅突然插进来叫道。

温斯顿觉得自己是过了很久才给出回答,有那么一阵,他觉得自己被剥夺了说话的能力,他的舌头在动,却发不出声音。他只是做出了想要发出的第一个单词的嘴型,但立刻就想要发出第二个单词,这样反复好几次,最后忘了自己到底要说什么。但最终冒出来的却是:

"不。"

"你们能告诉我这些很好,"奥布兰说,"我们必须掌握一切。"

他转过身对茱莉雅说,声音多了一些感情。

"你要明白,即使他侥幸不死,也可能是另外一个人了。我们可能会给他一个全新的身份,他的脸、举止,还有他的手的外形,以及他的头发的颜色等等,甚至他说话的声音都会改变。并且,你也很可能变成另外一个人,没有人能认出你来。这些有时候都是必需的,我们为了某些原因,甚至会给某个人做截肢手术。"

温斯顿忍不住要偷看一眼马丁的蒙古人的脸。他看不到有什么疤痕,茱莉雅脸色有点发白,雀斑显得更加明显了。但她大胆地面对着奥布兰,喃喃说了句什么,好像是表示同意。

"很好。现在没问题了。"

桌子上有一盒银色包装的香烟,奥布兰心不在焉地把香烟推给他们,自己也取了一支,然后站了起来,开始来回踱步,好像他站着让他可以更容易思考。香烟很高级,很粗,烟丝被一层丝绸般的纸裹得很紧。奥布兰又看一眼手表。

"马丁,你可以回餐具间了,"他说,"一刻钟内我就打开电屏。你走前好好看一眼这两位同志的脸,以后还要见到他们。我很可能不会见到他们了。"

就像在大门口时那样,那个小个子用黑色眼睛在他们脸上看了一会。他的神态中看不出丝毫友善的神色。他记住了他们的样子，对他们却没有任何兴趣，至少表面看起来是这样。温斯顿忽然想，也许人造的脸是不可能拥有表情的。马丁一言不发就走了出去，出去的时候他随手关上了门。奥布兰来回踱着步，一只手插在黑制服的口袋里，一只手夹着香烟。

"你们知道，"他说，"你们要在黑暗里战斗。你们永远是在黑暗之中。你们会接到命令，要坚决执行，但不知道这些命令为什么会发出。我会给你们一本书，你们从中可以了解我们所生活的这个社会的真相，你们能从中学到摧毁它的策略。在读过这本书后，你们就是兄弟会的正式会员。但除了我们为之奋斗的总目标和当前的具体任务之外，其他什么也不会让你们知道。我能告诉你们的只是兄弟会是存在的，但我不能告诉你们它有多少会员，是一百还是一千万。从你们切身经验来说，你们认识的成员永远也不会超过十人。你们会有三四个联系人，但每隔一段时间就会换掉，原来的人就会彻底消失。由于这是你们第一次联系，以后会保持下去。你们接到的命令都由我发出。如果有必要，会通过马丁联系你们。最后被抓到后，你们会招供，这不可避免的。但你们除了自己干的事外，没有什么可以招供的。你们至多只能出卖少数几个不重要的人。你们甚至连我也不能出卖。到时候我可能已经死了，或者变成了另外一个人，换了另外一张脸。"

他继续在柔软的地毯上来回走动。尽管他身材魁梧，但他的动作却特别优雅。即使是把手插进口袋或捏着一支香烟这样的动作，也能显示出他的优雅。比起强硬一面来，他的自信、体贴，以及其中的一丝嘲讽意味给人的印象更深刻。他不论如何认真，都没有狂热分子才有的执拗。他在谈到杀人、自杀、花柳病、断肢、换脸型时，隐隐有种揶揄的神情。

"这是不可避免的，"他的语气似乎是在说，"这就是我们要做的，没有妥协的余地。但要是生命值得再来一次，我们就不会去这样做。"温斯顿对奥布兰生出了一种崇敬甚至是崇拜。那一瞬间里，他忘了戈德斯坦模糊的形象。看到奥布兰强壮有力的肩膀，坚毅的面孔，这副面孔如此丑陋却又是如此典雅，温斯顿感觉到你不可能击败这个人。没有任何方法可以战胜他，也没有任何危险是他所不能预料的。甚至茱莉雅似乎也很受感染。她入了迷，连香烟在手中熄灭了也不知道。奥布兰继续说：

"你们会听到关于兄弟会的传闻。不要怀疑，你们已经形成了自己对它的看法。你们大概想象它是一个庞大的密谋分子的地下网络，想象这样一个组织在地下室里秘密开会，在墙上刷标语，用暗号或手部的特殊动作互相打招呼。完全不是这样的。兄弟会的会员都不认识对方，任何一个会员所认识的其他会员都只会是很少几个，就连戈德斯坦本人如果落入思想警察之手，也不能向他们提供全部会员名单，或者提供可以使他们获得全部名单的情报。没有这个名单，兄弟会就不会被彻底消灭。因此它不是一般意义上的组织，把它团结在一起的是一个不可摧毁的思想。除了这个思想，你们没有任何东西可以作为依靠。你们得不到同志之谊，得不到鼓励。你们被抓住时也得不到援助。绝对需要时，我们也会把一片剃须刀偷偷送到牢房里去。你们得习惯于在没有成果、希望的情况下活下去。不久后你们可能会被抓，会招供，会死掉。这是你们能得到的唯一结果。在我们这一辈子里，不可能发生什么看得见的变化。我们是死者。我们的真正生命在未来。我们将作为一抔尘土、几根枯骨参与未来的生活。但这个未来距离今天谁还有多远？谁也不知道。可能是一千年。目前除了把神志清醒的人的范围一点一滴加以扩展外，我们不可能做任何其他事情。我们不能采取集体行动。我们只能把我们的思想通过个人传播开去，一代代传下去。面对思想警察，这是唯一的办法。"

他第三次看手表。

"同志，到了你走的时候了。"他对茱莉雅说，"等等，瓶里还有半瓶酒。"

他把三只酒杯斟满，然后举起了自己的。

"这次为什么干杯呢？"他说，仍带着一点嘲讽的口吻，"为思想警察的混乱？为老大哥的死？为人类？为未来？"

"为过去。"温斯顿说。

"过去更重要。"奥布兰神情严肃地表示同意。他们喝干了酒，茱莉雅站了起来要走。奥布兰从柜子顶上的一只小盒子里取出一片白色的药片，叫她衔在舌上。他说，出去千万不要给人闻出酒味，电梯服务员很注意外人的一举一动。等她出去后关上门，他就似乎忘掉她的存在。他又来回走了一两步然后停了下来。

"有些细节要解决，"他说，"我想你大概有个藏身的地方吧？"

温斯顿介绍了查林顿先生铺子楼上的那间屋子。

"目前可以凑合。以后我们再给你安排别的地方。藏身的地方必须经常更换。同时我会把那书送一本给你——"温斯顿注意到，甚至奥布兰在提到这本书时，也是用了加重的口吻。"是戈德斯坦的书，会尽快给你。不过我可能要过好几天才能弄到一本。你可以想象，现在思想警察到处在搜查销毁出版物，你根本来不及出版。不过这没有关系，这本书是销毁不了的。即使最后一本给抄走了，我们也能几乎逐字逐句再誊写出来。你上班时带不带公文包？"他问。

"一般带。"

"什么样子？"

"黑色，很旧。有两条搭扣带。"

"黑色，很旧，两条搭扣带——好。不久后会在某一天——我无法告诉你具体是哪一天——你早上接受的工作中会有一份通知印错了一个字，你要要求重发。第二天上班时不要带公文包。路上有人会拍拍你的肩说：'同志，你把公文包丢了。'他给你的公文包中就有一本戈德斯坦的书。你得在十四天内归还。"

两人陷入到了一阵沉默。

"还有几分钟你必须得离开，"奥布兰说，"我们以后再见——要是有机会——"

温斯顿抬头看着他："在没有黑暗的地方？"他有些迟疑。

奥布兰点点头，并没表示惊异。"在没有黑暗的地方，"他说，好像他知道这话指的是什么，"在走前你还有什么要说吗？什么信？什么问题？"

温斯顿想了想，他感觉没有什么问题需要问的了，更没有想表达的。他想到的不是奥布兰或兄弟会，而是母亲临死前几天，那间黑暗的卧室，还有查林顿先生铺子楼上的小屋、玻璃镇纸、花梨木镜框中那幅蚀刻钢版画，这些混合成一个情景了。他几乎是脱口而出地说：

"你有没有听过一首老歌，开头是'橘子和柠檬，圣克莱蒙特教堂的大钟说'？"

奥布兰点点头，用优雅的声音郑重地唱了起来：

橘子和柠檬，圣克莱蒙特教堂的大钟说。

你欠我三个法寻，圣马丁教堂的大钟说。

你什么时候还？老贝利教堂的大钟说。

等我发财了，肖尔迪奇的大钟说。

"你知道最后一句歌词！"温斯顿说。

"是的，我知道最后一句歌词。恐怕你现在得走了。不过等一等。你最好也衔一片药。"

温斯顿站起来时，奥布兰伸出了手。他用力握了握温斯顿的手，温斯顿感觉自己的手都要被捏碎了。走到门口，他回头看了一眼，奥布兰似乎正在努力忘掉他。他把手放在了电屏的开关上，在等着温斯顿离开。而在他身后，温斯顿看到那张桌子上有着绿色灯罩的台灯，还有语音记录器和装满了文件的铁篮子。他想，三十秒后，奥布兰又会开始刚才被中断的党的重要工作。

第九章

这种国家里，统治者即独裁者，法老或恺撒也没能拥有过他们这样绝对的权力。为了不让自己陷于不利局面，他们不会让自己统治下的人民饿死太多。

因为太疲惫，温斯顿累得像一堆果冻。果冻是个很贴切的词，它是自动出现在他脑海中的。他的身体不但像果冻那样绵软，也像果冻一样是透明的。他感觉到自己举起手来，甚至能看到光线可以穿透自己的手。这样高强度的工作，让他的血液和淋巴液已经被耗干，浑身剩下的只有神经、骨骼和皮肤构成的一个空架子。这时候感觉变得格外敏感，制服在身体上的摩擦很难受，走在人行道上脚底会感觉到痒，手掌想要打开、握紧也非常困难，身体上所有的关节都会发出"咔咔"的响声。

五天内工作九十多个小时，部里所有人都跟他一样。现在工作终于结束，从现在一直到明早，他都无事可做，这段时间里，党没有安排任何工作。他可以在那个秘密的幽会地待六个小时，然后回自己家睡九个小时。在下午阳光的照耀下，他沿着一条肮脏的街道，朝着查林顿先生的铺子慢慢走去，一边留神注意有没有巡逻队，一边毫无理由地认为今天下午不会有人来打扰他。他的公文包沉甸甸的，每走一步都会碰一下膝盖，使他的大腿感到发麻。那本书就在公文包里放着，已经有六天时间了，可他还没有打开过，甚至连看一眼也没有。

仇恨周进行了六天。六天里天天是游行、演讲、呼喊、歌唱、旗帜、标语、电影、蜡像、敲鼓、吹号、齐步前进、坦克的碾压、飞机的轰鸣、隆隆的炮声。在这六天里，大众的情绪振奋到了高潮，对欧亚国的仇恨也像火山爆发一样。要是在仇恨周的最后一天公开绞死的两千名欧亚国战俘落到他们手中，他们会毫不犹豫把这些战俘撕成碎片。但就是在这个时候，大洋国突然宣布自己并没跟欧亚国，而是在跟东亚国交战，欧亚国成了盟友。

当然，没有人承认发生过变化。只是在突然间，人们都知道敌人是东亚国，不是欧亚国。这一切发生时，温斯顿正在伦敦的中心广场参加示威游行。那时正好是夜晚，惨白的人脸跟鲜艳的红旗交相辉映在广场斑斓的灯光下。广场上当时有几千人，包括一千多名少年侦察队的学生。在用红布装饰的台上，一个核心党员在发表演讲。他是个瘦小的人，有一双长得不成比例的手臂，一颗大头顶上很少几缕头发，样子像童话里的侏儒怪物。他愤怒地扭曲着身体，一只手握着一支话筒，另一只手——很细的手臂却有一只很大的手——在头顶上空疯狂地挥舞。他滔滔不绝地控诉着敌人的屠杀、流放、抢劫、强奸、虐待俘虏、轰炸平民的暴行，以及那些充满谎言的宣传和肆无忌惮地背叛条约发起的进攻。通过扩音器，他的声音染上了金属的味道，现场几乎没有人对他讲的有所怀疑，每个人都因为他说的而愤怒。隔几分钟下面的听众就会发出一阵野兽般的怒吼，把他的声音淹没。你要是仔细看，会发现那些最粗野的咆哮是来自集会现场的学童。那人的演讲大约进行了二十分钟的时候，一名通讯员跑到了台上，递给他一张纸条。他一边继续着演讲，一边打开纸条。他的声音和形体没有任何变化，但从他嘴里喊出来的敌人的名字却突然变了，新的名字就像是一阵风刮过海面，台下的听众就像激起的海浪一样。大洋国的敌人现在变成了东亚国！紧接着是一阵可怕的混乱，因为那些旗帜、宣传画现在都是错的！那些宣传画上的人物形象一半以上是错了的。这成了明目张胆的破坏，是戈德斯坦的人干的！于是大家乱哄哄把宣传画从墙上揭下来，把旗帜撕得粉碎踩在脚下。少年侦察队的表现特别精彩，他们爬上了屋顶，把挂在烟囱上的横幅剪断。在两三分钟之内，这一切就都结束了。讲话的人仍抓着话筒，向前耸着肩膀，一只手在头上挥舞。一分钟后，人群继续发出愤怒的吼声。仇恨周继续进行下去，只是对象改变了。

后来回顾起来，给温斯顿印象最深的是那个讲话的人居然在一句话讲到一半时转换了对象，这中间不仅没有停顿，甚至连句子结构都没有打乱。不过当时有另外的事分了他的心。在人群正在撕扯宣传画时，一个人突然拍了拍他的肩膀，对他说："对不起，我想您弄丢了公文包。"他没看清对方的模样，也没说话，就接过了那只公文包。他知道要过几天他才有机会看看包里的东西。集会一结束他就返回了真理部，那时时间尽管已经快到二十三点，人们却都回到了部里，因为接到电屏的通知，要大家都回到岗位上去。不过这并没有必要。

大洋国在同东亚国作战：大洋国一向是在同东亚国作战。过去五年的文件全都要作废。包括各种各样的报告、记录、报纸、书籍、小册子、电影、录音带、照片——都得以最快速度加以修正。虽然没有明确指示，但大家都心知肚明，记录司的首长计划在一个星期内清除所有与欧亚国交战、和东亚国结盟的痕迹。这样一来的工作量就大得吓人，加上这件事的隐晦性，工作量就更加可怕。记录司的人员为此每天要加班工作十八个小时，而睡眠被分成两次，每次三个小时。紧急从地下室搬出来的床垫占满了长长的走廊。食物被食堂的工作人员用手推车推到办公场所，主要有夹肉面包和胜利牌咖啡。每次睡前温斯顿都会尽量把手头的工作干完，但当他腰酸背痛，困乏地回到办公隔间时，桌上又堆满了文件，不仅淹没了语音记录器，很多还掉到地板上。这样一来，他就得首先整理好这些文件。最糟糕的是，这些工作并非简单地更换名称，一些文件的细节部分还需要发挥想象力去修改。即使是把一场战争从世界的一个地方挪到另一个地方，你也需要一定的地理知识。

到第三天，他的眼睛痛得无法忍受，每隔几分钟就需要把眼镜摘下来擦擦。这像是在努力完成一件专门折磨人的身体的体力活，你本来有权拒绝，却控制不住自己去神经质地不停地干。他对着记录器说出的每句话，他用墨水写下的每个字，都是经过仔细斟酌后的谎言。当他回忆这些时，发现自己对此没有丝毫的不安。跟所有那些同事一样，他也希望能把这些谎言编造得完美无缺。到第六天清晨，送来的文件逐渐少了，最长时间有半个小时输送管里没有文件送来。之后，送来了最后一份文件。几乎是在同一时间，司里的所有工作同步完成了。所有人都不由得深深叹口气，这件无法明说的、了不起的工作终于完成了。现在，所有文件都可以证明大洋国从未跟欧亚国有过交战。十二点时，大家收到了休息到明早的通知。在工作时，温斯顿一直把那个装着那本书的公文包放在两脚之间，睡觉时放在枕头下。回到家里，他刮了胡子，洗了澡，尽管水不热，他还是差点在澡盆里睡着。

当他爬查林顿先生铺子里的楼梯时，全身关节都在发出"咯咯"的声音，他很享受这种状态。他很疲倦，但已没有睡意。他打开窗户，点燃了肮脏的小煤油炉，放了一壶水在上面，准备泡咖啡。茱莉雅一会后就会到。那本书就在这里。他在那把肮脏的扶手椅上坐下来，打开了公文包上的搭扣。

这是本有着黑色封面的厚厚的书，装订很差，封面上没有作者的名字。书的页边磨损得很厉害，字体有些不统一，感觉上稍不小心，书就会散开。看来这本书经过了很多人。书的扉页上印着：

寡头政治集体主义的理论与实践

爱尔曼纽·戈德斯坦.著

温斯顿开始了阅读。

第一章　无知即力量

有史以来，大约是从新石器时代结束开始，世界上就有了三种人：上等人、中等人、下等人。如果按照不同的方式进一步划分，有过其他很多不同的称谓。各个不同人群相互之间对彼此的态度因时而异，但社会的基本结构从未有过改变。即使是在经过了重大的剧变和貌似不可挽回的改变后，世界依然能恢复其原有的基本格局。这就像无论朝着哪个方向行进，陀螺仪都能让平衡得到恢复一样。

而三个阶层的目标完全无法协调……

温斯顿停了下来，仔细回味一下这种情况的现实存在。现在，他正在阅读，安全并且舒适。他独自一个人，周围没有电屏，没有隔墙的耳，他不需要让自己保持警惕，处在紧张状态里，不需要随时准备着把书藏起来。夏风轻抚着他的身体，远处传来孩子们的喧闹声，屋内那座挂钟在嘀嗒地走着。他把自己深深陷入扶手椅里去，把脚抬起来放到壁炉的挡板上。是的，这是一种永远也不会改变的属于人的享受。他突然随手翻开了书，翻到随便哪一页，就像他知道自己会逐字逐句反复去一遍遍阅读一样。他翻到的恰好是第三章的开头，现在他继续读下去。

第三章 战争即和平

自二十世纪中叶开始，就可以预见到世界将会进入三个超级大国时代。俄国吞并了欧洲，美国吞并了大英帝国。目前的三大强国有两个在当时就已经切实存在，它们就是欧亚国和大洋国。第三个是东亚国，东亚国是在经过十年的混战后形成的。三个超级大国的边界有些地方是任意划定的，另一些则是随着战争发展的情况在不断变化，但总的来说，它们是根据地理界线来划分的。欧亚国包括欧亚大陆的整个北部，从葡萄牙到白令海峡。大洋国则占有南北美、大西洋各岛屿、不列颠群岛、澳大利亚和非洲南部。东亚国相对较小，包括中国和中国以南诸国、日本各岛和满洲、蒙古、西藏等辽阔却边界不明朗的地区。

这三个超级国家永远是拉一个打另一个，总是处在交战状态下。过去的二十五年里一直如此。但战争已不再像二十世纪初期的几十年那样你死我活。交战双方的冲突目标变得有限，谁也没有能力摧毁对方，同时交战也没有了重大原因以及意识形态的分歧。但这并不意味着战争的手段和结果不再那么血腥和残暴了，更不意味着它有多少的正义性。相反，非理性的好战情绪，在所有三国之中都是长期持续、普遍存在的，像强奸、抢劫、杀戮儿童、奴役人民、对战俘进行报复，甚至烧死活埋，这类的行为被看作是理所当然的。并且这类行为如果是己方所为，而不是对手所为，还会被称颂为正义与高尚的行为。但实际上直接卷入战争的只是少数人，是那些受过高度训练的专家，为此，战争造成的伤亡相对较少。战争通常发生在相互间边界无法确定的地区，大多数人对实际情况只能猜测，或者是发生在扼守着海洋主要通道的水上堡垒周围。对中心城市而言，战争带来的影响主要体现在物资的长期短缺和间或出现的火箭弹袭击造成了人员伤亡上。事实上，战争的性质已经改变。确切说，进行战争的原因的重要性次序已经改变。在二十世纪初几次大战中居于次要地位的动机，今天已经上升到了主导地位，得到有意识的认可和实行。

要了解目前的战争——尽管每隔几年敌友关系总要发生变化，但战争还是那场战争——的性质，我们首先必须认识到，这场战争是打不出一个结局来的。三个超级国家中的任何一国都不可能被绝对打败，甚至两个国家联盟也做不到。它们之间过于势均力敌，彼此间的天然防线很难被突破。欧亚国的屏障是大片陆地，大洋国是大西洋和太平洋，东亚国是居民的多产勤劳。其次，已不再存在战争的资源上的诱因。由于建立了自给自足的经济，生产与消费互相配合，争夺市场已经不能构成战争的主要原因，原材料的争夺也不再生死攸关。

无论如何，这三个超级国家的幅员都是如此辽阔，凡是所需资源几乎都可以在本国疆界内获得。如果战争还有什么直接经济目的的话，那就是对劳动力的争斗。在三个超级国家之间有一块类似长方形的地区，以丹吉尔、布拉柴维尔、达尔文港和香港为四个角，居住着世界上五分之一的人口，任何一个国家都无法长期占领这块地区。正是为了争夺这个地区，以及被冰雪覆盖着的极北区域，三个大国之间争斗不休。但实际上谁也无法有效控制这些争议地区。这些地区反复易手，导致三个大国之间的联盟关系随时会发生变化。因为无论是哪一国，都只能依靠背信弃义的突然袭击，才能暂时占领其中某个地区。

所有的争议地区无一例外都蕴藏着宝贵的矿藏，其中有些地方还生产重要的植物产品，如橡胶等。这在寒冷地带必须靠成本较大的方法来人工合成。但最主要是这些地方有无穷无尽的廉价劳动力储备。不论哪一国控制了赤道、非洲，或者中东国家、南印度、印度尼西亚群岛，就相当于拥有了无数低廉的、勤劳的苦力。这些地区的居民多多少少已经沦为奴隶，不断在征服者之间转换，被当作煤或石油一样使用，用来生产更多的军备，占领更多的领土，控制更多的劳动力，然后再生产更多的军备，占领更多的领土，控制更多的劳动力。如此周而复始，一而再再而三继续下去，永无休止。应该指出，战争从来没有真正超出争夺地区的边缘。欧亚国的边界在刚果河盆地与地中海北岸之间伸缩，印度洋和太平洋的岛屿则不断被大洋国或东亚国轮流占领。在蒙古，欧亚国和东亚国的分界线从来没有稳定过。而在北极周围，尽管三大国都声称拥有其全部的领土，实际上这些地方杳无人烟，也从未被勘探过。总之，三大国之间始终维持着力量的均衡，心脏地带从没有遭受过侵犯。此外，赤道一带被剥削的劳动力，对于世界经济来说并非不可或缺。他们对世界财富并不增添什么，不论他们生产什么东西，都被用于战争，而进行战争的目的总是争取能获得有利的地位。依靠这些被奴役地区的劳动力，战争得以延续下来并有所加快。但即使没有他们的存在，世界社会的结构，以及维持这种结构的方法，基本上不会有本质的改变。

现代战争的主要目的（按照双重思想的原则，对于这一目标，党内的智囊不否定也不承认），是尽量消耗掉工业生产出的产品，却并不提高总体的生活水准。自从十九世纪末叶以来，工业社会中就潜伏着如何处理剩余产品这一困境，在目前，大多数人无法保证温饱，这个问题显然并不紧迫，即使没有人为破坏生产出的剩余产品，这个问题很可能也不会迫切。今天的世界同一九一四年前相比，更加匮乏、饥饿、破败，如果同那个时代的人所展望的未来世界相比，则更是如此。在二十世纪初，人们眼中的未来富足、舒适、有序、高效率——那是一个应该由玻璃和洁白的混凝土建造起来的光明清洁的世界——它是几乎所有文化人的意识的一部分。科学技术当时正在神速发展，一般人很自然地认为以后也会继续这样发展下去。但后来这一切并没有发生，一部分原因是长期不断的战争和革命造成了贫困，一部分原因是科学技术的发展需要经验主义的思维方式，这种方式无法在控制严厉的社会存在。总的来说，今天的世界比五十年前更加原始。一些落后地区固然有了进步，不少技术——多少总是与战争和警察侦探活动有关——有了发展，但大部分试验和发明都停顿下来，五十年代核战争造成的破坏从没有真正复原过。尽管如此，机器所固有的危险仍旧存在。从机器问世之日起，凡是有一定思考能力的人无不认为，人类再也不用像从前那样做苦工了，因此人与人之间的不平等的基础也就大部分不复存在。要是有意识地站在这样的立场使用机器，那么，饥饿、过劳、污秽、文盲、疾病就能在几代内被彻底消灭。事实上，在十九世纪末和二十世纪初的五十年里，机器虽然没有用于这样的目的，但这样的情况却自然而然发生了——由于机器生产的财富不得不加以分配，机器在客观上的确提高了人类总体的生活水准。

但同样明确的是，从一定意义上来看，财富的全面增长也会带来毁灭性的危险——对等级社会的毁灭。如果世界上所有人都只需要工作很短的时间就能吃饱饭，能住上带卫生间和冰箱的房子，并且能拥有私人汽车甚至飞机，那么最显而易见和最重要的差异就不复存在。财富一旦普及，就不会存在财富的差别。有可能，甚至是毫无疑问，可以设想这样一个社会，一个在私有财产和奢侈品的拥有方面，得到了均衡分配，但权力却仍然掌握在少数特权人的手中。只是这样的社会不可能在现实里维持长期的稳定。因为每个人都能拥有有保障且舒适的生活，那么原先那些因为贫困而缺乏教育的大多数，就能成为有文化且能独立思考的人。而一旦他们做到了这一点，早晚会意识到少数特权阶层存在的不合理，进而会加以清除。就长远来看，等级制只能建立在贫困和无知的基础上。二十世纪初有一些思想家梦想着回到旧时代的农业经济中去，但这无法解决任何实际问题。这种倾向是与工业化背道而驰的，而工业化已经成为世界发展的大势所趋。更何况，任何国家要是在工业领域落后于其他国家，它的军事实力就得不到保障，就会直接或者间接输给自己的竞争对手。

用限制生产来维持大众的贫困，也不是个令人满意的解决办法。在资本主义最后阶段，大概在一九二〇年到一九四〇年之间，曾大规模这么做过。许多国家听任经济停滞，土地荒芜，拒绝扩大资本和设备的投入，最后导致失业剧增，很多人只能依靠政府的救济度日。这同时导致了军事上的疲软。由于这种限制产出的政策造成的大面积贫困毫无可取之处，注定会遭到人们的反对。问题在于：人们如何既要确保经济这个轮子的持续运转，又不让世界的财富得到增加？商品的生产不能停止，但商品却不一定能有效分配。因此，唯一可行的就是发动战争，并持续进行下去。

战争的基本行为就是毁灭，不一定是毁灭人的生命，而是毁灭人类的劳动产品。物资的丰富有可能会使得大众生活得太舒服了，长期来说也会使得他们变得聪明，战争就是要粉碎这些物资，或者化为轻烟，或者沉入海底。战争中武器即使没被实际毁坏，但继续制造它们，仍不失是一种既消耗劳动力而又不用生产消费品的办法。例如建造一座水上堡垒所耗的劳动力，就可以制造好几百艘货轮。而它最终会被废弃并被拆卸，不至于给任何人带来实际的物质利益。而为了建造新的水上堡垒，又要耗费大量劳动力。原则上，战争计划总是以在满足了本国人口最低需要后，把可能剩余的物资耗尽为标准的，而现实中人们的需求又总是在被低估，从而导致一半以上的生活必需品的供应严重不足。但这却被认为是有益的，是经过深思熟虑后的政策决策，甚至一些利益集团也同样是在困苦的边缘徘徊着的，因为普遍的匮乏能凸显小的特权的重要性，并扩大阶级之间的差异。按照二十世纪初期的标准来看，甚至今天党的核心成员的生活条件，也是足够艰苦朴素的。但他们所享有的为数不多的奢侈——设备完善的宽敞住处、质地更好的衣服、质量更高的饮食烟酒、两三个仆人、私人汽车或直升机——使他的生活跟外围党员迥然不同，而外围党员同我们称为"人民"的下层大众相比，又处在类似的有利地位。整个社会就是处在这样一种封闭的、很少流动的状态下，甚至一块马肉就能体现出贫富的差异。同时，由于处在战争状态里，所有人都感到不安全，想要生存下去就理所当然需要把权力交到少数人手里。

由此可以看出，战争摧毁了那些必须摧毁的东西，人们在心理上也能够接受战争中使用的手段。原则上来说，建造庙宇、金字塔，挖一个坑再填上，或者生产出大量的商品再将其销毁，都是可以用来消耗剩余劳动的手段。但这只能为等级制下的社会提供经济基础，而提供不了感情基础。这里所说的感情不是指的普通大众，大众的态度无关紧要，只要他们保持不断工作就行。这里所说的是党员的情绪。即使是那些地位最低的党员，他们也会被要求有能力、勤劳、在特定范围内拥有聪明的头脑，与此同时，他们还需要具备轻信、盲从和狂热的特点，他们情感的构成主要应该是恐惧、仇恨、崇拜、狂热。换句话说，他的精神必须要同战争状态相适应。战争是不是真的在打，这无关紧要。战争打得好坏，由于不可能有决定性的胜利，也无关紧要。重要的是在战争状态下，更容易让党员保持党所需要的智力分裂——这已经是目前普遍存在的现象，党员地位越高，这种情况越显著。在对待战争的狂热程度上，内党的成员们表现得最为强烈。作为管理者，党的核心成员必须要知道有关战争的信息的准确程度，他很可能经常发现整场战争都是虚假的，要么现在并没有发生，要么其真实性完全不同于公开宣传的那样。但在双重思想的作用下，他所了解到的信息很容易被消除掉。没有一个内党成员不坚信战争的真实性，他们的神秘信念从不会动摇，他们相信大洋国一定能取得最终胜利，并将成为全世界无可争议的主人。

核心党员人人都相信这未来的胜利，把它当作一个信条。达到最后胜利的方法，或者是逐步攻占越来越多的领土，确立压倒性的力量优势，或者是发明某种无敌新式武器。谋求发明新式武器的工作持续不断，凡是有创造性头脑的人或喜欢探索的人，这是他们为数不多的能发挥自己的才智的领域。目前在大洋国，旧观念的科学几乎已不再存在。新语里没有"科学"这一词汇。过去所有的科学成就，其基础就都是建立在经验主义基础上的，但这违反英社的最根本原则。技术的进步也只能够发生在其产品能在某种方式上用于减少人类自由时。在一切实用艺术方面，不是停滞不前，就是倒退了。土地由马拉犁耕种，而书籍却用机器写作。但在至关紧要的问题上——实际上就是说战争和警察的侦探活动中——却仍鼓励，或者至少是容忍经验主义这种方法。党有两个目的，征服地球和消灭独立思考。

因此，党急于要解决的也有两大问题。一个是如何违背一个人的意愿，知道他在想些什么，另外一个是如何在几秒钟内，未加警告就杀死几亿人。如果说目前还有科学研究在进行的话，正是因为这两个目的的存在。今天只存在两类科学家，一类是心理学家兼刑讯官，他们能极其细致地研究一个人面部表情、姿态、声调变化包含的意义，试验药物、震荡疗法、催眠、拷打的逼供效果。另一类是化学家、物理学家、生物学家，他们只关心自己专业中与杀人相关的部分。在和平部的庞大实验室，在巴西热带雨林深处的试验站，或者在澳大利亚的沙漠里，以及南极的人迹罕至的小岛上隐藏着的实验室里，一批批专家们都在不知疲倦地工作。他们一些专注于制订未来战争的后勤计划；一些在设计威力越来越大的火箭弹之类的爆炸物，越来越难击穿的装甲；有的在寻找更致命的毒气，或者一种可以大量生产足以灭绝整个大陆植物的可溶毒药，或者繁殖不怕一切抗生素的病菌；有的致力于制造一种像潜艇能在水下穿梭航行的汽车或者像帆船那样不需要基地的飞机；有的在探索愈加可望而不可及的东西，例如通过几千公里外空间的透镜，把太阳光集束起来，好在地球上开凿一个洞制造地震和引起海啸等等。

但这些计划没有一项曾接近完成过，这三个超级国家没有一个能比别国领先一步。更奇怪的是，这三个大国由于有了原子弹，实际上已经拥有了一种终极武器，其威力比它们目前在研究的任何武器的威力都要大不知多少。虽然由于习惯使然，党总是说原子弹是自己发明的，实际上原子弹早在二十世纪四十年代就问世了，十年后就开始被大规模使用。当时，数以百计的原子弹落在了那些工业中心，主要集中在俄国的欧洲部分、西欧、北美，使得所有国家的统治集团相信，再扔几个原子弹有组织的社会就完了，那样他们的权力也会随之终结。因此自此以后，虽然没有公开签订或是暗地里有什么正式协定，再也没有谁使用过原子弹。不过三大国还是继续制造、储存原子弹，因为他们都相信迟早有一天各国之间会有一次最后的决战。同时，在长达三四十年时间里，各国在战术上没有取得任何进展。当然，直升机比以前的用途更广，轰炸机基本上为自动推进的投射体所代替，脆弱的军舰让位于几乎不沉的水上堡垒。但其他方面很少有变化。坦克、潜艇、鱼雷、机枪，甚至步枪和手榴弹仍在使用。尽管报纸和电屏不断在报道跟战争与杀戮相关的消息，但再也没有重现过早期战争中那种几个星期就导致数十万甚至上百万人员死伤的事情。

　　在战略上，三个超级国家都从来没想采取可能带来致命失败的策略。所有大规模的行动，通常都是以对盟国的突然袭击开始。三大国采取的战略都是一样的。那就是用打仗、谈判、时机选得恰到好处的背信弃义等手段，从对方手里夺取一系列基地，把对手包围起来，然后同该国签订友好条约，保持一段时间的和平状态，使得对方麻痹大意放弃警惕。在这期间把装好原子弹的火箭部署在战略要地，最后万箭齐发，使对方遭到致命打击，彻底丧失反击能力。这时便同另外剩下的那个世界大国签订友好条约，准备另一次突然袭击。不用说，这种计划完全是做白日梦，不可能实现。此外，除了在赤道一带和北极等争议地区还没发生过战争，也没有哪个国家直接入侵过别的国家。这解释了超级大国之间有些地方的国界为什么是随意划定的。例如，欧亚国完全可以轻易征服英伦三岛，后者在地理上属于欧洲的一部分，另一方面，大洋国也可以把疆界推到莱茵河甚至维斯杜拉河一线。但这就违反了各国都一直在遵守的文化统一原则，也就是说如果大洋国占领了历史上被称作法兰西以及德意志的地区，那么它要么把这个地区的居民全部消灭，或者去同化一亿在文化和技术上享有同等地位的人民。这几乎是不可能完成的任务。就这个层面来说，三大国所面临的困难是相同的。除了和战俘以及黑人奴隶进行有限的接触外，他们的国家基本结构决定了他们的人们绝不能与外国人有任何直接联系。即使对当前的盟国也总是极不信任。除了战俘，大洋国普通民众从来没有见到过欧亚国或东亚国的民众，就连外语学习也被禁止。如果他有机会接触外国人，他就会发现外国人同自己是一样的人，他所听到的关于外国人的话大部分都是谎言。他所生活的封闭天地就会被打破，他的精神所依的恐惧、仇恨、自以为是就会化为乌有。因此，三个国家都认识到，不论波斯、埃及、爪哇、锡兰易手多么频繁,但除了火箭弹,主要的疆界决不能逾越。

在这些谎言中有一个事实从没被提到过,却被大家默认为基本的行为准则,那就是:三个超级大国的生活水准基本上相同。大洋国实行的哲学叫英社原则,欧亚国叫新布尔什维克主义,东亚国的有一个中文的名称,一般翻译为"崇死",不过也许还是译为自我毁灭为好。大洋国的公民不许知道其他两国的哲学信条,却受到憎恨的教育,把它们看作是对道德和常识的野蛮践踏。实际上这三种哲学是很难区分的,它们所拥护的社会制度也不存在本质上的区别。到处都是金字塔式的结构,同样的对一个半人半神领袖的崇拜,同样的靠战争维持经济和让经济为战争服务。这正是三个超级国家相互都无法征服对方的原因,即使是征服了也无法获得任何利益。只要它们之间继续冲突不断,它们就能像三根捆绑在一起的秸秆,彼此支撑着对方。通常情况下,三个国家的统治者对自己的所作所为既清楚,又一无所知。他们一生致力于征服世界,但同时他们也知道,战争必须永远持续下去而不能有最终的胜利。同时,由于没有被征服的危险,就使得对现实的否认成为可能,这正是英社原则和它的斗争思想体系的特点。这里有必要再重复一遍上面所说的,战争既然持续不断,就从根本上改变了自己的性质。

在过去的时代里,战争按其定义来说,一般非胜即败。而且在过去,战争也是人类社会同实际现实保持接触的主要手段之一。历代的统治者都想要他们的人民接受一种对客观世界不切实际的看法,但任何幻觉如果有可能损害军事效能,他们都决不会加以鼓励。战败意味着丧失独立,或其他糟糕的结果,因此就必须提前采取预防战败的措施。客观的现实是无法视而不见的。在哲学、宗教、伦理、政治等方面,二加二可以等于五,但在设计枪炮和飞机时,二加二只能等于四。落后无知的民族迟早会被征服,要提高效能,就不能存有幻觉。此外,要有效能,就必须向过去学习,这就需要对过去发生的事有个正确和公正的了解与判断。当然,报纸和历史书总难免带有主观色彩和偏见,但却不可能像今天这样伪造事实。战争的确能让人保持清醒的头脑,对统治者来说,它甚至是保持自己头脑清醒的最主要手段。战争会有输赢,没有一个统治集团能置身事外。

但是,当战争变得没完没了时,它就不再有危险,也不再存在军事上的要求。技术进步可以停止,最明显的事实也可以罔顾。上面已经说过,够得上称为科学的研究工作仍在为战争目的而进行,但基本上是一种白日梦,它不能产生效能，但这并不重要。效能，甚至军事效能，都不再需要。在大洋国里，除了思想警察，没有任何事情是有效能的。三个超级国家没有一个是会被征服的，因此，每一个国家实际上都是个单独的世界，怎么样颠倒黑白、混淆是非，都没有关系，都能大行其道。现实的压力仅仅体现在日常生活所需上——那就是衣食住行的需要，当然还包括避免误服毒药，避免从高处不慎坠落这一类的需求。在生与死之间，在肉体的快乐与痛苦间，仍存在着差别，但仅此而已。大洋国人民与过去隔绝，与外界隔绝，他们就像是生活在星际空间里，不知道自己身在何处。这种国家里，统治者即独裁者，法老或恺撒也没能拥有过他们这样绝对的权力。为了不让自己陷于不利局面，他们不会让自己统治下的人民饿死太多，还需要在军事技术上跟对手一样低劣。一旦这些条件得到最低限度的满足，他们就可以把现实扭曲成他们想要的样子。

因此，按传统的定义来衡量，现在的战争完全是假的。这好像是两头反刍动物之间的争斗，它们犄角的角度早已决定了它们不会让彼此受伤。但是，战争虽然不真实，却有意义。它耗尽了剩余消费品，这就能够保持等级社会所需要的特殊心理氛围。在下面将会讲到，战争目前成为了一种内政。在过去的时代，那些各个国家的当权者也许已经找到了相互间的共同利益所在，对战争的规模和毁灭程度加以了限制，但仍难免互相残杀。到了今天，战争早就不再是国与国之间的相互掠夺与残杀，更不再是为了保卫领土不受侵犯，而是成了用来维护国内统治与稳定的手段。因此，战争这个词的含义发生了改变。如果说战争由于持续不断已不复存在，此话可能属实。人类在新石器时代到二十世纪初期之间受到的那种特殊压力，现在已不复存在，而由一种完全不同的东西取代。如果三个超级大国互相不打仗，互不侵犯对方的疆界，同意永远和平相处，效果大概相同。因为在那样情况下，每一国家仍是一个自给自足的天地，永远不会受到外来危险的震动。因此，永久的和平跟永久的战争本质上是一样的。这就是党的口号"战争即和平"的真实含义，只是大多数党员对此的了解是很肤浅的。

远处不知什么地方传来了一声火箭弹的爆炸声，温斯顿停下了阅读。刚才那种把自己关在一间没有电屏的屋子里阅读的安静猛然消失了。他回到了现实中，感到了身体的困乏。松软的扶手椅，窗外吹进来的夏日的微风让他脸上有点痒痒的感觉。他在想这本书，这本书让他感到奇特，也开始有些着迷起来。严格说里面所说的并不新鲜，但正是这吸引住了他，因为它把那些一直在他心里萦绕、困惑着他的话说了出来。他想，如果他能够把自己零碎的思想整理一下，他也能像这样写出来。写这本书的人的头脑同他的头脑一样，只是比他要有逻辑性，更加大胆无畏。他觉得，最好的书，是把你已经知道的东西写出来。他刚把书翻回到第一章想要继续读下去，就听到茱莉雅上楼的脚步声，他站起来去迎接她。茱莉雅上楼后就把棕色的工具袋往地上一撂，投入到他的怀抱。他们距上次见面已有一个星期了。

"我拿到那本书了。"他们松开后他告诉她。

"哦，是吗？那很好。"她似乎没有太多兴趣，蹲在煤油炉旁边泡起咖啡来。

在床上半个小时后，他们又回到了这个话题上。夜晚很凉爽，他们用床罩盖住身子。外面楼下的院子里又传来了熟悉的歌声和鞋子与石板地面摩擦的声音。从第一次见到那个胳臂通红的高大女人后，她的存在几乎成了这个院子必不可少的部分。白天，不论什么时候，她总是在洗衣盆和晾衣绳之间来回，嘴里不是咬着晾衣夹子就是唱着情歌。茱莉雅又快要睡着了。他伸手把落在地上的书拾起来，靠着床头坐起来。

"我们一定要读一读，"他说。"你也要读。兄弟会的所有会员都要读。"

"你读吧，"她闭着眼睛回答，"大声读。这样最好。你一边读可以一边向我解释。"

壁炉上的挂钟现在指向的是六点，也就是十八点整。他们还有三四个小时时间。温斯顿把书搁在膝头开始读起来。

第一章 无知即力量

有史以来，大约是从新石器时代结束开始，世界上就有了三种人：上等人、中等人、下等人。如果按照不同的方式进一步划分，有过其他很多不同的称谓。各个不同人群相互之间对彼此的态度因时而异，但社会的基本结构从未有过改变。即使是在经过了重大的剧变和貌似不可挽回的改变后，世界依然能恢复其原有的基本格局。这就像无论朝着哪个方向行进，陀螺仪都能让平衡得到恢复一样。

"茱莉雅，你还醒着吗？"温斯顿问。

"当然，亲爱的，我在听。念下去吧。写得真好。"

于是他继续读下去：

而三个阶层的目标完全无法协调。最高阶层的人的目标是保持他们的地位。中间阶层的目标是想要跟最高阶层交换地位。而对于最低阶层的人来说，他们受到的压迫过于严重，生活过于艰辛，以至于只在很偶然的时候才会想到基本生活之外的事。这是他们的一大特点，因此说他们有什么目标的话，那也不过是渴望消除差别，建立一个人人平等的社会。纵观人类历史，此类斗争总是在一而再地上演。在大多数时间里，最高阶层通常都能维持自己的统治地位，牢牢掌握着权利。但总有一天，他们要么不再相信自己，要么不再相信自己能继续维持统治地位，或者两者兼而有之。到了那时，他们的统治会被中等阶层推翻，而这个中等级阶层的人们会把自己打扮成为了自由和正义在战斗的样子，把最低等级的人们争取到自己旗下。但一旦中等阶层达成自己的目标，就会重新把最低阶层的人们推到被奴役的地位上去，他们自己也摇身一变成为新的最高阶层的上等人。不久后，新的一轮轮转会再度开始，新形成的中等阶层会分化出去。三个等级中，只有最低等级的人群从来都无法得到成功，哪怕暂时的成功也从未出现过。如果说历史进程中人类从未取得过实质性的进步，这有点夸张。即使是今天这样一个普遍衰败的时代，人们的平均生活水平也要比过去几个世纪好很多。但问题的关键是，无论是物质财富的增长，还是人类行为的文明，不论是改革还是革命，都没有能让人类社会的平等状况有所改进。站在最低阶层的人们的角度看，改朝换代无非是更换统治者的名字。

到十九世纪末期，许多观察家都看到了这种周而复始的现象。于是就出现了一些思想流派，认为历史是一种循环过程，并声称不平等是人类生活的基本法则。这种理论从来就不缺支持者，只不过如今改变了自己的表述方式。在过去，社会需要分为各个等级的理论尤其被最高阶层的人所强调，这些人包括了国王、贵族、教士、律师和那些寄生者。通常的情形是，这些人向人们承诺，人可以在未来的世界，也就是死后得到补偿，以此来缓解阶级之间的矛盾。而中间阶层的人们，只要自己还在为得到权力而斗争，就一定会鼓吹自由、正义、博爱与平等。但如今，人人皆兄弟的观点却遭到了尚未掌握权力、但不久即将要掌握权力的人的抨击。在过去的时代，中间阶层的人们打着平等的旗号发动革命，在推翻旧专制制度后，建立起了属于自己的新的专制制度。而现在，新的中间阶层会事先表明自己就是要建立新的专制制度。十九世纪初期出现了社会主义理论，该类理论可以一直追溯到古代的奴隶反抗时代出现的思想链条的最后一个环节上去，深受历史上的乌托邦思想的影响。但在一九○○年后出现的那些社会主义理论，大多越来越公开放弃有关建立自由平等的社会的目标。二十世纪中叶出现了新的社会运动，在大洋国是英社，在欧亚国是新布尔什维克主义，在东亚国则是崇死。它们的目的都十分明确，那就是要让人类社会的不自由和不平等永远持续下去。它们都是由旧的运动发展出来的，倾向于保持原有的名称并在口头上依然宣扬旧的意识形态，都把阻挠进步、把历史冻结在某个时刻当作目标。常见的钟摆现象会再次发生，然后停止不动。像过去一样，上等人会被中等人推翻，中等人变成了上等人。不过这次因为采取了更为明智的策略，最高阶层的人将会永远保持住自己的地位。之所以产生这种新的学说，一部分原因是历史知识的积累和历史意识的形成，而这在十九世纪以前是根本不存在的。在今天，历史的循环运动这一特性已被人们了解，至少看起来是这样。既然了解到了，就可以加以改变。但最根本的原因是早在二十世纪初期，人类在技术上就已经使得平等成为可能。尽管无法改变人的天赋的差异，分工的不同，因此一些人强于另一些人是难以改变的事实，但阶级的差异、财富分配的不均衡的必要性已经不复存在。而这在早期时代里是不可避免，甚至是理所当然的。要知道不平等恰恰是文明的代价。随着工业化时代的到来，情况发生了根本的改变。即使是从事不同的工作，人们也没有必要在社会地位上分为不同等级，更没有必要生活在不一样的经济水平下。对此，在那些即将夺取权力的人看来，他们已经不用为了人类的平等奋斗，而是只需要尽量避开危险。到了更久远的时代里，当建立起公正平等的社会无法实现时，人们就相信了不平等的社会存在的必然性。几千年来，人们梦想的是能拥有一个人人皆兄弟，没有法律也没有畜生般艰苦劳作的天堂。有人纵使在每一次历史变化中都得到实际好处，这种幻想对他们也还是有一定的吸引力。法国、英国、美国等国大革命的继承者们,在一定程度上对自己所说的人权、言论自由、法律面前人人平等之类的话信以为真,甚至他们的行为在某种程度上也受到这些言论的影响。但到二十世纪四十年代,所有主要的政治思想就都被极权主义取代。人类天堂在即将实现的时刻遭到了怀疑。所有新的政治理论,不论自称是什么,都又回到了主张等级制度和严格管制。大约是在一九三〇年前后,在形式普遍严峻的情况下,一些曾经被长期弃用,甚至数百年都没有再使用了的手段,比如未经审讯的羁押,把战俘当作奴隶,公开处决,严刑逼供,扣押人质,驱逐大批人口之类的做法再度普遍被施行,并得到那些自誉为开明、进步的人的默认。

只有英社以及别的一些与之并立的政治理论得到贯彻执行,是在世界经历了长达十多年的世界大战、内乱、革命以及反革命后的事。但是在之前,就曾出现过一般称为集权主义的各种制度,今天世界的主要轮廓在动乱之后出现,显而易见是必然的结果。而怎样的人将会掌握这个世界也一样是显而易见的。新的特权阶层主要由官僚、科学家、记者、工会活动家、宣传专家、社会学者、教师和职业政客组成。这些人出身中产薪水阶级和上层工人阶级,他们是由垄断工业和中央集权政府下的贫瘠不毛的世界塑造和纠集。相较于过去,作为对手他们不那么贪婪,也没有那么奢侈,但他们对绝对的权力有着更强烈的渴望。最主要的还是他们对自己有着清醒的认识,在对反对者的压制上更加坚决和无情。而后者是非常重要的,跟今天比,曾经的僭主政治既不彻底,也缺乏效率。因为它无法避免自由主义思潮的影响,完全回避不了这类思想在自己统治范围内的出现与传播。这类政治体制所关心的是那些公开的行动,对人们的思想则毫无兴趣。而在今天看来,这跟中世纪的教会比,也算得上是十分宽容的。这一部分原因是因为,过去时代的政府没有能力对自己的民众进行全方位的监控。随着印刷术的出现,操纵公众意见变得更加容易起来,随着之后出现的电影与无线电技术,进一步加剧了这种情形。电视的出现以及发展,以及在同一种设备上进行的信息整合技术,最终终结了人们的私生活。所有人,至少那些重要的、需要被关注的人,可能遭到二十四小时的全天候监控,官方的宣传体系也日益侵入人们的日常生活中。其他别的信息渠道都被掐断。到了今天,第一次,不仅普通公民都要屈服于国家意志,而且他们的思想和看问题的方式都被统一了起来。

在五十年代和六十年代的革命时期过后,社会像过去一样又重新划分为三个阶层。不过新的阶层中的最高阶层里的那些人跟他们的前辈不同，他们现在不是凭直觉行事，而是清楚地知道需要怎样来保护自己的利益。他们认识到，寡头政体的唯一可靠基础是集体主义。财富和特权如为共同所有，则最容易保卫。二十世纪中叶出现的所谓"取消私有制"，实际上意味着把财产集中到比以前更少的一批人手中。不同的只是，财富的拥有者不再是一个个具体的个人，而是一个集团。

就个人来说，除了极少的个人物品外，党员没有什么财产。但对集体来说，大洋国所有的一切都属于党，因为什么都归它控制，它会按它认为合适的方式处理物质。在革命后的几年中，党之所以能不受到任何反抗就控制了整个国家，正是因为这一过程是以集体化的形式出现的。人们习惯认为如果剥夺了资产阶级的所有权力，社会主义就会自然紧随而至。资产阶级的财产被剥夺，工厂、土地、房屋、运输工具——他们曾经拥有的一切都被剥夺。这些东西不再是私有，因此就必然成了公有的。英社是从以前的社会主义运动中产生的，它袭用了后者的言辞，也事实上实现了后者纲领的主要部分，获得了把经济不平等永久化的成果。而后者只是可以预见却并非有意为之的。

但是等级社会永久化的问题却比这深刻得多。统治集团只有在四种情况下才会丧失权力：被外部力量征服，管理效率低下导致人民的背弃，一个强大而不满的中等阶层的出现，或者它自己丧失了统治的信心和意志。这四个原因并不是单个起作用，在某种程度上总是同时存在。统治阶级如能防止这四个原因的产生，就能长久维持自己的统治地位。最终的决定性因素是统治阶级本身的精神状态。

从二十世纪中叶后，第一种危险在现实生活中已经不再存在。三个强国瓜分了世界，除非出现人口上的悄然变化，否则谁也不可能被征服。政府只要有广泛的权力，这很容易被避免。第二个危险也仅仅是理论上的。大众从来不会自发起来造反，也从来不会由于身受压迫而起来造反。说真的，只要没有一个类比的标准存在，他们就不会意识到自己正在遭受着压迫。而之前经常发生的经济危机完全没有必要继续发生，而且不会在当下发生。只有大范围的混乱有可能出现，就算出现，也不会在政治上造成多大后果，因为不满得不到一个通畅的表达渠道。至于生产过剩，自从机械技术发展以来，就一直都是潜在的危机，但可以通过不断的战争加以化解（见第三章），战争有利于激励人民的士气。从我们目前的统治者的观点来看，唯一真正的危险是有一个新的集团分裂出去，这个集团的人既有能力，又没有充分发挥作用，因此权力欲很大。还有就是在统治者自己的内部产生自由主义和怀疑主义。这也就是说，问题是教育，是要对领导集团和它下面的人数更多的执行集团这两批人的觉悟不断加以影响。至于大众的觉悟只要通过消极的方式加以影响就行。

了解这个背景以后，对大洋国社会的总体结构即使还没有了解，也可以推断出来。金字塔顶端的是老大哥。老大哥一贯正确，无所不能。所有成就、胜利、科学发明，甚至所有的知识、智慧、幸福、美德，都来自他的领导和感召。没有人见到过老大哥。他是标语牌上的一张脸，电屏上的一个声音。我们可以相当有把握地说，他是永远不会死的，至于他究竟出生在哪一年也没有谁能确定。老大哥是党挑选出来作为自己的形象的，它的作用是作为热爱、崇拜和恐惧的一个图腾。在老大哥下面的是核心党成员，其人数被限制在六百万人以内，即占大洋国总人口的不到百分之二。核心党下面是外围党，如果说核心党是国家的头脑，外围党就可以比作手足。而这之下就是普通大众，习惯称之为"人民"，占总人口的百分之八十。按这种分类，人民即最低等级阶层，因为赤道地带的奴隶人口经常在各个征服者之间转移，因此不被看作是社会的组成部分。

原则上三个等级并非世袭的。父母为核心党员，子女在理论上并不生来就是核心党员。加入核心党或外围党都需要在十六岁时经过考试。不存在种族上的歧视，也不存在地域的歧视。在党内最高阶层中可以找到犹太人、黑人、纯印第安血统的南美洲人。任何地方的行政官员都总是从该地区居民中选拔。大洋国任何地方的居民都不会觉得自己是受到了殖民的，也没有任何地区的人民觉得自己是远方的某个政治实体统治着的。大洋国没有首都，它的首脑仅仅是一个符号，没人知道他的具体位置。除了英语是官方语言，新语是官方话，也不存在对语言的统一要求。统治阶层不是依靠血缘保持联系的，而是靠信仰。没错，我们的社会是分等级的，而且是处在严格的等级划分下的，看上去就像是世袭制的。不同阶层之间的流动要比过去小得多。党的两个分支之间存在少数的流动性，但也是为了以此清楚党内的低效能因素，并给那些拥有野心的人一个登上领导岗位的机会，以免除他们可能带来的不稳定。无产阶级者是没有机会升入党内的。他们中间最有天赋的人，若有可能成为不满的核心人物，则干脆由思想警察逐个消灭。

不过这种情况并非永远如此，也不成为一种原则。党不是以前旧概念的一个阶级。它不再把将权力传给自己的子女作为目标。如果没有别的办法使最能干的人留在党的最高层，它完全愿意从人民中征募新的一代人来担任这一工作。在关键时期，在需要消灭反对势力时，党的这种非世袭制起到了很好的作用。老一辈的社会主义者一向受到反对特权的训练，都认为不是世袭的东西不可能长期存在。他们没有看到，寡头政体的延续不一定需要体现在人身上。他们也没有想到，世袭贵族一向短命，而像天主教那样的组织形式却能维持好几百年或者几千年。寡头政体的关键不是父子相传，而是死人加于活人身上的一种世界观，一种生活方式的延续。一个统治集团只要能够指定它的接班人就是一个活的统治集团。党所操心的不是维系血统而是维系党本身的不朽。由谁掌握权力并不重要，重要的是等级结构的不变。

我们时代的一切信念、习惯、趣味、感情、思想状态都是预先设计的，其目的是为了要保持党的神秘特性，防止有人看穿目前社会的真正本质。造反以及任何与造反相关的活动，在目前都不可能实际发生。完全不用担心那些普通大众，随他们去好了，他们会一代代、一个世纪接一个世纪地继续劳作、繁衍、死亡着，他们不仅不会起来反抗，甚至都无法理解世界还会有别的样子。只有当工业技术的发展，需要为他们提供新的教育时，他们才可能成为危险因素。然而，军事竞争和商业竞争早已无足轻重，公众的教育水平实际上一直在下降。大众有没有自己的见解都一样。他们之所以能拥有思考的自由，恰恰是因为他们没有思考的能力。而对党员则不同，党员的任何最小的思想偏差，都会受到严厉的惩罚，被严格禁止。

党员从生下来一直到死，都在思想警察的监视下生活。即使在单独的时候，也永远无法确知自己是否受到了监视。不论他在哪，睡觉还是醒着，工作还是休息，在澡盆里还是在床上，他都可能受到不被告知的严密监视，也不可能知道自己受到监视。他的所作所为都是重要的。从他的友谊、休息，到他对妻儿的态度、他单独的时候的面部表情、睡梦中的梦呓，甚至身体的细微动作都受到严密而慎重的考察。实际行为不端那就不用说了，任何偏离常态的行为，任何习惯的变化，任何精神方面的不正常——总而言之就是所有能展示心理变动的迹象，都会被观察到并加以处理。也就是说一个人根本不存在着自己，不仅是没有自由，连个人空间都不存在。与此同时，这个人却不受法律或者明文规定的约束，因为在大洋国不存在法律。很多思想、行为尽管没有受到明令禁止，但如果被发现，就会带来灭顶之灾。无休止的清洗、逮捕、拷打、监禁、蒸发，并非是针对罪行的惩罚，而只是为了把那些可能在未来给党造成麻烦的个体清除掉。对于一名党员，只是有正确的思想是远远不够的，还要有正确的本能。至于需要具备怎样的信念、态度，却从未得到过明示，因为想要在不暴露英社内部矛盾的前提下说明这些，是根本不可能的。如果一名党员是天生正统的人（新语叫"优秀思考者""goodthinker"），那他就不需要思考就能辨别正确与错误，什么是应该具有的情感，并且无论在任何情形下都能一切如既往。要知道这个人从儿童时代起，就接受了长时间复杂的用新语表述的思想训练，比如犯罪中止（crimestop）、黑白（blackwhite）、双重思想（doublethink）等。这就使得他不想也没能力去对问题做深刻的思考。

一个好的党员是没有任何个人情感的，其拥有的只能是对党的持之以恒的热情。他应该生活在对内外敌人的刻骨仇恨中，生活在对胜利的无尽欢欣中，并心悦诚服于党的英明和伟大。他对简单乏味的生活所产生的不满，被小心引导，通过认可的方式宣泄，比如两分钟仇恨会这样的形式。至于那些可能引发怀疑和对抗的情绪，则被他早年受到的心理训练抵消。用新语说，这种训练最初也是最低级的阶段就是"犯罪中止"（crimestop），它在一个人幼年时期就被不断灌输。所谓的"犯罪中止"是指在危险思想刚刚出现的时候，人就会本能地停止思维。它包括了以下一些内容：不能理解类比，不能看到逻辑错误，不能理解最简单的抨击英社的理论，并对任何有可能发展成异端的思想都产生厌倦。概括起来，所谓"犯罪中止"意味着用愚蠢作为防火墙。但仅仅是愚蠢是不够的，还要求人像柔术大师控制身体一样控制自己的思维。大洋国社会的终极信念是：老大哥全能，党一贯正确。但由于在现实生活中老大哥并不全能，党也并不一贯正确，这就需要在处理具体事务时保持一定的灵活性，并且始终保持警惕性。对此，有一个专用词语"黑白"（blackwhite）。像新语中许多别的词语一样，这个词语包含着相互矛盾的双重含义。用在对手身上意味着无所顾忌的颠倒黑白；用在同志身上，就是根据党的纪律要求，为了忠诚而颠倒黑白。但这还意味着相信黑就是白的能力，包括忘掉自己曾经拥有相信黑白分明的判断能力。这就要求不断篡改过去，而要篡改过去只有用那个实际上包括所有其他方法的思想方法才能做到：这就是双重思想（doublethink）。

篡改过去之所以必要，其中有两个原因。一个是次要的，也可以说是预防性的原因。那就是党员之所以能跟普通民众一样忍受当下的生活，部分是因为他缺乏对比的标准。为了要使他相信他比他的祖先生活得更好，物质生活平均水平是在不断提高，就必须使他同过去隔绝开来，就像必须使他同外国隔绝开来一样。但篡改过去还有一个重要得多的原因，那就是确保党的一贯正确性。为了要让大家看到党的预言在任何情况下都是正确的，不仅需要不断修改过去的讲话、统计、各种各样的记录，使之符合当下的情况，而且不能承认在理论上或政治友敌关系上发生过任何变化。因为改变自己的思想，或者甚至改变自己的政策，无异于是在承认自己的错误。例如，如果今天的敌人是欧亚国或者东亚国（不论是哪一国），那么那个国家都必须始终是敌人。如果事实不是如此，那么，就必须篡改事实。这样，历史就需要不断改写。由真理部负责的这种篡改伪造过去的工作，就像仁爱部负责的监视和镇压工作一样，是维护政权稳定所必需的。

历史是变化无常的这一观点是英社的中心原则。这一原则认为，过去并不是客观存在，它只存在于文字记录和人的记忆中。对历史的记忆必定是和记录保持一致的。既然党有能力完全控制过去的记录，也就同样能控制党员对历史的记忆。因此，党想要历史是怎样，它就是怎样的。但与此同时，虽然过去可以篡改，但就任何具体问题来说，过去却从没被篡改过。因为，不论出于何种需要篡改了历史，在篡改后，历史就是新改出来的样子。任何不同的历史都不曾发生过。甚至同一件事因为在一年中被篡改了好几次而面目全非时，也是如此。党既然始终掌握着绝对真理，那么绝对真理就不可能跟眼下的情况存在出入。由此可见，对过去的控制首先要依靠对人的记忆的训练。而确保所有的文字记录都与当下的正统思想相吻合，仅仅是一种机械的简单行为。不仅如此，还需要牢记事物是按照人的意愿产生的。如果重新安排记忆和篡改文字记录是必需的，那么忘记自己曾做过这样的事也是必需的。人们很容易就能像学会其他思维方式一样学会这种思维方式。大部分党员都学会了，更别说那些头脑聪明又正统的党员。在过去的说法里，这被称之为"现实控制"；而在新语中，则被称之为"双重思想"。不过"双重思想"还包括很多其他的东西。

双重思想意味着在一个人的思想中同时保持并且接受两种相互矛盾的认知，并且这两种矛盾的认知还都被同一个人所接受。党内知识分子知道自己的记忆应向什么方向转变，因此他也知道自己是在玩弄现实。但是由于运用了双重思想，他也使自己相信现实并没有遭到侵犯。这个过程必须是有意识为之的，否则就不能足够精确。但同时又必须是无意为之的，否则就会让人觉得虚假，并因此产生犯罪感。双重思想是英社的核心思想，因为保证目标的坚定不移需要绝对的忠诚，但在保证目标坚定不移的同时，进行有意识的欺骗又是党的本质性行为。一面要说谎，一面又要对谎言确信无疑，忘掉那些让人为难的事实，然后再在需要的时候重新找出这些事实来，并再次相信它。否认客观现实的存在，同时又要考虑被否认的现实——这些都是必不可少的。甚至双重思想这个概念的使用也需要使用双重思想。因为你使用这个字眼就是承认你在篡改现实。再来一下双重思想，你就擦掉了这个认识。如是反复，永无休止，谎言总是抢先真理一步。最后，靠双重思想，党就可以——也许正像我们所了解的那样，继续左右历史数千年——阻止历史的进程了。

历史上所有寡头政体都垮台了，或者由于自己的僵化，或者由于懦弱。它们要不就是因为愚蠢的狂妄自大，要不就是因为无法适应环境的变化而被推翻。正是因为宽容怯弱，在该使用武力时犹豫不决选择了妥协，从而才会被颠覆。这些寡头政体的失败可能是有意识的，也可能是无意识的。而党的成功恰恰是因为它制造出了一种能让两种情况并存的思想体系。除了这种思想体系，再也没有任何别的思想体系能保证党的统治一直得以保持。如果一个人希望统治，并让自己的统治持续下去，他就必须要具备让人不再有稳定正确的、对现实的感受能力，因为统治的秘诀是：把认为自己一贯正确的信念与从过去汲取的教训相结合。

不用说，双重思想最巧妙的运用者就是发明双重思想，并深知这是一个庞大的强有力的欺骗体系的人。在我们的社会里，最了解世界的恰恰是那个最不了解世界的人。依一句话，理解得越透彻，也就误解得最深切，或者换一种说法，比如最聪明的最愚蠢。比如这样一个例子，通常越是社会地位高的人，对战争就越是歇斯底里。而那些对战争持有理性态度的人，却通常是那些身处战争发生地区、受到统治的人们。在他们看来，战争无非是一场持续性的灾难，如同海潮一般不断冲刷着海岸。对于他们，无论哪一方获得胜利都一样。即使是统治者换了,他们还是要跟以前一样劳作,新的统治者对待他们的方式不会有别于旧的那些统治者。而通常那些被我们称为"人民"的工人们的地位要稍微高一点,他们偶尔会意识到战争的存在。必要的时候还能刺激一下他们,让他们陷入强烈的恐惧和仇恨当中去。但要是不理睬他们,那么他们在很长一段时间里,都不会想起战争正在进行。只有在党内,尤其在核心党内才能找到真正的战争狂热分子。最坚决相信要征服全世界的人,是那些知道这是办不到的人。这种矛盾统一的奇怪现象——知与无知,怀疑与狂热——是大洋国社会主要特点之一。官方的意识形态中充满了矛盾,甚至在没有实际理由存在这种矛盾的地方,也存在这种矛盾。例如,社会主义运动原来所主张的一切原则,党无不加以反对和攻击,但又假社会主义之名这么做;党教导大家要轻视工人阶级,这是过去好几百年来没有先例的,但又要党员穿着曾经是工人的制服——当初选定这种服装也是因为它是工人的制服;党有计划地破坏家庭,但给党的领导人所起的称呼又是直接打动家庭感情的;甚至统治我们的四个部的名称,也表明有意歪曲事实之厚颜无耻到了什么程度:和平部负责战争,真理部负责造谣,仁爱部负责拷打,富裕部负责挨饿。这种矛盾不是偶然的,也不是出于一般的伪善,而是在有意运用双重思想。因为只有调和矛盾才能无限地保持权力。古老的循环不能靠别的办法打破。如果要永远避免人类平等,如果我们所称的上等人要永远保持他们的地位,那么社会的主流心理就必须要控制在这种疯狂状态下。

但到目前为止,我们似乎一直都忽略了一个问题:为什么要避免人类平等?如果说上述描述的方法没错的话,那么这样大规模地、计划缜密地努力冻结某个时期的历史的行为,又是出于何种动机呢?

这里我们已经开始触及到了核心秘密。正如我们看到的,党是神秘的,尤其是核心党更是神秘的,而它的神秘性正是通过双重思想得到实现。但还有比这深刻得多的原始动因,也就是从未被质疑过的人的本能。正是它导致了夺取权力的行动,带来了双重思想、思想警察、没有止境的战争和其他所有随之而来的东西。这个动机实际上包括……

温斯顿发现四周一片寂静。就好像你突然听到一种新的声音一样。他觉得茱莉雅躺着一动不动已有很长时间了。他转头去看看她,看到她侧身睡着,腰部以上赤裸着，脸枕在自己的手心上，一绺黑发遮住了眼睛。她的胸脯在平缓规律地起伏。

"茱莉雅。"

没有回答。

"茱莉雅，你醒着吗？"

没有回答。她睡着了。他把书合起来，轻轻放在地板上，然后躺下，把床罩拉上来盖在两人身上。

他想，自己还是不清楚那个最大的秘密是什么。他很清楚该做什么，但不知道这样做的原因。无论是第一章还是第三章，都没有告诉他他想要知道的东西，而仅仅是描述了体系。不过在读过后，他不再为自己是不是发疯了担心。作为少数派，即使是一个人，也不能因此断定你是在发疯。在这世界上有真理也有非真理，如果你掌握的是真理，哪怕全世界都反对，你也没有发疯。这时候夕阳的斜晖照进了窗内，照在了枕头上。他闭上眼，洒在脸上的阳光和紧贴着他的女孩光洁的身体，使他有了一种混杂着睡意的强烈自信。现在他感觉很安全，感觉每件事都还不错。他喃喃自语着"神智清醒不是靠统计数字所表达的"，然后他睡着了，并认为这句话蕴含着深奥的智慧。

第十章

温斯顿想，那么小，总是那么小。他背后有人深深吸了一口气，接着他的脚踝给狠狠踢了一下，使他几乎站不住。另外有人一拳打在茱莉雅腹部的神经簇上，使她像折尺一样弯了起来。

温斯顿觉得自己睡了很久，醒来后他看了一眼壁炉上那座钟，才发现现在只是二十点三十分。于是他继续打了一下盹，窗外又传来了那个熟悉、低沉的歌声：

这不过是毫无希望的痴念，
像春天一样转瞬即逝，
可一句话，一个眼色，
却让我又开始胡思乱想，失魂落魄！

一首口水样的歌比起《仇恨之歌》还要流行，你走到任何地方都能听到有人在唱，一直长盛不衰。茱莉雅被歌声吵醒，舒服地伸个懒腰起了床。

"我饿了，"她说，"我们再煮点咖啡吧。哎呀，炉子怎么灭了？水也是凉的。"她把炉子拎起来摇了摇，"没油了。"

"我想可以找老查林顿要点。"

"可我是把它灌满了的呀。我得穿上衣服，"她说，"感觉天气变凉了。"

温斯顿也穿好衣服离开了床。窗外的歌声又响起来了：

都说时间能治愈一切，
都说你总能忘掉这些，
但这些年的笑容和泪水，
仍使我心如刀割。

他扎好制服的腰带，走到了窗边。太阳已经沉到了屋后，院子里已经没有了阳光。石板地湿漉漉的，仿佛刚洗过了，他觉得天空也是刚被洗过，越过屋顶上的烟囱，能看到深蓝色干净的一片。那女人在院子里走来走去，总是显得那样精神饱满。她还是那样一会儿把夹子衔到嘴里，一会儿又拿下来。衔在嘴里了，她就沉默无语，拿下来，她就又会开始歌唱。她就这样在小小的院子里收拾着尿布。温斯顿无法确定她是以洗衣为生，还是只为了自己的二十或者三十个孙儿孙女忙碌。茱莉雅走了过来，靠在他身边，他们一起出神地看着下面院子里那个高大健硕的身影。当仔细观察时，你会发现这个女人有一些很独特的举止。当她把粗壮的手臂举向晾衣绳的时候，她的臀部就会翘起来，像一匹母马那样壮实。而这时，温斯顿突然发现了这个女人很美。她的身躯因为生儿育女变得巨大，像充足气了似的，又因为艰辛的劳作变得粗糙强壮，看上去像一个熟透了的大萝卜。

温斯顿从来也没留意过，一个五十多岁的女人的身体居然会这样美，但这个女人又确实是美。为什么不呢？温斯顿想，她壮硕而失去了曲线的躯体就像是大理石，她那深红色粗糙的肌肤如果跟少女的身体放在一起，就好比是玫瑰果与玫瑰花一样。为什么果实一定要比花朵逊色呢？

"她真美！"他几乎是在自语。

"她的屁股起码有一米宽吧。"茱莉雅说。

"可这正是她美丽的所在呀。"

他伸手去把茱莉雅柔软的细腰轻松地揽住，而她则把自己的身体从臀部一直到膝都紧紧贴在温斯顿的身上。看看那个女人，他俩却无法生育孩子，而且是永远也不能。他们只能依靠语言来交流，来传递秘密，但楼下院子里的这位女人，她也许没有思想，却有强健的臂膀和温暖的心，还有多产的肚子。温斯顿很想知道她究竟生养了多少个孩子，他心里想肯定不会少于十五个。她也有过花一样的年华，尽管短暂。也许有那么一段时光，她也像野玫瑰一样迷人，只不过那之后就像突然授粉后变成了果实，她因此变得强壮、红润、粗放。再过一段时间，她就开始了现在这样的生活，成日在洗衣、拖地、缝补、做饭、打扫和整理总是很乱的房间。最开始时为儿女，然后是孙儿们。三十年里这样的生活从未间断过，而她直到今天还是在唱着歌。现在，温斯顿对这个女人有了崇敬之情，这种感觉跟屋顶烟囱那边的那片清新干净的天空混合到了一起。他总是觉得奇怪，对任何人天空都是一样的，无论是在哪里，是在欧亚国还是东亚国，要不就是在这里，没有任何区别。天空下的人也没有区别——这个世界上任何一个角落都大同小异，几亿或者几十亿的人谁也不知道谁的存在。尽管仇恨与谎言筑起的高墙把他们阻隔了起来，但他们却没有差别——都一样不知道如何思考，但在他们的内心里、他们的身体中、他们的肌肉里却聚积着沉默的力量，一旦爆发就会颠覆这个世界。是的，如果有希望，那一定是人民！温斯顿感觉到了自己必须要读完这本书，他知道那是戈德斯坦留下的最后的讯息。未来属于人民。他能确定这一点。但难道在一个普罗大众的时代，人民建立的世界不会跟当今党建立的世界一样吗？他能断定自己能融入那样一个世界里去吗？当然能，对此他十分确定，因为那至少是一个健全的世界。哪里有平等，哪里就拥有神智的健全。力量替代意志是迟早要发生的事。只有人民才会不朽，这一点只需要看看下面院子里的这个无所畏惧的身影就能确定。温斯顿心想,他们终究会有觉醒的那一天,哪怕需要等上一千年。生存尽管需要克服太多的困难,他们就像是飞鸟,能把生命的活力一个躯体一个躯体地传递下去。而这是党所不具备的力量,同时也无法加以扼杀。

"你记得,"他问茱莉雅,"那只在树林边为我们歌唱的画眉?"

"它没有向我们歌唱,"茱莉雅说,"它是在为自己歌唱。其实都不是,它就是在歌唱着。"

鸟儿歌唱,人民歌唱,但党不歌唱。在全世界各地,在伦敦和纽约,在非洲和巴西,在边界以外神秘的禁地,在巴黎和柏林的街道,在广袤无垠的俄罗斯平原的村庄,在中国和日本的集市上——到处都有着这样结实而无法打垮的身躯,因辛勤劳作和生儿育女而变得巨大,从出生一直到死亡都在辛勤劳作,在不停歌唱。总有一天,从她们强壮的肚皮里,会生出神志清醒的人类。你是死的,只有他们是未来。但如果你能像他们保持身体的生命力一样保持头脑的生命力,把二加二等于四的秘密代代相传,你也可以分享他们的未来。

"我们是死者。"他说。

"我们是死者。"茱莉雅顺从地附和。

"你们是死者。"从他们背后传来一个冷酷的声音。

他们猛地跳着分开了。温斯顿的五脏六腑似乎都变成了冰块。他看到茱莉雅的瞳孔四周发白,脸色蜡黄。面颊上的胭脂特别醒目,好像与下面的皮肤没有关系。

"你们是死者。"冷酷的声音又说。

"在画后面。"茱莉雅悄悄说。

"是在画后面。"那声音说,"站在原地,没听到命令不许动。"

开始了,终于开始了!他们除了站在那里什么也没法做。赶快逃命,趁现在还来得及逃出屋子去——他们根本就没萌生这样的念头。他们的本能使得他们无法违抗从墙里传出的声音。这时候,只听见一声啪的响声,像是有什么翻过来了。紧接着传来玻璃碎裂的声音,那幅画从墙上掉落下来,露出了后面的电屏。

"现在他们可以看到我们了。"茱莉雅说。

"现在我们可以看到你们了。"那声音说,"站到屋子中间。背靠背站着。把双手握在脑袋后面。互相不许接触。"

他们没有相互接触，但他觉得他可以感到茱莉雅的身子在发抖，也许这不过是他自己身子在发抖。他咬紧牙关才使自己的牙齿不发出撞击声，但他控制不了双膝。下面传来一阵皮靴声，院子里似乎尽是人。有什么东西拖过石板地，那女人的歌声突然中断了，有一阵什么东西滚过的声音，好像洗衣盆给踢翻，接着是愤怒的喊声，最后是痛苦的尖叫。

"屋子被包围了。"温斯顿说。

"屋子被包围了。"那声音说。

他听见茱莉雅咬紧了牙关。"我想我们可以告别了。"她说。

"你们可以告别了。"那声音说。接着又传来了另外一个完全不同的声音，声音柔细、文雅，这声音温斯顿听到过。

"顺便说一句，在我们讨论这个话题的同时，这里有一根蜡烛照着你上床去，这里还有一把斧子要砍下你的头！"

这时有东西重重砸在床上，一把梯子从窗户伸了进来，压坏了窗框，有人正顺着梯子爬上来。外面的楼梯传来了皮靴沉重的踩踏声，满屋已经挤满了穿黑色制服的大汉，手里攥着警棍。

温斯顿不再打哆嗦了，甚至眼睛也不再转动。只有一件事是重要的，那就是保持安静不动，不让他们有殴打你的借口！站在他前面的那个人，有着拳击选手一样的下巴，嘴细成一道缝，他把橡皮棍夹在大拇指和食指间，打量着温斯顿。

温斯顿也看着他。当你把手放在脑袋后面时，你的脸和身体就完全暴露出来，你会有一种赤身裸体的感觉，这让温斯顿难以忍受。

那个大汉伸出发白的舌尖，舔一下应该是嘴唇的地方，接着就走开了。这时又有一下打破东西的哗啦声，是有人从桌上拣起玻璃镇纸，把它扔到了壁炉石上打碎了。

镇纸里面的珊瑚碎片像蛋糕上的一粒糖做的玫瑰蓓蕾，滚落在地板上。温斯顿想，那么小，总是那么小。他背后有人深深吸了一口气，接着他的脚踝给狠狠踢了一下，使他几乎站不住。另外有人一拳打在茱莉雅腹部的神经簇上，使她像折尺一样弯了起来。她在地上滚来滚去，喘不过气来。温斯顿的脑袋一动也不敢动，但是有时她的脸进入他的视野内。甚至在极端恐惧中，他也可以感到打在她的身上，痛在自己的身上，不过怎么痛也不如她喘不过气来难受。他知道这是什么滋味：剧痛难熬，但是你又无暇顾到，因为最重要的是要想法喘过气来。这时有两个大汉一个拉着她的肩膀，一个拉着她的小腿，把她抬了起来，像个麻袋似的带出了屋子。温斯顿看到她倒过来的脸，面色发黄，皱紧眉头，闭着眼睛，双颊上仍有一点残余的胭脂，这就是他看到她的最后一眼了。

他一动不动站着。没有人揍他。他脑海里出现了各种各样的想法，这些想法都是自动出现的。他想，不知他们逮到了查林顿先生没有。不知道他们是怎样收拾院子里的那个女人的。他发现自己尿憋得慌，但觉得有些奇怪，因为在两三个小时前刚刚尿过。他注意到壁炉架上的座钟已是九点了，那就是说二十一点。但光线仍很亮。难道八月里的夜晚，到了二十一点天还没有黑？他想，不知道他和茱莉雅是不是把时间弄错了——睡着后钟走了足足一圈，所以还是二十点三十分，实际上已是第二天早上八点三十分。但他没有继续想下去。这一点用也没有。

过道传来一阵较轻的脚步声，查林顿先生走进了屋子。穿黑制服的汉子们马上安静下来。查林顿先生的外表也与以前有所不同了。他的眼光落到了玻璃镇纸的碎片上。

"把这些碎片捡起来。"他厉声说。

一个汉子遵命。查林顿先生的伦敦腔消失了，温斯顿蓦然明白刚才几分钟前在电屏上听到的声音是谁的了。查林顿先生仍穿着他的平绒旧上衣，但是他原本全白了的头发如今却又变得乌黑。还有他也不再戴眼镜了。他对温斯顿只严厉地看了一眼，好像是验明他的正身，以后就不再注意他。

他的样子仍可以认得出来，但他已不是原来那个人了。他的腰板挺直，个子也似乎高大了一些。他的脸变化虽小，但完全改了样。黑色的眉毛不像以前那么浓密，皱纹不见了，整个脸部线条似乎都已改变，甚至鼻子也短了一些。这是一个大约三十五岁的人的一张警觉、冷静的脸。温斯顿忽然想起，这是他一辈子中第一次在心里有数的情况下亲眼看到一个思想警察。

第3巻

第一章

他感到橡皮棍打在自己的手肘上,钉着铁掌的皮靴踩在肋骨上。他看到自己匍匐在地上,从打掉了牙的嘴里大声发出呼救求饶。

他不知道身在何处。大概是在仁爱部里,但是没法确定。那是一间高低跨度很大的没有窗户的牢房,墙上铺上了发亮的白色瓷砖。隐藏起来的照明让人觉得发冷,轻轻的嗡嗡声不断,他想,这大概是空气传送设备造成的。

紧挨着墙有一条长条凳,但更像是一排木架,刚好人的屁股那么宽,但很长,一直延伸到了门口。正对着门的那面墙下有一个便盆,但没有坐圈。墙壁四周都有个电屏。

他肚子有点隐隐作痛。自从被扔进警车带走后,就一直痛。同时他也感到了饥饿,饿得有点难受。可能是二十四小时,也可能是三十六小时没有吃东西了。他仍不清楚被逮捕时是早上还是晚上,也许永远不会弄清楚。他唯一清楚的就是遭到逮捕后没吃过东西。

他尽可能安静地在狭长的板凳上坐着,双手交叠放在膝上。他已经学会怎样安静地坐着。如果你随便乱动,他们就会从电屏中冲你吼叫。但他肚子饿得慌,他最想的是一片面包。他好像记得制服口袋里还有些碎面包,甚至很可能是很大的一块,所以这么想,是因为他的腿部不时会碰到一块东西。最后,他忍不住想要弄个明白,就把手伸向口袋里。

"史密斯!"电屏里一个声音吼道,"六〇七九号史密斯!在牢房里不许把手插进口袋!"

他只好缩回手,双手交叠放在膝上,继续一动不动坐着。他被带到这里来前曾被带到另一个地方,那大概是普通监狱,或者是巡逻队的临时拘留所。他不知道在那待了多久,几个小时或者更长。那是个吵闹、发臭的地方,没有钟,也没有阳光，很难确定时间。他们把他关在一间像现在这间一样的牢房里，但更脏更臭，里面关着十多个人。看上去大多数是普通罪犯，不过也有几个政治犯。他也是这样静静靠墙坐着，被肮脏的人体挤轧着，感到害怕，肚子又痛，因此没有怎么注意周围环境。但仍发现党员囚犯同别的囚犯在举止上惊人的区别。党员囚犯都一声不吭，看上去都被吓坏了，而普通囚犯对不论什么事或人都毫不在乎。他们大声辱骂警卫，个人财物被没收时拼命争夺，在地板上涂写淫秽的话，吃着偷带进来的东西，这都是他们从衣服里不知什么地方掏出来的，甚至在电屏叫他们安静时，也大声地反唇相讥。另外，其中有几个人看上去同警卫关系不错，称呼他们的绰号，从门洞里把香烟塞过去。警卫们对普通罪犯也似乎比较宽宏大量，即使在不得不使用暴力时也是如此。大多数人都是要被送到强制劳动营去的，因此关于这方面情况谈论得特别多。他猜想，在劳动营里估计"不错"，只要你有合适的关系，了解周围环境。当然少不了贿赂、优待、各种投机倒把，还有男色和女色的交易，据说那地方还有人能用土豆酿制非法酒。一般的事都是交给普通罪犯做的，特别是交给那些恶棍和盗匪，这些人几乎就是监狱里的贵族。而那些艰苦肮脏的活都由政治犯来干。

各种囚犯进进出出：毒贩、小偷、土匪、黑市商人、酒鬼、妓女。有些酒鬼发起酒疯来需要几个别的囚犯一起动手才能制服。有一个大块头的女人，大约有六十岁了，乳房垂在胸前，因为拼命挣扎，所以是披着一头乱蓬蓬的白发被四个警卫抓住四肢抬进来的，她仍然不停地乱踢乱打，大声喊叫。他们把她的鞋脱了下来，把她扔在温斯顿的身上，几乎把他的腿骨坐断。那个女人坐了起来，冲正在退出去的警卫大骂一声："你们这些婊子养的！"然后才从温斯顿身上滑到板凳上。

"对不起，亲爱的，"她说，"全是些混蛋，要不，我可不会坐在你身上。他们对一个太太连基本的规矩也不懂。"她停下来拍拍胸脯，打个嗝。"对不起，"她说，"我有点不好过。"

说着她就向前一俯身，哇地吐了一地。

"这样好多了，"她回身靠在墙上，闭着眼。"我说的是，不要忍着，在你的胃还没开始消化时马上吐出来。"

她恢复了精神，转过身看一眼温斯顿，好像即刻就看中了他。她用粗大的胳胳膊搂住温斯顿的肩膀,把他拉了过去,一股子啤酒和呕吐的气味直扑他脸。

"你叫什么,亲爱的?"她问。

"史密斯。"温斯顿说。

"史密斯?"那女人说,"真好玩。我也叫史密斯。唉。"她感慨了起来,"说不定我就是你妈妈呢!"

温斯顿想,她很可能就是自己母亲。她年龄体格都相当,很有可能在强制劳动营待了二十年后,外表发生了一些变化。

除此之外,再也没人同他说过话。令人奇怪的是,普通罪犯似乎对党员囚犯熟视无睹。他们称党员囚犯为"党奴",这多少带着一点嘲讽和轻蔑。而党员囚犯看上去都害怕跟别人说话,尤其是害怕与其他党员囚犯交流。只有次,两个坐在长凳上的女党员被挤到了一起,温斯顿在嘈杂中听到她俩的几句对话。她们的声音压得很低,特别提到了"一〇一号牢房"。但温斯顿不明白那代表什么。

大约在三小时后,他被带到了这里。温斯顿腹部的隐痛一直没消除,那种疼痛时轻时重,使得他的情绪也随着一时放松,一时紧绷。当疼痛厉害时,他只能为自己的疼痛和饥饿悲伤,而疼痛减轻了,恐惧就会占满他的身心。一想到即将发生的事情,心就开始剧烈跳动,呼吸开始困难。他感到橡皮棍打在自己的手肘上,钉着铁掌的皮靴踩在肋骨上。他看到自己匍匐在地上,从打掉了牙的嘴里大声发出呼救求饶。他很少想到茱莉亚。他不能集中思想在她身上。他爱她,不会出卖她。但这只是个事实,和他知道的数学定理一样的事实。但他此时完全感觉不到对她的爱,他甚至都没有想到过她会有什么结果。他倒是经常会怀着一丝希望想到奥布兰。奥布兰一定知道他被逮捕了。他说过,兄弟会是从不会营救自己的成员的。不过他们有刮胡子的刀片,如果他们能把刀片送进来的话。在警卫冲进来前,只要五秒钟就够了。刀片会带着灼热的冰凉感切入他的身体,拿着刀片的手指会被割出骨头。现在,所有感觉都在此回到了他虚弱无力的身体中,最轻微的疼痛也能让他蜷缩起身子,抖个不停。他想,就算是有这样的机会,他也无法确定自己是不是能使用那个刀片。比这更简单的,当然是活一天算一天,哪怕是十分钟,之后遭到严刑毒打也好。

有时他想数一数牢房墙上有多少块瓷砖。这应该不难,但数着数着他就忘了已数过的那些。他想得比较多的是自己究竟在什么地方,是什么时间。有一次,他觉得外面一定是白天，但马上又否定了，认为是晚上，外面漆黑一团。

凭直觉知道，在这样的地方，灯光是永远不会熄灭的。这是个没有黑暗的地方：他现在才明白，为什么奥布兰对这个隐喻心领神会。仁爱部没有窗户。他的牢房可能位于大楼中央，也可能靠着外墙；可能在地下十层，也可能在地上三十层。他在心里想象着这个地方，想根据自己身体的感觉来判断，究竟高高在空中，还是深深在地下。

外面传来一阵皮靴的咔嚓声。铁门打开了，一个年轻警官敏捷地走了进来。他穿着黑制服的身躯细而长，全身都发出擦亮的皮靴样的光泽，他的脸苍白得像蜡制的面具。他叫门外的警卫把一个犯人带进来。于是诗人安普尔福斯跌跌撞撞进了牢房。门又砰地关上了。

刚进来安普尔福斯有些犹疑，他不知道该朝哪挪，但很快就开始在牢房内踱步。他没有注意到温斯顿。他发愁的眼光凝视着温斯顿头上约一公尺的墙，脚没穿鞋，肮脏的脚趾从破袜子里露出来。他看上去有好几天没刮胡子，满脸都是胡茬子，一直延绵到他的颧骨那，使得他的面相看上去很凶恶。加上他瘦高的身子还有紧张的神情，他看上去非常怪。

温斯顿还是很累，但他努力让自己振作一些。他必须要跟安普尔福斯说几句，哪怕遭到电屏的呵斥也不管。他怀疑安普尔福斯就是那个送刀片的人。

"安普尔福斯。"他叫道。

电屏没有吆喝。安普尔福斯停下来，有点吃惊。他的眼睛慢慢把焦点集中到了温斯顿身上。

"啊，史密斯！"他说，"你也在这里！"

"你来干什么？"

"老实说——"他笨手笨脚坐在温斯顿对面的板凳上，"到这里来的只有一个罪，不是吗？"

"那你犯了这个罪？"

"看来显然是。"

他把一只手放在额上，按着太阳穴，这样过了一会，好像在竭力回想一件什么事。

"这种事的确会发生的，"他含糊其辞，"我可以举个例子—— 一个可能的例子。没有疑问,不过是一次粗心大意。我们正在出版一部吉卜林诗集的最终版本。我保留了其中一句诗的最后那个单词'上帝'(God),我没法改动它!"他抬起头来看着温斯顿,神情里满是愠怒,"这是无法改动的。它的韵脚是'权杖'(rod)。这你知道,就只有十二个词符合这个韵。我绞尽脑汁,怎么也想不出别的词来。"

他的表情突然改变了,刚才的愠怒完全消失,有那么一阵几乎变成了愉快,又脏又短的胡须下的脸上闪耀着智慧的光芒,那是一种只有考究癖才会有的对事实的发现后的喜悦。

"你想过没有,"他说,"整个英国诗歌史的特点,难道不正是由英语韵脚的稀少来确定的吗?"

不,温斯顿从没有想到过这点。而且在目前这样的情况下,他一点都不认为这个问题有多重要,更谈不上有趣。

"你知道现在是什么时候了?"他问。

安普尔福斯愣了一下说:"这我倒没想过,他们可能是两天前,也可能是三天前逮捕我的。"他的眼在四周的墙上扫了一圈,看着像是想要在上面找到一扇窗户。"在这里昼夜没有什么区别。我不认为有人能计算出时间来。"

他们又随便谈了几句,接着,电屏上毫无理由传出一声呵斥,禁止他们继续交谈。温斯顿默默地坐下,双手交叠。安普尔福斯身材高大,在窄窄的条凳上坐着很难受,他有些焦躁地挪来挪去,瘦骨嶙峋的一双手不知道放在哪好,一会在这只膝盖上,一会又抓住另一只膝盖。电屏开始对他怒吼,要他保持安静,不许乱动。时间就这样过去。二十分钟,一个小时——很难判断究竟过去了多久,外面又响起了皮靴声。温斯顿的心猛地缩了起来。他在心里对自己说着快了、快了,五分钟后,也许就是现在。皮靴的踩踏声意味着轮到他了。

门打开。那个表情冷酷的年轻警官走了进来。他对安普尔福斯做了一个简洁的手势。

"一〇一号房。"他说。

于是安普尔福斯被警卫架起来,跟跟跄跄带了出去,他的脸似乎有点不安,但神情让人难以捉摸。

似乎过了很久,温斯顿的肚子又开始痛了。他的精神更加萎靡不振,思绪在一条思路上来回乱窜,就像是一颗在一道凹槽里的球,没法脱离。现在他所意识到的只有几件事:肚子痛、一片面包、鲜血、尖叫、奥布兰、茱莉雅和刀片。他的内脏开始抽搐,沉重的皮靴声又响起了,越来越近。门再度被打开时,一股浓烈的臭味扑进了牢房。帕森斯出现了,他还是穿着他的卡其布短裤和运动衫。

这一次轮到温斯顿吃惊了,他几乎忘了自己在哪。

"你也来了!"他说。

帕森斯看了温斯顿一眼,既不惊讶,也不感兴趣。他的目光里只有痛苦。他开始在牢房内来回走动,完全无法安静下来。每当他伸直一下自己短粗的腿,膝盖就会哆嗦。他把眼睛得很大,凝视着什么,却又找不到焦点,就像是不得不朝着某个不远的前方。

"你为什么进来?"温斯顿问。

"思想罪!"帕森斯几乎是在抽泣。他的腔调表明他已经完全承认自己的罪行了,却又很震惊,不敢相信这个词居然会被用在自己身上。他在温斯顿面前停下,急切地对温斯顿说:"你说他们不会枪毙我的吧?老兄,他们不会吧?你说他们会不会?要是你没干过什么事情,只是想了想,这你可没法控制的,是吧?我知道他们会给你一个公正的申诉机会的。哦,我相信他们会的!他们了解我,你说是吗?你也知道我,不是坏人。最多是没脑子,可我热情呀。我努力为党工作,努力做到最好,难道不是这样吗?我想我会被关上五年吧,你觉得呢?要不就是十年?我这种人在劳改营一点用处也没有。他们不会因为一次过错就枪毙我的,是吧?"

"你有罪吗?"温斯顿问。

"我当然有罪!"帕森斯哭泣着,卑微地看了一眼电屏,"你以为党会逮捕一个无辜的人吗?"他的青蛙脸平静了些,甚至有了种神圣的表情,"思想罪是可怕的,老兄,"他庄重地说,"它很阴险。你甚至还不知道发生了什么事,它就控制了你。你知道它怎样控制我的吗?在梦里!没错,事实就是如此。你想,像我这样的人,努力工作,做事从来都是尽心尽力——我可从来也不知道自己思想里有什么坏东西。后来我说梦话了。你知道他们听到我说什么了吗?"

他压低了声音,像有人为了医学方面的原因不得不说脏话一样。

"'打倒老大哥!'真的,我说了这个!好像还不止一遍,应该是好多遍。

老兄,这话我只对你说,他们在我进一步发展前抓住了我,我倒感到高兴。知道我到法庭上要对他们怎么说吗?我要说,'谢谢你们,谢谢你们及时挽救了我。'"

"谁揭发你的?"温斯顿问。

"我小女儿。"帕森斯答道,神情悲哀又自豪。

"她在门缝里偷听。一听到我的话,第二天就报告了巡逻队。一个七岁的小姑娘,够聪明,是不是?我一点也不恨她。我为她觉得骄傲。这说明我把她教育得很好。"

他又来回做了几个神经质的动作,好几次眼巴巴地看着便盆。接着他突然拉下了短裤。

"对不起,老兄,"他说,"我憋不住了。等了好久。"

他的大屁股坐到了便盆上。温斯顿用手遮住脸。

"史密斯!"电屏里传出吼叫声,"六〇七九号史密斯!不许遮脸。牢房里不许遮脸。"

温斯顿把手移开。帕森斯方便过后发出舒畅的快乐声。结果冲洗装置出问题了,牢房里为此臭气熏天好几个小时。

没多久帕森斯就给带走了。接着又来了一些神秘的犯人,但很快就被带走。其中有个女犯人听到要被带去"一〇一号",脸色就大变,人顿时矮了一截。当时——如果他进来的时候是早上,这事那就是发生在下午;如果是下午,那就发生在半夜——牢房里一共有男女六个犯人,大家都一动不动地坐着。温斯顿对面坐着一个没有下巴,牙齿外露的男人,样子像一只体型巨大的啮齿动物。他肥胖多斑的双颊上长满了斑点,像一只空袋子那样下垂着,那样子让人觉得就像是在嘴里藏了很多吃的东西。他浅灰色的眼睛胆怯地从这张脸转到那张脸,一看到有人注意他,就马上移开。

门再度被打开了,又有一个犯人给带了进来。温斯顿看到他的样子,心里一阵凉。这人的模样很普通,有点猥琐,看上去很像一个工程师或者技师。他的脸令人吃惊地瘦,简直就像是一个骷髅。因为过于消瘦,他的眼睛跟嘴巴显得格外大,而且他的眼里还充满了杀气,那是一种来自对某人的极度仇恨的神情。

那个人坐在温斯顿不远的板凳上。温斯顿没有再看他,但是那痛苦的骷髅脸在他的脑海里过于生动,总是在他的眼前晃动。他突然明白了这是怎么一回事,那个人快要饿死了。这个念头似乎在牢房里每个人的脑海里出现,条凳出现轻微的骚动。那个没下巴的人一直都在打量这个骷髅般的男人,他有些愧疚地闪躲着目光,但很快又会忍不住再去看他。渐渐地,他坐不住了,终于站起身来,蹒跚着走过去,把一只手伸进自己的制服口袋,显得有些羞怯地掏出一块很脏的面包,递给那个骷髅脸的男人。

电屏上马上发出一声震耳欲聋的怒吼,把没有下巴的那人吓了一跳。骷髅头的人马上把手放到身后,就像是在向全世界表示他不要那东西似的。

"巴姆斯特德!"电屏上的声音咆哮道,"二七一三号巴姆斯特德!把那块面包放到地上!"

没有下巴的人即刻把那块面包放在了地上。

"站在原地别动,"那声音说,"面朝门,不许动!"

没有下巴的人遵命,他鼓鼓的面颊无法控制地哆嗦起来。门砰的一声打开了。年轻警官进来,他站到一旁,后面跟进来一个矮壮的警卫,胳膊粗壮,孔武有力。他站在没有下巴的人面前,等年轻警官的示意,然后就用全身的力量一拳打在没有下巴的人嘴上。力量之大到几乎使没有下巴的人飞起来。他的身体飞到牢房的另一端,被便盆的底座截住。他躺在那吓呆了,血从嘴巴和鼻子中冒出来。他发出了一阵轻微的呻吟。接着,他翻身双手双膝着地,摇摇晃晃要想站起来。

在鲜血和口水中,他的嘴里掉出来打成两半的一排假牙。

犯人们都一动不动地坐着,双手交叠在膝上。没有下巴的人爬回到他原来的地方。他的脸有一边的下面开始发青。他的嘴肿得没有了形状,变成一团樱桃色的东西,中间有个黑洞。

血滴到他的制服上。他那灰色的眼仍旧转来转去看着别人的脸,目光比任何时候都内疚,仿佛是在努力弄清自己这样丢脸,别人会怎样鄙视。

门打开了。那个警官对着骷髅脸做了个手势。"一〇一号。"他说。

温斯顿身旁发出一阵喘息和慌乱。那个骷髅脸跪倒在地板上,一头栽到地上,双手握紧。

"同志!警官!"他叫道,"别送我去那地方!我不是已经把什么都告诉你们了吗?你们还想知道什么?我全都招了,全招了!你们只要告诉我你们想知道什么，我就都告诉你们。你们写下来，我签字行吗！只要不去一〇一号。"

"一〇一号。"那警官说。

那人的脸本来就白，这时变成了温斯顿不敢相信的绿色。

"对我做什么都行！"他喊叫着，"你们已经饿了我几个星期了。那就饿死我好了，让我死，枪毙我，吊死我，关我二十五年。你们还要我出卖谁？只要你们说他是谁就行，你们怎么对付他我都不管。我有妻子和三个孩子，最大的还不到六岁。你可以把他们全都带来，在我面前把他们喉管割断，我就站在这看着。但别把我带到一〇一号去！"

"一〇一号房。"警官说。

那人疯了似地看着其他犯人，就像是在看替死鬼一样。他的目光停在了没有下巴的人那被打烂了的脸上。突然他举起瘦骨嶙峋的手臂。

"应该带他去，不应该是我！"他大喊着，"你们可能没听到他被打后说了什么。只要给我一个机会，我就可以把他说的话全部告诉你们。反党的是他，不是我。"看到看守朝前走了一步，他尖叫起来，"你们没有听见他说的话！"他重复着，"电屏坏了。他才是你们想要找的人，带他走，不是我！"

两个粗壮的看守俯身抓住他的胳膊想要制服他。可就在这时，他朝牢房的地上一扑，抓住墙边板凳的铁腿，像野兽似的嚎叫起来。看守拉扯着他的身体，想要把他拉开，可他紧抓不放，力气大得惊人。大约有二十秒钟时间，他们就那样在拉扯他。其他犯人安静地坐在一旁，双手交叠放在膝上，眼直视着前方。嚎叫停止了，那人已经没有力气做任何事了。紧接着，他发出和之前截然不同的哭泣声。一个看守用皮靴踢断了他的手指，把他拖了起来。

"一〇一号。"警官说。

那人给带走了，他垂着头，步履蹒跚，勉强保护着自己被踢断了的那只手，没有再做任何抵抗。

过了很长一段时间。如果那个骷髅脸被带走是在午夜，那么现在就是上午；如果是上午，那么现在就是下午。温斯顿一个人待在牢房里已有几个小时了。那条长凳过于狭窄，坐久了屁股很痛，他不得不经常站起来来回走走，对此，那个电屏倒是没有禁止。那片面包仍然在没有下巴的人扔下它的地方。最开始，温斯顿很难不去看它，但慢慢饥饿就被干渴取代了。他的嘴干燥得难受，还有股恶臭。嗡嗡的声音和单调的白色让他眩晕,他的脑袋里空空的。因为难以忍受的疼痛,他想站起来,可马上他还是坐了下去,他的头晕得厉害,根本没法站稳。每当他想要控制住身体,恐惧就会席卷而来。有时,他会想着奥布兰的刀片,心里生出一些侥幸。要是有人给他提供食物,那刀片一定是藏在食物里的,他昏昏沉沉想起了茱莉雅,也许她正在某个地方承受着比他还要剧烈的痛苦。此时此刻,正在因为痛而高声尖叫。温斯顿想:"如果把我的疼痛增加一倍,可以解救茱莉雅,我会愿意吗?当然会,我会。"但这仅仅是一种理性的决定,因为他知道自己应该这么做。但在感觉上,他并不愿意这样。在这里,除了疼痛,你没有别的感觉。另外,当你实实在在经受着疼痛时,不论什么原因,你有可能希望自己的疼痛再增加一倍吗?他没法回答这些。

皮靴声再度响起。门打开了。这次进来的是奥布兰。

温斯顿想要站起来。他被震惊了,一下子忘掉了所有的警觉,多年来,他第一次忘了电屏的存在。

"他们也抓住你了!"他叫道。

"他们很久前就抓住我了。"奥布兰平静地说,语气略带遗憾和嘲讽。他让到一边,让在他身后的一个拎着黑色长棍的大汉进来。

"你明白的,温斯顿,"奥布兰说,"别自欺欺人。你原来就明白,你一直都明白。"

是的,他现在明白了,他一直是明白的。但他没时间去想这个。现在他眼里只有那个看守手中的橡皮棍。它可能落在任何部位:他的头顶、耳朵尖、胳膊、肘关节——

是的,就是手肘!他不由自主跪倒在地上,几乎瘫痪。他用另一只手抱住遭到击打的那只手的手肘。一片黄色的亮光在四周闪烁,真是不可思议!仅仅打了这样一下,就如此剧痛!他的视线渐渐清晰了,他看到还有另外两个人正在俯视着自己。那个打他的看守看来有些嘲笑他,他的身体扭曲得的确不是很好看。现在,至少有一个问题已经有了答案。无论有什么理由,你都不会希望自己的疼痛加上一倍。对于疼痛他现在只有一个念头:让它停止。看来世上再没有比肉体的疼痛更糟糕的事了。在疼痛面前,谁也不是英雄。他这样反复思考着,一边徒劳地抱住受伤了的左臂,在地板上翻滚。

第二章

我们会打垮你,让你再也无法回到原来的时间点上。即使你活一千年,你也永远无法恢复原样。你不再可能有正常人的感情。你的心里的一切都死掉了。

他躺在一张像是行军床的床上,不过床离地面很远,而且身体也被捆绑了起来无法动弹。一道强烈的灯光照在他脸上。奥布兰就站在一旁低头看着他。另外一边站着一个穿白大褂的男人,手中拿着注射器。

他睁大眼,渐渐能看清四周环境了。他感觉到自己像是从一处完全不同的世界游到这里的,从一个深深的海底世界。他在下面待了很久。从他们逮捕他以来,他就没有见过白天或黑夜。而且他的记忆也断断续续的,意识——即便是在睡眠中,也会突然停止了,需要经过一段空白间隔才能恢复。但这段空白究竟是多久,他无从得知。

在手肘遭到那一击后,噩梦就开始了。后来他才明白,当时接着发生的一切事情只不过是一个前奏,是每个因犯都会经历的例行公事的审讯。人人都得供认各种罪行,例如间谍、破坏等等。招供不过是个形式,拷打却是货真价实的。他已经无法记清自己被拷打过多少次了,更无法知道每次拷打持续的时间。拷打时一般会有五六个穿黑制服的男人围着他同时殴打他,有时是用拳头,有时是用警棍,有时则是钢条或者皮靴。好多次他都被打得在地上翻滚,像一头无耻的畜生。他扭动身子想要尽量躲避,可这一点用也没有,反倒会招致更加厉害的殴打。他们踢打他的肋骨、肚子、关节、腿部、腹股沟、睾丸、尾椎。很多时候他觉得最残酷,也是最邪恶、最不能原谅的不是看守们没有节制的殴打,而是他竟然没法让自己丧失意识。而很多时候,他会在殴打开始前就开始大喊大叫,可怜地祈求着饶恕,只要有人扬起拳头就能让他供出一大堆的真假难辨的罪行来。也有的时候他下定决心什么都不招,实在痛不过时才说一言半语,或者想来个折中,对自己这么说:"我可以招供,但还不到时候。一定要坚持到实在忍不住痛的时候。再踢三脚、两脚,我才把他们要我说的说出来。"有时他给打得站不住,像一袋土豆似的掉在牢房的石头地上,歇了几个小时后,又给带出去痛打。也有歇的时间比较长的时候。他记不清了,因为都是在睡梦中或昏迷中度过的。他记得有一间牢房里有一张木板床,墙上有个架子,还有一只洗脸盆,送来的饭是热汤和面包,有时还有咖啡。他记得有个脾气乖戾的理发员来给他刮胡子剪头发,还有一个一本正经、没有感情的白衣护士来试他的脉搏,验他的神经反应,翻他的眼皮,粗糙的手指在他身上摸来摸去看有没有骨折,在他的胳膊上打针,让他昏睡。

后来,拷打不再那么频繁,主要成了一种威胁,如果他的答复不够让他们满意,就用敲打来恐吓他。拷问他的人现在已不再是穿黑制服的粗汉,而是党内知识分子,都是矮矮的小胖子,动作敏捷,戴着眼镜,这些人分班来对付他。有时一班持续达十几个小时,究竟多久,他也不清楚。这些拷问他的人总是使他不断吃到一些小苦头,但他们的目的不是制造疼痛。他们打他耳光,拧他耳朵,揪他头发,要他用一只脚站着,不让他撒尿。他们用强光照射他,一直到他眼里流出泪水。但是这一切的目的不过是羞辱他,摧毁他的尊严感,打垮他推理论证的能力。他们真正厉害的武器还是一个小时接一个小时无休无止地无情拷问,这样迫使他说错话,让他掉入圈套,并歪曲他说的每一句话,抓住他的每一句假话和每一个自相矛盾的地方,直到他哭起来为止。这与其说是因为耻辱,还不如说是因为神经过度疲劳导致的。有时一次拷问过程中他会哭五六次。他们多半是大声辱骂他,稍有迟疑就扬言要把他再度交给看守。但他们有时也会突然改变腔调,叫他同志,以英社和老大哥的名义请求他,装出一副悲戚的样子询问他对党的忠诚程度,问他想不想洗清罪名。在经过几小时的审问后,他总是会被折磨得濒临崩溃,于是连这种对他提出的请求也会让他开始哭啼。最终看来,这种碎碎念似的问话,比看守的拳脚和棍棒还要有效,更足以把他彻底击垮。然后他就成了一张嘴,想要他说什么他就会说什么;他成了一只单纯的手,想要他签什么就会签什么。他只想弄清楚他们要他招认什么,于是就能抢在恐吓前说出来。他招认暗杀党的领导,散发煽动性的小册子,侵吞公款,出卖军事机密,从事各种各样的破坏活动。他招认早在一九六八年就是东亚国政府豢养的间谍。他招认自己笃信宗教,崇拜资本主义,是个老色鬼。他还招认杀了妻子,尽管他自己明白,拷问的人也明白他妻子还活着。他招认多年来就同戈德斯坦有个人联系,是地下组织的成员。该组织包括了他所认识的每一个人。这样一来,他把什么都招认,所有人都被他拉下水,这是很容易的。何况从某个角度来看,这些确实是事实。他是党的敌人,在党看来,思想上的敌人等同于行动上的敌人。

但他还保存了另外一种记忆,这种记忆时断时续地浮现在他脑海中,像一幅幅被黑暗包围起来的图片。

他被关在一个牢房里。他无法确定里面开着灯还是完全是黑暗的。因为在里面除了一双眼,他什么也看不清。在他手边有台嘀嗒作响的仪器,运作得平缓而精确。那双眼睛越来越大,也越来越亮。然后他从座位上飞起来了,掉进到那双眼里去,迅速被吞没。

那是因为他们把他绑在一把椅子上,四周布满了仪表,灯光强得耀眼。一个穿白大褂的人在观看仪表。外面一阵沉重的脚步声。门打开,那个面色蜡黄的官员走了进来,后面跟着两个警卫。

"一〇一号房。"那官员说。

白大褂没有转身,也没看温斯顿。他只是在看仪表。他给推到一条很大的走廊里,足足有一公里宽,那里全都是灿烂的金色光芒,他大笑着,用最大的声音招供。他什么都招,甚至把那些在拷打中都没招的东西也招认了。他把他的全部生平告诉了这些早就知道的听众。看守、审讯人员、穿白大褂的、茱莉雅、查林顿先生,现在全都跟他在一起,都在走廊里喊叫、欢笑。一些潜藏在未来的可怕的事被忽略了过去,没能发生。一切都顺利,痛苦没有了,他生命中所有的细节都毫无遗漏展现在光亮中,得到了理解和宽恕。

他从木板床上坐起身,恍惚中好像听到奥布兰的声音。尽管整个审讯过程中他没能看到,但他感觉到了奥布兰就在他身边。奥布兰是这一切的总指挥。打他,又不让打死他的是奥布兰;决定什么时候该让他痛得尖叫,什么时候该让他缓口气,什么时候该让他吃饭,什么时候该让他睡觉,什么时候该给他打针的是奥布兰;提出问题,暗示要什么答复的也是奥布兰。他既是拷打者,又是保护者;既是审问者,又是朋友。有一次,温斯顿不记得是在打了麻药睡着之后,还是正常睡着之后,要不就是暂时醒来时,听到耳边有人低声说:"别担心,温斯顿,你现在由我管。我观察你七年了,现在到了转折点,我要救你,要使你成为完人。"他弄不清这是奥布兰的说话声，还是七年前那个梦境。在那个梦境中，那个说"我们将在没有黑暗的地方相见"的是同一个人。

他不记得审问是何时结束的。有一段时间是黑暗的，接着他到了现在这个房间，然后四周渐渐清晰了起来。他完全处于仰卧状态，不能移动。身体完全给控制住了，甚至后脑勺也用什么东西抓住了。奥布兰正低头看着他，神情严肃，甚至有点悲哀。他的脸从下面往上看显得有些粗糙跟憔悴，眼睛下有明显的眼袋，可能是因为疲劳，鼻子到下巴都有明显的皱纹，他看上去要比温斯顿苍老，年龄大约在四十八到五十之间。在他的手下面有个仪表，上面有个杠杆，表面有一圈数字。

"我告诉过你，"奥布兰说，"要是我们再见，就是在这里。"

"是的。"温斯顿说。

奥布兰的手毫无征兆地轻微动了一下，剧烈的疼痛就充盈了温斯顿的全身。这是一种让人恐惧的疼痛，因为你看不见它来自哪里，也不知道到底发生什么了，只是感觉到自己受到了致命的伤害。他无法知道这种伤害是不是真的存在，还是电流经过身体上导致的痛苦错觉。他的身躯开始扭曲，关节也遭到了缓慢的撕扯。他的额头冒出汗珠，但最让他担心的是自己的脊椎是不是会被扯断。他咬紧牙关，努力使用鼻子呼吸，尽可能不发出叫声。

"你害怕了，"奥布兰看着他的脸说，"再过一会就会有东西要断掉。你现在特别害怕的是你的脊梁。你的心里很逼真地可以看到脊椎裂开，髓液一滴滴流出来。温斯顿，你现在想的是不是这个？"

温斯顿没有回答。奥布兰把仪表上的杠杆拉回去。阵痛很快消退，几乎同来时一样快。

"这还只有四十。"奥布兰说，"你可以看到，表面上的数字最高达到一百。因此在我们谈话时，你始终要记住，我有能力随时想让你感到多痛就多痛。如果你说谎，或者不论想怎么样搪塞，甚至说的不符合你平时的智力水平，你都会马上痛得叫出来。明白吗？"

"明白。"温斯顿说。

奥布兰的态度不像先前那样严厉了。他扶正一下鼻梁上的眼镜，思考着什么。当他再度开口说话时，他的声音变得温和、有耐心，有了一种医生或者教员,甚至牧师的神情,只想解释说服,不想惩罚。

"温斯顿,我为你操心,"他说,"是因为你值得操心。你很明白你的问题在哪。多年前你就已明白,只是你不肯承认。你的精神是错乱的。你的记忆力有缺陷。真正发生的事你不记得,却使自己相信那些根本没发生过的事。好在这是可以治疗的。但你自己从来没有想过要治疗,因为你不愿意。只需要意志上稍做努力就行,可你就是不肯。即使现在我也知道,你仍死抱住这个毛病不放,还以为这是美德。我们现在举个例来说明。我问你,眼前大洋国是在跟哪个国家交战?"

"我被逮捕时,是同东亚国。"

"东亚国。很好。大洋国一直在同东亚国交战,是不是?"

温斯顿吸了口气。他张开嘴要说话,但又没说。他的目光没法从那仪表挪开。

"请说真话,温斯顿。你的真话。把你以为你记得的告诉我。"

"我记得在我被捕前一个星期,我们还没有同东亚国打仗。我们当时同他们是盟友,战争的对象是欧亚国,前后打了有四年。在这之前——"奥布兰摆摆手叫他停止。

"再举个例子,"他说,"几年前,你发生了一次非常严重的幻觉。认为有三个人,三个以前的党员琼斯、阿朗森和卢瑟福,在彻底招供后按叛国罪处决,而你却以为他们并没有犯那控告他们的罪。你以为你看到过无可置疑的物证,可以证明他们的口供是假的。你当时有一种幻觉,认为自己看到了一张照片。你还认为手里真的拥有过这张照片。就是这样一张。"

奥布兰拿过一张剪报,让它在温斯顿视野里出现了大约五秒钟。这是幅照片,毫无疑问就是那张琼斯、阿朗森、卢瑟福在纽约一次党的会议上的照片,十一年前他曾意外见到过,随即销毁了。它在他的眼前出现了,又消失掉。但他已看到了,毫无疑问看到了!他忍着剧痛拼命想坐起来。但他分毫也动不了。这时他甚至忘了那个仪表。他一心只想把那照片拿过来,至少再看一眼。

"它存在的!"他叫道。

"不。"奥布兰说。

他走到屋子另一头。那边的墙上有个记忆处理洞,奥布兰揭起盖子,把那张剪报扔进去，那薄薄的纸片瞬间被一阵热风卷走，在看不见的地方化为灰烬。奥布兰转身回来。

"灰烬，"他说，"甚至是认不出来的灰烬、尘埃。它并不存在，它从没存在过。"

"但它存在过！确实存在！在记忆中。我记得它。你记得它。"

"我不记得它。"奥布兰说。

温斯顿的心一沉，这就是双重思想，让他感到束手无策。如果他能确定奥布兰是在说谎，也就无所谓了，但他却无法确定奥布兰是不是真的已把这张照片忘记了。如果这样，那他也忘记了他曾经否认记得那张照片，也就是说他忘记了"忘记"这一行为。你怎么能确定这只不过是个小戏法呢？也许，自己的头脑真的出现了这种疯狂的混乱。他很快就被这种念头击垮。

奥布兰低头看着他，看上去在想什么。这时候他更像一个老师，正在苦口婆心挽救一个误入歧途的学生。

"党有一句关于控制过去的口号，"他说，"你再复述一遍。"

"'谁控制了过去，谁就控制了未来；谁能控制现在，也就控制了过去。'"温斯顿顺从地复述。

"'谁能控制现在，也就控制了过去'。"奥布兰点点头，"这是你的观点吗？温斯顿，过去真存在过的？"

温斯顿再一次感到了强烈的无助。他迅速看了一眼那个仪表盘上的刻度。他完全不知道怎样回答才能使自己免遭痛苦，"是"还是"不是"，他甚至不知道自己相信的是哪个答案。

奥布兰微笑道："温斯顿，你不懂形而上学。到现在为止，你从来没有考虑过所谓存在是什么意思。我来说得更加确切些。过去是不是具体存在于空间里？是不是在什么地方，在一个有具体东西的世界里，过去仍在发生着？"

"没有。"

"那么过去到底存在于什么地方呢？"

"在记录里。它被记录了下来。"

"在记录里。还有？"

"在头脑里。在人的记忆里。"

"在记忆里。很好,然后。我们,党,控制着全部记录,还控制了全部记忆。因此就是说我们控制了过去,是不是?"

"但你怎么能让人不去记住那些发生过的事呢?"温斯顿叫道,又暂时忘了仪表,"它是不由自主的。它不受控制,你们怎么能控制一个人的记忆呢?你就不能控制我的记忆!"

奥布兰又严厉了起来。他把手放在仪表上。

"恰恰相反,"他说,"是你没有控制自己的记忆。因此才要把你带到这里来。你到这里来是因为你不自量力,不知道自律。你的行为完全没有依从理性。你更愿意自己是一个疯子,一个少数派。只有受过训练的头脑才能看清现实。温斯顿,你以为现实是某种客观的、外在的、独立存在的东西。你认为现实的性质不言自明。当你被自己这种想法迷惑后,你就会认为你看到了什么,而且别人也跟你一样看到了你所看到的。但我告诉你,温斯顿,现实不是外在的。现实只存在于人的意识中,除此之外不存在于任何其他地方。并且,它并不是存在于某个具体的人的意识里,因为个体会犯错,而且会消失。因此现实只存在于党的意识中,而党的意识是集体的,是不朽的。党所主张的真理,无论如何都是真理。不用党的眼睛,谁也看不到,也不可能看到的真正的现实。因此你必须重新学习,温斯顿,这才是事实。你必须摧毁你自己,在意志上加以努力。你得先让自己卑微起来,然后你才能成为有理智的人。"

他停了会,好给对方留出时间理解他说的。

"你记得吗?"他接着说,"你在日记中写:'所谓自由就是二加二等于四。'"

"记得。"温斯顿说。

奥布兰举起他的左手,手背朝着温斯顿,大拇指缩在后面,四个手指伸开。

"我举的是几个手指,温斯顿?"

"四个。"

"如果党说不是四个而是五个——那么你说是多少?"

"四个。"

话还没有说完就一阵剧痛。仪表上的指针转到了五十五。温斯顿全身汗如雨下。肺部一呼吸都会使得他大声呻吟,即使咬紧牙关也压不住。奥布兰看着他,四根手指仍伸在那里。他把杠杆拉回来。不过剧痛只稍微减轻一些。

"几根手指,温斯顿?"

"四根。"

指针到了六十。

"几根,温斯顿?"

"四!四根!我还能说什么?四根!"

指针一定又上升了,但是他没有去看它。他眼前只见到那张粗犷严厉的脸和四根手指。四根手指在他眼前像四根大柱,粗大、模糊,仿佛要抖动起来,但毫无疑问是四根。

"多少,温斯顿?"

"四根!停下,快停下来!你怎么能这样继续下去?四根!四根!"

"多少,温斯顿?"

"五根!五根!五根!"

"不,温斯顿,这没有用。你在说谎。你心里还是认为是四根,到底多少?"

"四根!五根!四根!你想是几根就是几根好了,但求你停下来,别再让我痛了!"

他猛坐了起来,奥布兰用胳膊围住他的肩膀。他可能有一两秒钟昏了过去。绑住他身体的带子松掉了。他觉得很冷,打着寒颤,牙齿发出"咯咯"的撞击声,他的脸上满是泪水。他像个孩子似的抱着奥布兰,抱着他的粗壮胳膊使他感到出奇的舒服。他觉得奥布兰是他的保护人,痛楚是外来的,来自别的地方,只有奥布兰才能把他从这种疼痛中解救出来。

"你学起来真慢,温斯顿。"奥布兰温和地说。

"我能怎么办呢?"他号哭着,口齿不清地说,"我怎么能不看到眼前的东西呢?二加二就是等于四呀。"

"有时候是四,温斯顿。但有时候是五,有时候也会是三。还有的时候它是三、四、五,你得努力才行。想变得理智并不容易。"

他把温斯顿放到床上。温斯顿四肢再次被带子绑紧,不过这次痛已消退了,身体的颤抖也停下,只剩下虚弱的感觉。奥布兰向穿白大褂的人点头示意,在整个过程中这个人都一动不动地站在那，现在他弯下身去，仔细看了看温斯顿的眼，试了他的脉搏，听了他的心跳，到处敲敲打打，然后朝奥布兰点点头。

"继续。"奥布兰说。

瞬间疼痛就充满了温斯顿全身，指针一定升高到了七十、七十五。这次他闭上了眼睛。他知道手指仍在那里，仍旧是四根。现在主要的是活下去，等待疼痛结束。他已经不再关心自己是不是在哭。当疼痛再度减轻后，他睁开眼，看见奥布兰把控制杆拉了回去。

"多少手指，温斯顿？"

"四根。我想是四根。只要能够，我很愿意看到五根。我尽量想看到五根。"

"你究竟希望什么？是要我相信你看到了五根，还是真正看到了五根？"

"真看到了五根。"

"再来。"奥布兰说。

指针大概升到了八十、九十。温斯顿一直都记得为什么会产生疼痛。在他紧闭着的眼皮外，手指像森林在跳舞一样晃动，它们伸过来，缩回去，一会叠在一起，一会又分开了，一会被遮住，一会又出现。他试着去数，但不知为什么，他知道这不仅仅是数的问题，这是由四跟五之间某种神秘特性决定了的。接着疼痛又减轻了，他再睁开眼，看到了跟先前一样的景象。数不清的手指在晃动，像一片森林，不断朝着某个方向重叠、分开。他再度闭上眼。

"我举起的是几根手指，温斯顿？"

"我不知道。我不知道。你再这样做下去，就杀了我好了。四、五、六——说实话我不知道。"

"好些了。"奥布兰说。

一根针刺进了温斯顿的胳膊。紧接着一股暖意开始在他全身洋溢，疼痛消失并被他忘记。他睁开眼，感激地看着奥布兰。一看到奥布兰粗犷、丑陋但充满智慧的脸，看到布满这张脸的皱纹，他就生出一阵酸楚。要是他能动，他就会伸出手去抓住奥布兰的胳膊。他从不知道自己会这样爱奥布兰。这不仅因为痛楚的停止，更因为对他来说奥布兰的立场完全无关紧要，奥布兰就是个可以谈心、能理解他的人。也许，与其被人爱，还不如被人了解。奥布兰折磨他，使得他几乎疯掉,而且有一阵子几乎就要杀掉他了。但这没关系。从那层在意义上超过友谊的关系来说,他们是知己。可能是这里,也可能是别处,但总有一个地方是可以让他们见面谈谈的。奥布兰低头看他,表情说明他的心里也有同样想法,然后用一种聊天的语气对他说:

"你知道你在什么地方吗,温斯顿?"

"不知道。但我猜得出来,在仁爱部。"

"你知道你在这里多久了吗?"

"不知道。几天、几星期、几个月——我想是一个月吧。"

"你想一下,为什么我们要把人带到这里来?"

"让他们招供。"

"不,不是这个原因。再想想。"

"惩罚他们。"

"不!"奥布兰厉声叫道。他的声音变得不同平常,脸色异常严肃,情绪也很激动。"不对!不光是要招供,也不光是要惩罚。你想知道为什么把你带到这里来吗?是为了给你治病,让你恢复清醒。温斯顿,你要知道,凡是带到这里来的人,没有一个不是治好后离开的。我们对你犯的那些愚蠢罪行并不感兴趣。党对表面行为不感兴趣,我们关心的是思想。我们不单单要打败敌人,还要改造他们。你能理解我的意思吗?"

他俯身望着温斯顿。因为离得很近,他的脸变得很大,从下往上看,丑陋得让人厌恶。不仅如此,还呈现出一种狂热的兴奋。温斯顿的心一沉。要是可能的话,他会钻到床底下去。他觉得奥布兰一时冲动下,很可能会毫无节制地扳动那根控制杆。但就在这时,奥布兰转过身去踱了两步,继续说起来,已经没有刚才那么激动了:

"你首先要明白,在这个地方不存在烈士。你一定读到过历史上的宗教迫害。在中世纪有过宗教法庭,发生过宗教迫害,但那是一场失败的运动。它的目的是要根除异端邪说,结果却巩固了异端邪说。它每烧死一个异端分子,就制造出几千个来。为什么?因为宗教法庭公开在敌人没有悔改的情况下把他们杀死。事实上,他们之所以杀死那些人,就是因为他们不知悔改,不愿放弃自己的信仰。这样,一切光荣自然归于殉难者,一切羞耻自然归于烧死他们的宗教法庭。

后来，在二十世纪出现了极权主义，他们就是被这样称呼的。他们是德国的纳粹和俄国的共产党。俄国人迫害异端邪说比宗教法庭还残酷。他们自以为从过去的错误中汲取了教训。不过他们有一点是明白的，绝不能制造殉难烈士。他们在公审上努力揭露受害者，而在此之前他们会有意去摧毁对方的人格尊严。他们用严刑拷打、单独禁闭，直到对手变得卑劣、猥琐和残忍，让对手承认什么，就会承认什么。他们逼使那些牺牲者辱骂自己、攻击自己，同时也要用辱骂和攻击他人来保护自己，为了得到宽恕而哭哭啼啼。可是，要不了几年，同样的事情会再度发生。死去的人成了烈士，他们曾经有过的堕落被遗忘。再说一次，为什么会这样？首先他们的供词是逼出来的，是假的。我们不再犯这种错误。在这里所招供的都是真的。我们想办法让它们是真的。而且，尤其是，我们不让死者起来反对我们，你可别以为后代会给你昭雪。后人根本不会知道有你这样一个人。你在历史的长河中消失得一干二净。我们要把你化为气体，消失在太空之中。你什么也不会留下，登记簿上没有你的名字，活人的脑子里没有关于你的记忆。不论过去和将来，你都给消灭掉了。你从来没有存在过。"

那为什么还要折磨我？温斯顿想，心里生出了怨恨。

奥布兰停下了，好像温斯顿把这想法大声说了出来一样。他把丑陋的大脸挪了过来，眼睛成一条缝。

"你在想，"他说，"既然我们要把你彻底消灭掉，使得不论你说的话或做的事再也无足轻重——既然这样，为什么还不厌其烦要先审问你？你是不是这样想？"

"是。"温斯顿说。

奥布兰轻轻一笑："温斯顿，你是一张图片上的一个污点，是必须要清除掉的。刚才我不是告诉你了吗？我们并不对消极的服从感到满意，你的屈服一定要是出自你自己的自由意志的结果。我们消灭异端，不是因为他们在反抗我们。谁只要还在反抗，我们就不会消灭他。我们要的是征服他的思想并使他转变，并重新塑造他。我们要抹去他全部的异端思想和幻想，把他带到我们这边来，不仅仅是表面上的，而是精神、灵魂都要成为我们想要的那样。我们所不能容忍的是世界上有错误的思想，不管这种思想在哪，有多隐秘和微弱，我们都不能容忍。一个人即使是立刻死掉，也不能允许他带着异端的念头。在旧时代，当那些异端者被带到火刑柱上时,他们仍然还是异端,还在大肆宣扬他们的思想,并且为此感到骄傲和欣喜。就算是在俄国大清洗时期,那些受害者在被枪毙前,他的脑子里仍然带着反抗的念头。而我们要的却是在敲破你的脑子时,这颗脑子要是纯净的。之前的独裁者要求'你们不能做什么',那些极权主义者要求'你只能做什么',而我们则要求'你能要什么'。所有被带到这里来的人,没有一个是能站出来反对我们的。每个人都得到了净化,即使是你认为自己看到了的那三个可怜的叛国者——琼斯、阿朗森、卢瑟福——最终还是被我们打垮。我本人也参加了对他们的审讯,目睹了他们是怎样慢慢垮掉的。他们就那样哭泣、趴在地上求饶——到了最后,他们有的不是疼痛和恐惧,而是悔恨。到了审讯结束时,他们就只是一具躯壳,剩下的除了懊悔和对老大哥的热爱,别的就什么也没有。看到他们那样热爱老大哥,真让人感动。他们希望被枪毙,越快越好。那样他们就能带着纯净的思想死去。"

他的声音就像是梦呓,脸上的神情疯狂而热烈。温斯顿想,他不是装出来的,他是一个真诚的人,相信自己说的每一个字。温斯顿此时最感到压抑的是为自己的智商自卑。他看着这个稳重文雅的身体在自己面前走来走去,时而出现在视野里,时而消失在视野外。无论哪一方面,奥布兰都比自己强大。他那些萌生过或者可能萌生的念头,无不都在奥布兰的预料中,其中还没有一个没被奥布兰研究、驳斥过。奥布兰的大脑完全覆盖了温斯顿的大脑。但既然是这样,那奥布兰又怎么可能是真实的呢?那疯了的一定是温斯顿。奥布兰停下来低头看看温斯顿,声音一下子严厉起来。

"别以为你能救自己的命,温斯顿,不论你怎么彻底向我们投降。凡是走上歧途的人,没有一个能幸免。即使我们决定让你活着,你也永远逃脱不了我们。在你身上发生的事会永远持续下去。你事先必须了解这点。我们会打垮你,让你再也无法回到原来的时间点上。即使你活一千年,你也永远无法恢复原样。你不再可能有正常人的感情。你的心里的一切都死掉了。你不再可能有爱情、友谊、生活的乐趣、欢笑、好奇、勇气、正直。你是空无所有。我们要把你挤空,然后再用我们自己来填充你。"

他停下来,跟穿白大褂的打个招呼。温斯顿感到有一件很重的仪器被放到了他的脑袋下。奥布兰坐在床边,他的脸几乎跟温斯顿的脸在一个水平线上。

"三千。"他对温斯顿头后面的那个穿白大褂的说。

有两块柔软湿润的垫子贴在了温斯顿的太阳穴上。他感到害怕,紧接着一种完全不同的痛感被他感受到。而奥布兰温和地把他的一只手握住。

"这次不会有伤害,"他说,"看着我。"

就在这时,发生了一阵猛烈的爆炸,也可以说类似爆炸,但弄不清楚究竟有没有声音。肯定发出了一阵闪光,使人睁不开眼。温斯顿没有受到伤害,只是筋疲力尽。爆炸发生时,他本来已经是仰卧在那里,但他奇怪地觉得好像是被谁给推到了这个位置。一种猛烈无痛的打击把他打翻在那。他的脑袋里也有了什么变化。当恢复视力后,他仍记得自己是谁,身在何处,也认得看着他的那张脸。但是不知什么地方出现了一大片空白,好像脑子给挖掉了一大块。

"这不会长久,"奥布兰说,"看着我回答,大洋国同什么国家在打仗?"

温斯顿想了一下。他知道大洋国是什么意思,也知道自己是大洋国的公民。他也记得欧亚国和东亚国。但谁同谁在打仗他却不知道。事实上,他根本不知道有什么战争发生。

"我记不得了。"

"大洋国在同东亚国打仗。你现在记得吗?"

"记起来了。"

"大洋国一直在同东亚国打仗。自从你生下来后,自从党成立以来,有史以来,就一直不断在打仗,总是同一场战争。你记得吗?"

"记得。"

"十一年前,你伪造了一个关于三个因叛国而被处死的人的神话。你说自己看到过一张能够证明他们无辜的报纸剪辑。根本不存在这样的剪辑。这是你捏造出来的,你后来相信了它。现在记得你当初捏造出它时的情景吗?"

"记得。"

"我现在把手举在你的面前。你看到了五根手指。你记得吗?"

"记得。"

奥布兰举起左手的手指,把大拇指缩了起来。

"现在有五根手指。你看到五根手指吗?"

"是的。"

而且他的确刹那间看到了，在他脑海中的景象还没有改变前看到了。他看到了五根手指，根根完好。接着一切恢复正常，原来的恐惧、怨恨、迷惑又袭上心来。但有那么一刻——他也不知道多久，也许是三十秒钟——他神志非常清醒，奥布兰的每一个新的提示都在填补那片空白，成为绝对的真理，只要有需要，二加二等于三就像等于五一样简单。只是当奥布兰的手指消失后，这情形也消失了。他再也没法把它复原，但他记住了，好比一个人能真切回忆起很多年前的某次经历，并且当时他是完全不同的一个人。

"你现在看到了，"奥布兰说，"无论如何这是办得到的。"

"是的。"温斯顿说。

奥布兰带着满意的神情站了起来。温斯顿看到他的左边那个穿白大褂的人打破了一只安瓿，把注射器的柱塞往回抽。奥布兰脸上露出了微笑，他转向温斯顿，重新整了整鼻梁上的眼镜，动作一如既往。

"你记得你曾经在日记里写过，"他说，"不管我是友是敌，都不重要，因为我至少是个能了解你、并且可以交谈的人吗？你的话不错，我很喜欢同你谈话。你的头脑使我感兴趣，它很像我自己的头脑，只不过你是精神失常的。在结束这次谈话前，你如果愿意，可以向我提几个问题。"

"任何问题？"

"任何问题。"他看到温斯顿的眼光落在仪表上，"这已经关掉了。你的第一个问题是什么？"

"你们把茱莉雅怎样了？"温斯顿问。

奥布兰笑了。"她出卖了你，温斯顿。马上——毫无保留。我从来没有见到过有人这样快改变立场的。你要是再见到她，已很难认出来了。她的所有反叛精神、欺骗手法、愚蠢行为、肮脏思想——都消失得一干二净。她现在就像教科书一样完美无缺。"

"你们拷打了她？"

奥布兰对此不予置答。"下一个问题。"

"老大哥存在吗？"

"当然存在。有党存在，就有老大哥存在，他是党的化身。"

"他的存在形式也和我一样吗？"

"你不存在。"奥布兰说。

他又感到了一阵无可奈何的无助。他明白，也不难想象，那些能证明自己不存在的论据是些什么。但这些论据都是胡说八道，都是玩弄词句。"你不存在"，这句话难道不存在逻辑上的不充足吗？但这么说有什么用呢？他一想到奥布兰会用那些无法争辩的、疯狂的论据来驳斥自己，就会感到无助和灰心丧气。

"我认为我是存在的，"他懒懒地说，"我意识到我自己的存在。我生了下来，我还会死去。我有胳膊有腿。我占据一定空间。没有别的实在的东西能同时占据我所占据的空间。在这个意义上，老大哥存在吗？"

"这无关紧要。他存在。"

"老大哥会死吗？"

"当然不会。他怎么会死？下一个问题。"

"兄弟会存在吗？"

"关于这个，温斯顿，你永远不会知道。我们把你对付完后，如果放你出去，即使你活到九十岁，也永远不会知道这个问题的答案。只要你活一天，这个问题就一天是你心中无法解答的谜。"

温斯顿默然躺在那。他的胸脯起伏比刚才快了一些。他还没有提出他最想问的那个问题。他必须提出来，可他却没办法说出来。奥布兰的脸上出现了一丝欣喜的神色。甚至他的眼镜片的闪烁也看起来像是在嘲讽。温斯顿顿时明白了，他知道自己想问什么！想到这，他的话就冲出口了。

"一〇一号里有什么？"

奥布兰脸上的表情没有变。他干巴巴地回答：

"你知道一〇一号房里有什么，温斯顿。人人都知道一〇一号房里有什么。"他向穿白大褂的举起一个手指。显然谈话结束了。一根针刺进了温斯顿的胳膊，他马上沉睡过去。

第三章

"告诉我,"他问,"还要多久才枪毙我?"

"可能要过很久,"奥布兰说,"你很麻烦。不过不要放弃希望。迟早一切总会治愈的。最后,我们会枪毙你。"

"你的改造分三个阶段,"奥布兰说,"学习、理解和接受。现在你该进入第二阶段了。"

跟之前一样,温斯顿平躺在床上。虽然依旧是被绑着,但绑住的带子要松一些,膝盖可以稍作移动,脑袋也可以左右转动,手肘以下可以举起手。那个仪表控制盘也没先前那么可怕。只要脑筋转得快一些,就可以避免吃苦头。跟先前最大的不同在于现在只是在他表现得很愚蠢时,奥布兰才扳杠杆。有好几次完全没有使用过一次。他记不清他们谈过几次了,整个过程拖得很长,可能是好几个星期,并且有时两次谈话之间要间隔好几天,而有时仅仅是间隔几个小时。

"在你躺在那时,"奥布兰说,"你甚至问过我,为什么仁爱部要在你身上花这么多的时间,浪费这么多精力。在你还自由时,你也因同样的问题感到困惑过。你能看清你所生活的社会的运转规律,但你不理解它的根本动机。你还记得你在日记上写过'我知道方法,但不知道原因'吧?就是在想'为什么'时,你对自己神志是否健全产生了怀疑。你已经读了那本戈德斯坦的书,至少读了一部分。它有没有告诉你一些你原来不知道的东西?"

"你读过吗?"温斯顿问。

"那是我写的。这也就是说,我参与了写作。你知道,没有一本书是一个人写出来的。"

"书里说的是不是真实的?"

"作为一种描述,它是真实的。但它所阐述的纲领是胡说八道。秘密积累知识，逐渐扩大启蒙范围，最后促使人民起来造反，推翻党的统治。这都是胡说八道。人民永远不会造反，一千年、一百万年也不会。他们不会造反。我也无须把原因告诉你，你自己已经知道了。如果你曾经梦想过发生暴力起义，那你就抛弃这个幻想。没有谁有办法推翻党。党的统治是永远的。你要把这当作自己思想的出发点。"

他走近些。"永远！"他重复说，"现在再回到'怎么做'和'为什么'上来。你现在已经很了解党如何维护自己的权力了，现在你告诉我，我们为什么要牢牢抓住权力？我们的动机是什么？我们为什么对权力这样渴望？说吧，说说看。"他见温斯顿沉默不语就加上了一句。

但温斯顿还是沉默了一两分钟。他感到很疲倦。奥布兰的脸上又隐隐出现了一种狂热的神情。他知道奥布兰会说些什么：党并不是为了自己的目的而要当权，而只是为了大多数人的利益。它要权力是因为大众都是软弱的、怯懦的，没有能力承受自由，也无力面对现实。必须要由强有力的人来统治，进行有计划的哄骗。人类要在自由与幸福之间做出选择，而对大多数人类来说选择幸福更好一些。党是弱者的永恒监护人，是一群为了使善能到来才作恶的人，他们为了他人的幸福宁愿牺牲自己。真可怕，温斯顿想。可怕在于在说出这些话的同时，奥布兰确实相信这都是真的。这一点你可以从他脸上的表情看出来。奥布兰什么都知道，比温斯顿强过千倍，他知道世界究竟是怎一回事，人类生活堕落到了什么程度，党用什么谎话和野蛮手段使他们处在现在的地位。他了解每件事，也权衡每件事。但这都无关紧要，因为，为了最终目的，一切手段都是正当的。温斯顿心里想，对于这样一个疯子，他比你聪明，他心平气和听了你的论点，但仍坚持他的疯狂，你还能怎样呢？

"你们是为了我们好才统治我们，"他发出的声音很微弱，"你们认为人类不能自己管理自己，因此——"

他几乎要叫出声来。他的全身一阵剧痛。奥布兰扳了杠杆，指针升到了三十五。

"真愚蠢，温斯顿，真愚蠢！"他说，"按你的水平，你应该说得更好才是。"

他把控制杆拉了回去，继续说：

"现在让我来告诉你答案，这个答案就是党追求权力只是为了自己。我们对别人的利益毫无兴趣，我们只对权力有兴趣。不论财富、奢侈、长寿或者幸福，我们都没兴趣，只对权力，纯粹的权力有兴趣。纯粹的权力是什么，你马上就会知道。我们与以往的所有寡头政体都不同，那是因为我们知道自己在干什么。而所有其他人，包括那些跟我们比较像的人，也都是懦夫和虚伪的人。德国纳粹，还有俄国共产党有跟我们类似的管理形式，但他们从不敢承认自己的动机。因此他们都会虚伪地假装，也许他们真的相信自己不是心甘情愿夺取权力的，而是受到了时间的限制，不久改变就会到来，会出现一个人人平等的自由天堂。我们不一样，我们清楚自己在干什么，清楚没有人会因为想要放弃权力而夺取权力的。权力不是手段，权力就是目的本身。建立独裁政权从来都不是为了捍卫革命成果，迫害的目的就是迫害，折磨的目的只是折磨，因此权力的目的也只是权力。现在你应该明白了吧？"

奥布兰脸上显出明显的疲惫。这张有些肥厚的脸让温斯顿感觉着坚强、残忍，也充满着智慧，激情而又节制。这张脸让人觉得绝望，又布满了倦怠。眼睛下面有明显的眼袋，双颊松弛。奥布兰侧身动了动，有意识地把自己的脸离他更近一点。

"你在想，"他说，"我的脸又老又憔悴，是吧？你在想，我在侈谈权力，却没法阻止自己身体的衰老。温斯顿，难道你不明白，个人只是细胞这一事实吗？一个细胞的衰变正是机体的活力的保证。你把指甲剪掉后，难道说你就死了吗？"

他从床边走开，又开始来回踱步，一只手放在口袋里。

"我们是权力的祭师，"他说，"上帝是权力。不过在目前，对你来说权力不过是个单词。现在是时候让你理解权力的真正含义了。你必须明白的第一件事情是：权力是属于集体的。个人只是在停止作为个人的时候才有权力。你知道党的口号'自由即奴役'。你有没有想到过这句口号是可以颠倒过来，变成'奴役即自由'？单独和自由的人总是会被打败的。而且注定是如此，因为人都会死，这种失败是所有失败里最大的失败。但如果他能彻底、绝对地服从，如果能摆脱个人存在，与党打成一片而做到他就是党、党就是他，那么他就是全能、不朽的。你要明白的第二件事情是：所谓权力乃是指对人的权力，是凌驾于身体，尤其思想之上的权力。同时权力凌驾于物质——就是你们所说的外部现实——这一点并不重要，我们已经完全控制了物质。"

温斯顿有那么一阵忘记了仪表控制盘的存在，他猛然抬起身子想要坐起来，这引来了一阵剧烈的疼痛，他被迫扭曲了身子。

"但你怎么能控制物质？"他忍不住叫出声来，"你们连气候或者地心吸力都还没能控制。而且还有疾病、痛苦、死亡——"

奥布兰一摆手，叫他住嘴。"我们能够控制物质，是因为我们控制了思想。而现实存在于人的意识里。温斯顿，你慢慢就会明白的。没有我们做不到的。隐身、升空——什么都行。只要愿意，我可以像肥皂泡一样，在这间屋子里飘浮起来。我不愿意这么做是因为党不愿意我这么做。这种十九世纪式的自然观，你必须要丢掉。自然规律是由我们来决定的。"

"但你们并没做到！你们甚至还没有成为地球的主人！不是还有欧亚国和东亚国吗？你们不是还没有征服它们吗？"

"这无关紧要。到了合适的时候就会征服。但征服与否有什么不同？我们可以否定它们的存在，大洋国就是世界。"

"但世界本身只是一粒尘埃。人类渺小无助！人类存在才多久？几百万年前地球上还没有人类。"

"胡说八道。地球一点也不比人类更长久。它怎么可能比人类还古老呢？除了通过人的意识，没有什么是存在的。"

"但岩石里遍布灭绝了的动物的骨头化石——我曾听说过，猛犸象、乳齿象还有别的巨大的爬行动物在人类出现以前很久就存在。"

"那你见到过这些化石吗？温斯顿。你当然没有。因为它们都是十九世纪那些生物学家捏造出来的。在人类之前地球上什么都不存在。在人类消亡后——假如人类会灭绝的话——也不会有什么存在。人类之外别无他物。"

"可整个宇宙在我们之外。看看那些星星！有些是在百万光年之外。它们在我们永远也到达不了的地方。"

"星星是什么？"奥布兰冷漠地说，"它们不过是几公里外的一些光点。我们只要愿意就可以到那里。我们也可以把它们清除了。地球才是宇宙的中心，太阳和星星绕地球而转。"

温斯顿抽搐了一下。这次他什么也没说，只有奥布兰在继续说着：

"出于某种目的。当然，这不是真的。当我们在大海上航行时，或者当我们预测日食、月食时，我们经常会发现，要是地球围绕太阳转，那些恒星是在亿万英里之外，会更方便些。但这又能怎样呢？你以为创造出两套天文体系就超出了我们的能力范围吗？星星是可以近也可以远的，这要看我们需要怎样。你难道认为我们的数学家做不到？你忘了双重思想了？"

温斯顿在床上身子一缩。不论他说什么，对方迅速的回答都会像棍子一样迅猛地把他打倒。只是他仍然知道自己是对的。"在思想之外别无他物"这样的观点——一定有办法证明是错的吗？不是很早前就遭到揭露了，说它是一个谬论了吗？对了，温斯顿想起它还应该有一个名字，但他想不起来。奥布兰正低头在观察他，嘴角上有一丝笑意。

"我告诉过你，温斯顿，"他说，"形而上学不是你的所长。你想回忆起来的那个词是唯我论。可是你错了，这不是唯我论，这是集体唯我论。不过这是完全不同的一回事，可以说是相反的一回事。不过这都是题外话。"他换了一种语气，"真正的权力，我们日日夜夜为之奋斗的权力，不是控制事物，而是控制人的权力。"他停下来，换成一副老师的神情，像是在对一个有前途的学生提问似的："温斯顿，一个人怎样对另一个人施行权力？"

温斯顿想了想说："通过使他痛苦。"

"很正确。通过让他痛苦。单单是服从是不够的，除非使他痛苦，否则你没法确认他是不是真的服从了你的意志，而不是他自己的。权力就是要让人处在痛苦和屈辱下；权力就是要把人的意志摧毁成碎片，再按照你设想的新的形式去把它重新粘连起来。你是不是开始明白了我们要创造的是一个什么样的世界了？这种世界与老派改革家所设想的那种愚蠢的、享乐主义的乌托邦正好相反。这是一个被恐惧和背叛折磨的世界；一个到处是践踏和被践踏的世界；一个臻于完美却越来越残酷的世界。旧的文明称自己是建立在博爱与正义基础上的，而我们的文明是建立在仇恨之上的。在我们的世界里，只有恐惧、愤怒、得意和自我贬斥。其他任何别的感情我们都将予以摧毁。我们已经摧毁了革命前遗留下来的思想习惯。我们割断了子女与父母、人与人、男人与女人之间的联系。没有人再敢信任妻子、儿女、朋友。而且在将来，不再有妻子或朋友。子女一生下来就要脱离母亲，好像蛋一生下来就从母鸡身边取走一样。性的本能要被消除，生殖会像发配给证一样成为一年一度的手续形式。我们要消灭掉性的快感，我们的神经学家正在研究这个。除了对党忠诚以外，没有别的忠诚。除了爱老大哥的爱，没有别的爱。除了为击败敌人而笑，没有别的笑。艺术、文学、科学都不复存在。当我们无所不能时，我们也就不再需要什么科学。美与丑之间没有区别。好奇心也不再会出现，整个生命的过程中也不再会有喜悦，任何类型的快乐都被清除。但温斯顿，你不要忘了，对权力的迷醉会永存，并且还会越来越强烈，越来越敏感锐利。是的，每时每刻都会有因获取了胜利的狂喜，以及践踏了一个毫无反抗能力的敌人后的激情存在。如果你要设想一幅未来的图景，那你就想象一下一只皮靴踩在一张人脸上好了——永远如此。"

他停了下来，等温斯顿说话。温斯顿却再一次想要钻到床底下去。他无话可说，心仿佛冻结了。奥布兰继续说：

"请记住，永远如此。那张脸永远在那里被人践踏。异端分子、社会公敌永远都会在那里，可以反复打败他们、羞辱他们。你落到我们手中以后所经历的一切，会永远继续下去，甚至比这更坏。间谍活动、叛党卖国、逮捕虐待、处决蒸发，永远不会停止。这个世界不仅充斥着恐惧，也充斥着狂喜。党越有力量，就越不能容忍；反对力量越弱，专制暴政就越严。戈德斯坦及其异端邪说将永远存在。他们时时刻刻都在遭受着攻击、取笑、辱骂、唾弃，但它们会一直留存下来。七年来，我跟你之间演出的这出戏会一再演下去，一代代地演下去，总体形式会越来越精妙。我们通常都会把异端分子带来仁爱部，让他们因为疼痛而发出嚎叫，使他们的精神崩溃，变得卑鄙无耻——当然最好是幡然醒悟，得到拯救，心甘情愿在我们的脚下爬行。这就是我们正在准备的世界，温斯顿，这是一个胜利接着一个胜利的世界，一个狂喜接着一个狂喜，是一个永不间歇对权力神经施加压力的世界。我看出来你已经开始明白了，看出来你意识到了这是怎样的一个世界了。不过你最终会接受、欢迎它，让自己成为它的一部分的。"

温斯顿被震惊了，好半天缓不过来。最后他有气无力地说："你们不能这样！"

"温斯顿，你这话是什么意思？"

"你们不可能创造一个你刚才说的世界，这是梦想，不可能实现。"

"为什么？"

"因为不可能把文明建筑在恐惧、仇恨和残酷上。这种文明永远不能持久。"

"为什么不能？"

"它不会有生命力，它会分崩离析，它会自我毁灭。"

"胡说八道！你以为仇恨比爱更消耗人的精力，为什么会是这样？即使如此，那又有什么关系？要是我们就是想要自己衰亡得更快，就是要加快人生命的速率，使人三十就衰老，那又有什么关系呢？你难道不明白，个人的生死毫无意义，因为党是不朽的这个道理吗？"

温斯顿再一次哑口无言。此外，他也担心，如果自己坚持，奥布兰就会开动那台机器。但他又不能沉默不语。于是他有气无力地又采取了攻势，只是没法拿出任何有力的论据，除了对奥布兰刚才这番话感到深深的恐惧外，他简直就毫无回击的力量。

"我不知道——我也不管。反正你们会失败。会有什么能击败你们的，生活会击败你们。"

"我们控制着生活，温斯顿，完全控制了它。你还是对那个什么'人性'心存幻想，这让你对我们的所作所为感到愤慨，让你反抗我们。但人性是我们创造的。人的伸缩性无限大。你也许又想到群众和奴隶会起来推翻我们。快别这样想了，他们跟动物一样毫无用处。党性就是人性，其他都是表面的——无足轻重。"

"我不管。总之最终他们会击败你们。他们迟早会看清你们的面目，那时他们就会把你们撕成碎片。"

"你看到什么迹象说明这样的事快要发生了？或者有什么理由吗？"

"没有。但我相信。我知道你们会失败。宇宙中有什么东西——我说不清，某种精神，要不就是某种原则——是你们所无法战胜的。"

"你相信上帝吗？温斯顿。"

"不信。"

"那那个会打败我们的原则又是什么呢？"

"我不知道。人的精神。"

"你认为自己是人吗?"

"是的。"

"如果你是人,温斯顿,那你就是最后一个人了。你这类人已经绝迹,我们是后来的新人。你难道还不明白自己已经是孤家寡人了吗?你处在历史之外,你根本不存在。"他的态度改变了,口气变得严厉,"你以为我们撒谎,我们残酷,因此你在道德上比我们优越。"

"是的,我感觉到了这种优越。"

奥布兰没说话。有另外两个人在说。过了一会,温斯顿才意识到其中一个人就是自己。那是他参加兄弟会那个晚上,同奥布兰谈话的录音。他听到自己正在承诺会说谎、盗窃、伪造、杀人、鼓励吸毒和卖淫、散布梅毒、向孩子脸上泼硫酸。奥布兰做个手势,似乎是说不值这样做。他旋转了一下按钮,声音中断。

"从床上起来。"他说。

绑带自动松开,温斯顿下了地,摇摇晃晃站不稳。

"你是最后一个人,"奥布兰再度强调,"你是人类精神的守护者。你会看到自己的尊容的。把衣服脱掉。"

温斯顿解开了身上制服的带子。制服上的拉链早就被扯掉了。他记不清在被捕后自己有没有脱过衣服。制服下,他的身上有一些很脏的黄色碎片,仔细看能看出那是内衣的碎片。当他把衣服扔到地上时,他看见了在房间尽头有一个三面的镜子。他走向镜子,但走了几步就停了下来。他不由自主地发出一声惊呼。

"继续走,"奥布兰命令道,"站在镜子中间,你就也可以看到你身体的侧面。"

温斯顿停下来是因为他被吓坏了。他从镜子里看到一个佝偻的灰白色骷髅,当他朝镜子走过去时,这具骷髅就会走向自己。这把他吓坏了,不仅仅是因为他清楚自己面对的是自己,在他向镜子走过去时,因为弯着身子,镜子里的那个人的脸就会看起来非常突出,那张脸的神情是绝望的,高高的颧骨跟被刮得干干净净的头颅连在一起,鼻子是弯弯的,而颧骨看上去是遭到过毒打似的,一双眼目光凌厉,充满了警惕和不安。他看到自己的脸上布满了皱纹,嘴巴严重凹陷。是的,这正是自己的脸,尽管变化要远大于内心,但毋庸置疑就是自己的脸。只不过出现在这张脸上的表情却跟自己真正的感情不一样。他有些秃顶,开始他以为自己的头发变成灰白色了，但过一会才发现，那原来是头皮的颜色。除了手跟脸部一些地方外，他的身体全都呈现出灰白色，到处都是肮脏的污垢。而在这些污垢下的，是一道道伤痕。脚踝处静脉曲张引起的溃疡已经感染，正在发炎。但最可怕的是身体消瘦的程度。他的肋骨历历在目，简直就跟一架骷髅似的；腿比膝盖还细。他终于明白奥布兰为什么要让自己看身体的侧面了。因为他的脊椎弯曲到了可怕的程度，肩膀不堪一击地朝前高耸着，导致他的胸前出现一个空洞，肩膀上立着的脖子简直就要被上面的头颅压折。他觉得自己看起来就像一个六十多岁、患了严重疾病的老人。

"你有时会想，"奥布兰说，"我这张核心党党员的脸苍老憔悴，那你对自己的脸又作何想法呢？"

他抓住温斯顿的肩膀，把他转过来正对镜子。

"你看看自己！"他说，"看看你自己身上的污垢！看看你脚趾缝中肮脏的灰尘。看看自己腿上恶心的伤口。你知道自己臭得跟一头猪一样吗？也许你已经不再注意这些了。那就看看你瘦成什么样了吧。看到了？我用大拇指和食指就能掐住你的胳膊。掐断你的脖子就像折断一根胡萝卜。你知道落到我们手中后，你的体重已经掉了二十五公斤了吗？甚至你的头发也一把一把地掉。看看！"他在温斯顿的头发上抓了一下，就抓下来一把头发。"张开嘴。还剩九颗、十颗、十一颗牙齿。你来的时候有几颗？剩下的几颗也正在掉落。看看这里！"

他用大拇指和食指掐住温斯顿残存的那颗门牙，用力一扳。温斯顿的上颚产生一阵剧烈的疼痛。奥布兰把那颗牙齿扳了下来，随手扔到一边的墙角。

"你正在腐烂，"他说，"正在变成碎片。你看看你算什么？不过是一堆垃圾。你转过身去往镜子里看看。你看到的是一件什么东西？那就是所谓的最后一个人，如果你还能算是人的话。那就是你所谓的人性。现在把衣服穿上！"

温斯顿艰难而缓慢地把衣服穿上。他到现在都没注意到自己会如此瘦弱。他心中只有一个想法：他在这地方待的时间一定比自己以为的要长。他把这些破烂裹在身上后，突然开始可怜自己遭到摧毁的躯体，很快就被这种悲哀所压倒。在意识到自己要做点什么前，他就崩溃了。他坐在床前的小凳子上放声痛哭起来。他意识到了自己的丑陋不堪，意识到了自己的毫无廉耻，只是一堆被肮脏的布条包裹着的骨头，在明晃晃的灯光下哭泣。他完全对自己失去了控制。这时候，奥布兰把一只手温和地搭在了他肩上。

"不会一直这样的。"奥布兰说,"只要你决定了,无论什么时候,你都可以离开这里。这都取决于你自己。"

"这都是你们做的!"温斯顿抽泣着说,"是你让我落到这种地步的。"

"不,温斯顿,是你自己让自己落到这步田地的。是你在跟党作对,在你下了决心这样时,你就已经接受了现在的命运。这一点包含在你最初的行动里。没有什么不是你预料到了的。"

他停下来,等了会继续说:

"我们打败了你,温斯顿。我们摧毁了你,看看你身体的样子,那也就是你的意识的样子。我不认为你还有什么值得引以为豪的了。你被踢过、被鞭打过、被羞辱过,你因为痛而尖叫过。你在地板上自己的血泊和呕吐物中翻滚,你求饶,背叛了所有与你有关的人和事。你还能想出有什么耻辱没发生在你身上过吗?"

温斯顿停止了哭泣,但眼泪仍然不住地从他眼里往外涌。他看着奥布兰说:

"我没有背叛茱莉雅。"

奥布兰低头看着他,略做沉思后对他说:"是的,这是事实,你没有背叛她。"

这次,温斯顿内心再度充满了对奥布兰的崇敬,看上去似乎没有什么是能摧毁他的。他理智,是的,温斯顿想,他多么理智呀!奥布兰任何时候都能理解他说的。除了他,世界上还没任何一个人能这样立即就回答他的。他其实早已背叛了茱莉雅。他想不出在拷打折磨下,还有什么没从他的嘴里吐出的。他把自己所知道的有关茱莉雅的一切都告诉了他们。她的习惯,她的性格特点,她过去的生活等等。他还坦白了他俩约会时发生的所有细节,交谈的内容,在黑市上吃饭,他们的通奸,含糊不清的反党计划——一切的一切。但,以他所说的意思,他没有背叛她。因为他没有停止爱她,对她的感情一如既往。这些都不需要解释,这些奥布兰全都知道。

"告诉我,"他问,"还要多久才枪毙我?"

"可能要过很久,"奥布兰说,"你很麻烦。不过不要放弃希望。迟早一切总会治愈的。最后,我们会枪毙你。"

第四章

不过在这期间,他的大脑的一部分一直都在想这样一个问题,那就是他们还要等多久才枪毙我?

他好多了。每天他都在变胖变强壮,如果"每天"这个词合适的话。

白色的光线和嗡嗡的声音一如既往,不过牢房比以前他待过的要舒适一些。木板床上有了床垫跟枕头,床边有把板凳可以坐一坐。他们给他洗了澡,并允许他不时在锡盆里擦洗一下。他们甚至为他提供了温水,还给他换了新内衣和干净的工作服。他们在他溃疡处为他抹了药膏,拔掉了他最后那几颗牙,给他换上了假牙。

几个星期或者几个月过去了。如果他有兴趣的话,现在有办法计算时间了,因为他们定时给他送吃的来。他的推测告诉他,每二十四小时送来三顿饭。有时他也搞不清送饭来的时间是白天还是夜里。伙食好得出奇,每三顿总有一顿是有肉的。一次他们竟然送来了一包香烟。他没有火柴,是由送饭来的、那个从来不说话的看守为他点了火。当他隔了这么多天后,第一次尝试抽的时候,感觉到了恶心,但他坚持了下来。这盒烟他抽了很长一段时间,他通常是在饭后抽上半支。

他们给他一块白色的板子,上面系着一支铅笔。起初他没有管。那时他即使是醒着也无精打采的。他常常吃完就躺在那里,一动不动地等下一餐,有时睡了过去,有时昏昏沉沉,连眼皮也懒得张开。他早已习惯强烈灯光照在脸上睡觉了。这跟在黑暗中睡觉没有什么不同,只是梦境更加清楚而已。而这段时间他做梦特别多,总是些快活的梦。他梦见自己在黄金乡,坐在阳光下一大片废墟中间,他的母亲、茱莉雅、奥布兰都在那里——他们什么都没做,就那样坐着晒太阳,说些很平常的家常话。清醒时,他想得最多的也是这些梦。在疼痛刺激消失后,他似乎丧失了思考能力。他这不是厌倦,他只是不想说话,不想去想什么。就这样,他一个人待在牢房里,没人再殴打他,审问他,折磨他。现在他吃得很不错,环境也还算干净。这让他满意。

但慢慢地，他花在睡觉上的时间少了，但是他仍不想起床。他只想静静躺着，安静地感受身体慢慢恢复，感受体内力量的增长。他有时这里摸摸那里摸摸，想弄清楚肌肉确实长得更圆实了，皮肤不再松弛。最后他确信自己长胖了，大腿肯定比膝盖粗。这之后他开始定期做操，不过起先有些勉强。过了不久，他能一口气走三公里，那是用牢房的宽度来计算的。他的肩膀开始挺直。他做了一些比较复杂的体操，但发现有些动作无法做到，这让他有点吃惊也不好意思。比如他没法跑起来，不能单手平举板凳，不能一脚站立，蹲下去后要费很大劲才能站起来，大腿小腿感到非常酸痛。俯卧撑也做不了，连一毫米也做不了。不过仅仅过了几天时间——不如说只是几顿饭的工夫——他就成功做到了，有一次还连着做了六次。这样一来，他开始为自己的身体感到自豪起来，有时候他相信自己的脸已经变回原来的样子。只有在他把手放在光秃秃的头顶时，他才会记起那个镜子里的镜像，记起自己那张布满皱纹、伤痕累累的脸。

他的思想也活跃起来了。他坐在木板床上，背靠着墙，那块板子被他放在膝上，然后他着手工作，认真开始对自己的再教育，他为此制定了明确的目标和具体任务。他承认自己投降了。事实上，正如现在所看到的，在做出投降决定前，他很早就已经投降。从踏入仁爱部的第一时间，他就投降，甚至从跟茱莉雅一起，无助地站在那幅画后面的电屏前，听着从里面传来的冷酷无情的声音开始，当那个声音命令他们做什么、不许做什么的那一刻起，他就已经投降了。他明白，妄图靠一己之力跟党的权力做对，太轻浮，也太无知。他现在明白，七年来思想警察就一直监视着自己，像放大镜下的小甲虫一样。没有他们没注意到的言行，没有不被他们推想到的思想。甚至他日记本上那粒发白的泥尘，他们也小心放回原处。他们向他放了录音带，给他看了照片，有些是茱莉雅和他在一起的照片。是的，甚至……他无法再同党做斗争了。此外，党是对的。这绝对没问题，不朽的集体的头脑怎么会错呢？你有什么外在标准可以衡量它的判断是否正确呢？神志清醒是统计学上的概念。这只不过是学会按他们的想法去思考，只是……

他手中这支铅笔太粗了，很不好用。他开始把自己的想法写下来，他首先用大写字母歪歪扭扭写道：

自由即奴役。

接着写下的是：

二加二等于五。

在这之后他稍微停下来片刻。他感到自己的大脑在刻意回避一些事情，感觉很难集中精力。他知道接下去要写的是什么，只是一时想不起来。等到他想起来时，却发现那都是他有意识的推理结果，并非自然萌发的。他写道：

权力即上帝。

他什么都接受：过去可以篡改，过去从没篡改过，大洋国同东亚国在打仗，大洋国一直在同东亚国打仗，琼斯、阿朗森、卢瑟福犯有控告他们的罪行，他从来没有见到过证明他们没有罪的照片，它也从没存在过，都是他捏造出来的。他记得曾经有过一些相反的记忆，曾经记起过相反的事情，但现在看来都是不真实的，是他在自己欺骗自己。而把这些都解决了是如此轻而易举！只要他投降就行，投降了，所有问题就都不再是问题。这有点像是逆水行舟，无论你多么努力，怎样挣扎，你最终都会被急流带走，直到你放弃挣扎了，开始转身顺流而行。就是这样，不过是一个态度的问题，其他都没变。无论如何，注定了的事没法改变。现在他不理解的反倒是自己当初为什么要抵抗。其实就这么简单，你只需要投降而已。

所有的事物都可能是真实的。可以说自然规律这一套只是胡扯，重力定律也是胡扯。奥布兰说："只要我想，我就能像肥皂泡一样飞起来飘在空中。"温斯顿现在明白他的意思了，他的意思是："如果他认为自己从地板上飘起来了，而我也认为我看到的的确如此，这件事也就是真实的。"突然，像一条沉船露出水面，他脑海里出现了这个想法："这并没有真的发生，是我想象的，是幻觉。"他立刻把这想法压了下去。这想法之荒谬是显而易见的。因为它预先假定了有这样一个地方，一个在个人之外正在呈现"真实"事件的"真实世界"，但怎样才能确定这个世界是存在的呢？我们所能知道的唯一可靠的，无不都是来自我们的大脑，难道不是吗？都在我们的意识中。这也就是说，只有在我们头脑里发生了的，才是真实的。

想要处理掉这样一个谬论并不难，对他，也不存在向谬误屈服的问题。只是他觉得，还是永远不要有这样的念头好。无论在何时何地，只要异端的思想冒出来了，人的意识就应该下意识地为自己开辟一块盲区。这在新语中叫"犯罪中止"（crimestop）。

他开始练习这个"犯罪中止"。他为自己设定了一个题目——"党说地球是平的""党说冰比水重"——然后训练自己不去想、也不去思考与之矛盾的观点。这可不容易，这需要极大的推理和即时反应能力。例如"二加二等于五"这样的说法就超出了他的理解能力范围。因为它同样需要大脑在某一时间段里用逻辑处理一些微妙的事情，并且要同时忽略那些最明显的漏洞。看来愚蠢与理智是一样不可少的，并且掌握起来一样有难度。

不过在这期间，他的大脑的一部分一直都在想这样一个问题，那就是他们还要等多久才枪毙我？奥布兰说过，"一切都取决于你。"但他知道他没办法让这一天提早来临。可能是十分钟后，也可能是十年后。他们可能长年把他单独监禁，他们可能送他去劳动营，他们可能先释放他一阵子——他们有时这样做。还有可能是在枪决他之前，把整个过程再来一遍。唯一可以肯定的是，死期决不会事先让你知道。传统——不是明言的传统，你虽然没有听说过，不过还是知道——在你从一个牢房走到另一个牢房去时，他们会在你身后开枪，就在你沿着走廊走的途中，毫无预判地就在你后脑上来一枪。通常都是这样。

一天——但"一天"这种说法不确切，因为也很可能是在半夜。因此应该这样说：一次。他沉溺在一种奇怪的、幸福的幻觉中。他在走廊上走着，等待那颗来自脑后的子弹。他知道这颗子弹马上就要来了。所有的事都解决了，消失了，得到妥协了。再也没有怀疑，再也没有争论，再也没有痛苦，再也没有恐惧。他的身体健康强壮。他的步履轻快，走起来很高兴，感觉是走在阳光下。他不再是在仁爱部长长的白色走廊里，而是在一条洒满阳光，足足有一英里宽的道路上。很可能是药物的作用，他很亢奋。他觉得自己正在黄金之地，在一条印着足迹的小道上穿过那些被兔子啃噬过的老牧场。他脚下的小草是柔软的，阳光正温柔地照拂他的面颊。牧场的尽头有一些柳树，鲦鱼在柳树下的池塘里游弋，远远的地方有一条小溪。

巨大的恐惧让他惊醒过来。他的背上全都是汗。原来他听到的是自己的喊叫：

"茱莉雅！茱莉雅！茱莉雅，我的爱！茱莉雅！"

一时间出现的幻觉，让他觉得她就在这附近。这种幻觉很强烈，使得她不仅在身边，而且还在他的体内。她好像进到他的皮肤的纹理里。这时候的他更深地爱着她，比当他们还是自由的时候更加爱。他心里清楚，她还活着，在某个地方等着他帮助自己。他躺回到床上去，努力想要让自己镇静。他在做什么？一时的软弱究竟会让这遭人奴役的日子增加多少年呢？

牢房外传来了皮靴声。他们不会让你这么狂叫一声而不惩罚你的。要是以前，他们不知道，但现在知道了，他破坏了他们之间的协议。他虽然对党俯首帖耳，但内心里依然充满仇恨。在过去很长一段日子里，他把自己的异端思想和仇恨藏在了恭顺的外表下，而现在，他更退了一步。他思想上已经投降，但他还是想要自己维护自己的心灵。尽管他承认自己错了，却宁愿这样。他们能理解——至少奥布兰能理解，刚才那声愚蠢的喊叫暴露了他。他没法不重新来一次，这又要花上几年时间。他摸摸脸，想要熟悉一下自己的脸。脸颊上有很深的皱纹，颧骨突出很多，鼻子塌了进去。自从那次他在镜子里看到自己的模样后，他们给他装了假牙，因此他不是很清楚自己现在的样子。如果你不清楚自己的模样，你就很难掩饰自己。总之，只是控制你的外表是远远不够的，如果想要隐藏什么，你就得连自己都隐瞒住。当然你要始终知道它在哪，但如果不是非常必要，你一定不能让它以任何可以命名的形式出现在你的脑海里。从今以后，他不但要思想正确，感觉也要正确，做梦也要梦得正确。在今后接下去的整个过程里，他都必须把仇恨深锁在心底，这就像是你身体的一部分，却跟你的身体又不发生任何联系的一个圆球，一个囊肿。

他们终有一天会决定枪毙他。你不可能在之前被告知，但你至少可以提前几秒猜到。他们总是从你身后，当你走在走廊上时对你开枪。只需要短短十秒。到那时，他的内心世界就会翻转过来。接着，突然，不需要说话，也不用停下来，脸上的表情根本不用改变一点——忽然，就一下，伪装被扯下来了，紧跟着，砰一声，他的仇恨就会像万炮齐发似地猛然爆发，像烈焰一样吞没他。也就是在这一瞬间里，子弹来了，太晚，也可能太早。在对他的头脑完成改造前，他们就会把它打碎。异端思想再也不会受到惩罚，得不到悔改，永远都不再受他们的控制了。他们这样等于是在自己的完美无缺上留下一个洞。仇恨他们而死，这就是自由。他闭上眼睛。这比接受某个原则还困难。这是一个自虐与自我羞辱的问题，他因此会坠入污秽里去。当他想这世上最可怕、也最让人恶心的是什么时，他想到了老大哥。那张脸（在到处都是的宣传画上经常能看到，温斯顿一直都认为那张脸有一米那么宽）蓄着浓密的黑胡子，一双眼总是随着人转动。这些是自动浮现出来的。他想，自己对这位老大哥有什么真实情感呢？

沉重的皮靴声现在到了过道。铁门被打开了，奥布兰走了进来，后面跟着的是那个面色蜡黄的警官和穿黑制服的守卫。

"起来，"奥布兰说，"到这里来。"

温斯顿从床上下来，站到奥布兰面前。奥布兰有力的双手抓住了温斯顿的肩，盯着温斯顿看。

"你有过欺骗我的想法，"他说，"这很蠢。站直一些。看着我的脸。"

他语气变得温和些了：

"你有进步。思想上你已经没什么问题了。但在感情上你没有进步。告诉我，温斯顿——记住，不许说谎。你知道我总是能发现你说谎的——告诉我你对老大哥的真实感情。"

"我恨他。"

"你恨他。很好。那么接下来你就要进入最终阶段了。你必须要爱老大哥，光是服从是远远不够的，你还要爱他。"

他放开温斯顿，把他交给了看守。

"一〇一号房。"他说。

第五章

那是笼子里的老鼠在互相撕咬，它们想要穿过分隔它们的网子抵达另一边去。温斯顿听到了绝望的低沉呻吟，这呻吟似乎是来自他的体外。

被监禁的每个阶段里他都清楚——或者说是感觉自己是知道的——他是在这栋

没有窗户的大楼里的什么地方。可能是由于大楼内不同地方的气压有细微的不同吧。当看守打他时，他所在的牢房是在地下，被奥布兰审讯的房间应该是在接近楼顶的位置。而现在，他感觉到所处的位置在地下好多米深的地方，很深，没法再深了。

这间屋子比他所待过的所有牢房都要大。但他几乎没有去注意四周的环境。他只是留意到了有两张桌子，桌上铺了绿色的粗呢布。其中一张离他大约一两米远，而另一张稍微远点，在门那里。他被绑在一把椅子上，这次绑得很紧，连头都无法转动。他的脑袋被从后面用一种软垫夹住了，使得他只能朝前看。

一开始房间里只有他一人，后来门开了，奥布兰走了进来。

"你有一次问我，"奥布兰说，"一〇一号房里有什么。我告诉你，你早已知道答案了。人人都知道这个答案，知道一〇一号房里的东西是世界上最可怕的。"

门再度打开，一名看守走了进来，他手中拿着一个铁丝的盒子，也许是篮子之类的，把它放在了靠门边的那张桌子上，奥布兰现在就站在桌前。温斯顿不认识那是什么。

奥布兰说："世上最可怕的东西因人而异。可能是活埋，可能是烧死，可能是淹死，可能是钉死，或者是其他五十几种死法。在有些情况下，最可怕的东西会是一些不足以致命的微不足道的东西。"

他向旁边挪动了一下，温斯顿终于可以看清桌上的东西。那是一只椭圆形的铁笼子，上面有个把手。它的前段有一个类似击剑面罩式的东西，凹面朝外。这东西虽然距他有三四米远，但他还是能看到铁笼被竖着分为两部分，里面关着一些小动物，他仔细看了才发现那是老鼠。

"而对你来说，"奥布兰说，"世界上最可怕的是老鼠。"

从看到笼子的第一眼开始，尽管还不知道里面关着的是什么，温斯顿就已经有种很不好的预感，于是开始紧张、颤抖。当知道笼子里的是老鼠后，他立刻明白笼子正前方那个面具是用来干什么的了。他认为自己已经失禁。

"你不能这样做！"他高声尖叫着，"你不能，你不能这样做！"

"你记得，"奥布兰说，"你梦里感到恐怖的时刻吗？你前面是一堵漆黑的墙，你听到了动物的低吼。墙的另一边有什么可怕的东西。你心里很清楚那是什么，你只是没有胆量说出来。是的，墙那边就是老鼠。"

"奥布兰！"温斯顿在竭力控制自己的声音，"你知道没有这个必要。你到底想要我干什么?"

奥布兰没有直接回答。等他说话时,他换上了那副老师的口吻,他已经好多次这样装腔作势了。他做出面对远方沉思的样子,看着温斯顿的身后,好像那里有无数的听众在等着听他演讲。

"就生理的疼痛本身来说,"他说,"是远远不够的。有时候一个人是足以跟疼痛对抗的,即使是痛得濒临死亡。但每个人都会有一些他无法忍受的事物——一些连看一眼都不愿意的东西。这跟勇敢与否没有关系。要是你从高处坠落,你抓住一根绳子这不算是怯懦,要是你溺水了,从水中把头浮出水面,拼命呼吸也不能算是怯懦。这些都是一个人求生的本能,你没法有意识去不那么干。当然,老鼠也一样。对于你,老鼠让你无法忍受,它们带给你的是一种你无法抗拒的压力,即使你想要去顶住这种压力也无济于事。到了这时,你会接受一切要求,只要能回避老鼠。"

"但我不知道那是什么,你想要我做什么?我连知道也不知道,又怎么去做?"

奥布兰提起铁笼子,放到另一张桌子上,他很小心地把笼子放在绿色粗呢绒上,更靠近温斯顿了。温斯顿可以听到耳朵里血往上涌的声音。他有一种彻底的孤独感,仿佛处身在一片辽阔无边的荒原里,一个阳光炙烤的沙漠,那些声音是从很远的地方穿越了荒漠朝着他扑面而来的。事实是那只装着老鼠的笼子离他不到两米。笼子里的老鼠体形硕大,口鼻平钝,样子看上去凶恶,浑身棕色的毛。

"老鼠,"奥布兰继续朝着那些看不见的听众演讲,"是啮齿动物,但也食肉。这点你想必知道。你一定也听到过贫民区发生的事情。在有些街道,女人们不敢把孩子单独留在家里,哪怕只有五分钟也不行。因为那样一定会遭到老鼠的袭击,要不了多大工夫,老鼠就会把孩子的骨头都啃噬出来。它们还会袭击生病和即将死亡的人。它们有着极高的智力,显然知道什么时候人类是处在无助状态下的。"

铁笼子里的老鼠发出吱吱的叫声,这声音像是从很远的地方传来的。那是笼子里的老鼠在互相撕咬,它们想要穿过分隔它们的网子抵达另一边去。温斯顿听到了绝望的低沉呻吟,这呻吟似乎是来自他的体外。

奥布兰提起铁笼子,同时他按了一下里面的什么东西,温斯顿听到一声尖锐的咔嚓声,他开始疯狂挣扎,试图挣脱绑住他的带子,但一切都是徒劳的。他身体的每一个部分,连脑袋都被绑得结结实实。奥布兰把笼子移得更靠近温斯顿了，离他的脸不到一米。

"我已经按下了第一个控制杆，"奥布兰说，"这个笼子的构造你是知道的。面罩跟你的头正好吻合。当我按下第二根控制杆时，笼子的门就会被打开。这群饥饿的畜生就会像子弹样冲出。你看过老鼠跳到空中的样子吗？它们会直扑你的脸，一口咬住不放。有时它们先咬眼睛，有时它们钻进你的面颊，再吃你的舌头。"

铁笼子又移近了一些，越来越近了。温斯顿听见一阵阵尖叫，好像就在他的头顶上方。但他拼命在跟自己的恐惧斗争，他想抗拒。他在想，就算只剩下最后一秒他也在想——现在他唯一能做的就是想。猛然地，一股子难闻的霉味扑鼻而来，剧烈地冲击着他的感受。他的胃里开始倒海翻江。他很快就要失去意识，眼前一片黑。他疯了，成了一只惊恐的小动物。他抱着一个想法在黑暗中努力挣扎着。有一个办法，现在只有这个办法能救自己。他必须要把一个人，另一个人，插在他和老鼠之间。

面罩的边缘有足够的面积，大到把他视野里的一切别的事物都遮蔽起来。铁丝的笼门跟他的脸现在仅仅只有一两张手掌那么大的距离。老鼠们都知道自己会遇到什么，其中一只正在上蹿下跳，另一只阴沟里才能看到的那种家伙老得毛都掉了，它站立起来，正在用粉红色的爪子扒铁丝的笼子。它在使劲嗅闻。温斯顿能看清它的胡须和黄色的牙。黑色恐惧于是再度抓住了他，他看不清了，他完全无能为力，大脑一片空白。

"在古代中华帝国，这是一种很常见的惩罚。"奥布兰在继续说教。

面罩挨到了他的脸，铁丝碰在他面颊上。接着——不，这并不能免除任何东西，只是希望，小小的一点希望。很可能太迟了。但他突然明白，整个世界上他只能把惩罚转移到一个人身上去——只有一个人的身体能插在他跟老鼠们之间。他发出疯狂的叫喊，一遍遍地：

"咬茱莉雅！咬茱莉雅！别咬我！茱莉雅！你们怎样咬她都行。撕开她的脸好了，啃她的骨头。别咬我！茱莉雅！别咬我！"

他往后倒了下去，掉到了深渊里，远离了老鼠。他仍然是被绑在椅子上的，但他却已经穿过了地板，穿过大楼的墙壁，穿过了海洋、地球和大气层，坠入银河，到了无垠的宇宙中——他远离了老鼠，离得很远很远。他在若干光年之外，但奥布兰的椅子还在他身边，冷冰冰的铁丝网还是贴着他的面颊。他在包裹起自己的黑暗中听到了一声金属的撞击声，那是笼门关上的声音。

第六章

在遮阴的栗树下，我出卖你，你出卖我——

栗树咖啡馆里看不到一位客人。阳光从窗口照进来，洒在落满灰尘的咖啡桌上，有些发黄。午后三点是寂寞的，只有电屏在传出微弱的音乐声。

温斯顿坐在自己常坐的那个角落，看着面前那只玻璃杯。他会不自觉地、时不时地抬头看一眼对面墙上的那张巨大的脸，还有脸上的那句宣传语：老大哥在看着你。侍者自己过来为他把杯子倒上胜利牌杜松子酒，从一只用软木塞塞住瓶口的瓶子里摇出几粒豆子，那是栗树咖啡馆特殊风味的糖精。

温斯顿正在收听电屏的广播，目前只有音乐。但很可能随时会广播和平部的特别公报。非洲前线的状况令人不安。他为此每天都在担心。据说有一支欧亚国的大军（大洋国又在同欧亚国打仗；大洋国一直在和欧亚国打仗）正迅速地朝南进军。中午时的公报并没有给出具体的地点，但战场很可能已经移到了刚果河口一带。看来布拉柴维尔和利奥彼德维尔已危在旦夕。不用看地图也知道这意味着什么。这不仅是丧失中非，而是在整个战争中，大洋国本土第一次受到了威胁。

他心中忽然一阵激动。很难说是恐惧，更确切说应该是一种难以言表的激动，但它很快就消失了。他不再去想战争。这些日子里，他对任何事情都无法集中注意力超过一分钟。他把杯子里的酒一口气喝下，像往常一样哆嗦一下，他甚至有些恶心。这酒的味道真有点可怕，丁香油和糖精本来就已够令人恶心的了，却还是压不住杜松子酒的味道。最糟糕的是杜松子酒味在他身上日夜不散，在他意识里，这种酒味跟某种熟悉的气味混合在了一起，那是——即使是在心里，他也从来不说明那是什么。他竭尽全力不去明确它们的样子，而仅仅是感受到它们在模糊着逼近他的脸，带来一股扑鼻的气味。这时候杜松子酒开始在他胃里翻腾，他从发紫的嘴唇里冒出一个嗝来。自从被释放后，他长胖了，气色也好很多了——事实上，比以前还要好。他比以前强壮，鼻子上还有面颊的皮肤有着粗糙的红润，甚至秃头也太红了一些。侍者又没等他招呼就送上棋盘和当天的《泰晤士报》，还把棋艺栏的第一页打开，为温斯顿把酒杯斟满。他们知道他的习惯。棋盘总是等着他，他的这个角落也总是给他留着。不管店里是不是客满，他这张桌子也只有他一位客人，因为没人愿意挨他太近。他甚至从不记自己喝了几杯，在他要离开前，总会有人送来一张脏兮兮的当作账单的纸条。但他总觉得他们给他少算了账。多也好少也好都无所谓。他如今不缺钱花，他甚至还有一个工作，一个挂名差使，比原来的待遇好多了。

电屏上的音乐中断了，传来人说话声。温斯顿抬起头去倾听。不过不是前线的公报，而是富部的一则简短公告。原来上一季度第十个三年计划鞋带产量超额完成了九十八个百分点。

他看着报纸上的棋局研究了一下，在棋盘上摆上棋子开始复盘。棋局的结局很有欺骗性，要用到一对马。"白子先走，两步将死。"

温斯顿抬头看看老大哥的头像。白棋总是将死，他有种朦胧的神秘感。总是这样，从来没有过例外，全都是预先安排的。从这个世界开始起，就没有过一盘棋是黑棋得胜。这难道还不是一个永恒的象征？不是善良战胜邪恶吗？而对面墙上那张脸正盯着他，镇定、充满力量。白棋总是将死对方。

电屏里的人换了一种更严肃的语气："十五点三十分有重要公告，请注意收听。十五点三十分有重要公告，请注意收听，不要错过。十五点三十分有重要公告。"然后是音乐。

温斯顿有些慌乱。这应该是前线来的公报。他的本能告诉他是个坏消息。这一天他都有些激动，大洋国在非洲战线的失败情景时不时就会展现在他的脑海里。他像看到了欧亚国的军队正势如破竹地涌过边界，像蚁群一般涌向南部非洲。为什么他们不采取侧翼包抄呢？他脑海里浮现出西非海岸的轮廓。他把棋盘上的一匹白马挪动到合适的位置。就算是目睹了大军正在漫过南部非洲，他同时也看到了另外一支神秘的大军在聚集，突然插入到了他们的后方，切断他们的海陆联系。他在臆想里把一支大军带到了现实。只是行动要迅捷。如果让他们控制了整个非洲，让他们取得好望角的机场和潜艇基地，大洋国就会被切成两半。后果不堪设想：战败、崩溃、重新划分世界、党的覆灭！

他深吸一口气，有一种奇怪复杂的感觉——准确说不能算百感交集，而是多层次的感觉，他自己也无法说清在内心深处翻腾的究竟是哪个层面上的。

一阵激动过去了。他重新把白马放回原位置，但他没法集中精力到思考棋局上。他又开始漫无边际地联想起来。手指几乎是下意识地在桌上的灰尘上写下：

二加二等于五。

她说过："他们不能钻到你体内去。"但是他们能。奥布兰说过："你在这里碰到的事是会永远持续下去的。"他说的是事实。某些事，某些行为，你永远也无法恢复。在你胸中，有东西被杀死了、被烧掉了、被腐蚀了。

他看到过她，甚至同她说过话。已经不再有什么危险。他的本能告诉他，他们现在对他的所作所为已毫无兴趣。假如他俩谁有兴趣和意愿，他可以安排一次和她单独的约会。事实上那次见面只是一次偶遇。当时是在公园内，那是一个三月寒冷的日子，大地被冻得铁一般的坚硬，那些草都枯死了，仅有的几株番红花也在寒风里被吹得破碎了。当他发现她跟自己相距只有不到十米距离时，他的双手正被冻得发痛，眼里流着泪，急匆匆赶着路。他一眼看到她就被一下子击倒了，她看上去变化很大，但又很难说清是什么地方变了。他俩就那样擦肩而过，连个招呼也没打。紧接着他转过身去，不是很急切地跟在后面。他知道在那里没有危险，没谁会对他们有兴趣。她不说话，就那样斜着穿过枯萎了的草坪，像是在故意回避，但又似乎是听任他跟随自己。很快，他俩就来到了光秃秃的灌木丛中，那地方避不了人，也挡不住风。他们都停了下来。天真冷！寒风呼啸着穿透树枝，继续蹂躏着那些可怜的番红花。他于是伸出手去，揽住了她的腰。

周围没有电屏，但很可能有隐藏的话筒，而且是在光天化日下。但这没关系，什么都已没关系了。如果他们愿意，也可以在地上躺下来干那个。想到这点，他的肌肉就吓得僵硬。她对他的搂抱毫无反应，甚至连摆脱一下也没尝试。他现在终于知道了她发生了什么变化。她的脸瘦了，有一条长长的伤疤，从前额一直到太阳穴，被头发遮住了一半。不过他感觉到的变化不是这个。她的腰变粗了，也变得硬了。他还记得有一次，那是在一枚火箭弹爆炸后，他帮着把一具尸体从废墟下拖出来，当时他发现尸体不仅沉重，而且非常僵硬，很难处理，简直像是一块石头。现在她的身体就像是那具尸体。他发现她的皮肤也变了，跟以前不一样。

他没有想去吻她，他们俩也没有说话。在他们穿过草坪往回走时，她第一次正视他。不过是短暂一瞥，却充满了轻蔑和厌恶。他不知道这种厌恶是单纯因为自己的模样，还是源于对往事的回忆。他的脸浮肿着，眼里是被寒风吹出来的泪水。后来，他们在两把铁制的椅子上坐下，保持着一定距离。她似乎想要说点什么，把笨重的靴子移动了一下，还故意踩断了一根枯树枝。他注意到她的脚变宽了。

"我出卖了你。"她若无其事说。

"我出卖了你。"他说。

她又用厌恶的目光看他一眼。

"有几次，"她说，"他们用你根本无法忍受，想都不敢想的东西威胁你。然后你就会说：'别这样对待我，去对别人这样做吧，对某某这样做去。'你可以把这看作是一种权宜之计，不是出自你的本意，你只是想要他们停下来。可这不是真的。事情发生时，你就真的是这个意思。你根本没有别的办法来救你自己。你只是希望那是发生在别人身上的，你一点都不在意这个别人要承受什么，能不能承受，那时你关心的只能是自己。"

"你关心的只能是自己。"他附和着。

"在这以后，你对另外那个人的感情就不一样了。"

"不一样了，"他说，"你就感到不一样了。"

似乎没有别的可以说了。风把他们单薄的工作服刮得紧紧地裹在他们身上。也就在同时，他们觉得这样相对无言坐着很尴尬，何况这样寒冷。于是她首先提出自己有事要先走一步，就站起身来走了。

"我们一定会再见的。"他说。

"是的，"她说，"我们一定会再见的。"

他跟了短短一段距离，有些犹豫，落在她身后半步。他们俩没有再说话。她并没想要甩掉他，但是走得很快，使他无法跟上。他决定送她到地铁车站，但突然觉得这样在寒风中跟着没有意思，也吃不消。他这时就开始强烈地想要离开茱莉雅，回到栗树咖啡馆去，那地方从来没有像现在这样吸引过他。他想念那个角落里的桌子，想念侍者送上来的报纸，想念棋盘和被斟满的酒杯，最主要的是那里的温暖。然后，不是出于无意，他任凭一堆人插到他跟茱莉雅之间，把他们分隔开。他只是心不在焉地追了几步,不久就放慢脚步,转身朝着相反方向走去。在走出去大约五十米后,他回头看了看。这时候街上的人还不算很多,但他已经看不清她的背影了。她也许是在十几个行色匆匆的人中间,也许他已经没法从后背认出她来了,她的后背变得厚实、僵硬。

"事情刚发生时,"她这样说过,"你就真的是这个意思。"她说就真的是这个意思。他不仅说了,而且还打心眼里这样希望。他希望把她而不是把他,送上去——

电屏的音乐有了变化。变得尖锐而嘲讽,那是一个报警式的音调。紧接着——很可能没真的发生,仅仅是和声音相关的一段记忆——这个声音唱到:

在遮阴的栗树下,
我出卖你,你出卖我——

他不禁热泪盈眶。一个侍者走过来,看到他杯中已空,就去拿了杜松子酒瓶来为他斟满。他端起了酒杯闻了一下。这玩意一口比一口难喝,但他已经沉溺其中,它成了他生命的一部分,成了他的死亡,他的再生。他靠杜松子酒每晚沉醉如死,他靠杜松子酒每天清晨醒来。他很少在十一点前醒来,醒来时眼皮仿佛被胶水粘住了,嘴里也仿佛有团火。他的后背弯曲得折断了似的,要是前一晚不在床边放一杯酒和茶杯,他根本无法爬起来。然后在中午的几个小时里,他都会神情呆滞地坐在那里收听电屏,手边一定会有一瓶酒。从十五点到打烊,他是栗树咖啡馆的常客。没人再管他在干什么,电屏也不再呵斥他。有时,大概一星期两次,他到真理部一间灰尘厚积、被人遗忘了的办公室做一些工作或类似工作的事情。他被指派到一个委员会的下属委员会,前者是负责处理第十一版新语词典编纂细节问题的若干个委员会之一。他们是被雇来制订一个叫中期报告的东西的,可他从来也不知道这份报告写些什么,好像跟逗号是写在括号里面还是外面有点关系。委员会其他四名成员全都是跟他类似的人。有时候大家会集中到一起开会,开完会就马上各奔东西。四个人彼此间都相当坦率地承认,其实并没有什么可做的。不过在另一些日子里,他们会坐下来,几乎是热切地在工作,每个人都尽可能表现自己,他们登记纲要,起草从来就没有完成过的、长长的备忘录——每次出现争论,大家都会把争论变得无比复杂深奥,对每一个最小的定义也会以最认真的态度对待,于是话题就会开始变得宏大遥远,接下去就是争吵和相互威胁,说什么要向上级汇报。当然,最后他们都会突然间兴趣索然,没有了气力。然后大家围坐在桌前,你看看我,我看看你,非常类似那些鸡鸣后就会匆匆散去的鬼魂。

电屏安静了片刻。温斯顿又抬起头去看。公报!但,不是,他们不过是换了音乐。他的眼前就有一幅非洲地图。军队的行动被用图表的形式表现了出来,一个黑色的箭头指向南方,白色的箭头横在图表上指向东方,并且穿过了黑色箭头的尾部。好像是为了寻求安慰,他抬头看一眼画像上的那张不动声色的脸。你怎么可能认为第二个箭头不存在呢?他的兴趣没有了,他喝了一大口杜松子酒,拿起白棋试探性地走了一步,将军。不过很显然,这步棋是错的,而他毫无理由地想起了一段往事。他想起了一间点着蜡烛的房间,里面有一张铺着白色床单的大床,他就在房间里,是一个九岁还是十岁的孩子,坐在地板上摇着一个骰子盒子,显得很兴奋,在大声笑着,而他母亲坐在对面,也在笑。

这一定是她失踪前一个月的事。当时,他们之间已经和好,他忘了没有止境的饥饿感,暂时对她恢复了过去的依恋。他记得很清楚,那天下着很大的雨,雨水顺着窗棂向下倾泻,屋内的光线很暗,根本没法读书。待在阴暗狭窄的屋里,两个孩子都觉得很无聊。温斯顿一面抱怨着,一面大发脾气,他一个劲地喊叫着要吃的。他焦躁极了,把屋里所有东西都翻扯出来,还用脚使劲踢墙,直到隔壁邻居发出抗议。而那个比他小的在大声哭。最后,他们的母亲说:"乖一点吧,我去给你们买玩具。一个可爱的玩具——你一定会喜欢的。"说完,她冒着大雨出去了,当时附近有几家店铺还开着门营业。她带回了一个硬纸箱,里面装着一副蛇梯棋。他至今还能闻到硬纸箱的潮湿气味。那副棋质量很差,棋盘上有裂缝,木质的小骰子全都是坏的,完全没法在棋盘上平躺着。温斯顿开始闷闷不乐地玩着,没有多大兴趣。当他母亲点燃一支蜡烛后,他们开始坐在地板上玩。一会儿后他就高兴起来,越来越兴奋,开始笑着,叫喊着,那个小棋子看着像是很有希望爬上梯子最高处了,但一下子又掉下去了,回到起点。他们玩了八次,各赢了四次。他妹妹太小,不知道他们在玩什么,就靠着长枕坐着,跟着他们笑。那个下午,他们在一起很快乐,就跟他幼年时期一样。

他把这副景象从脑海里排除出去,这个记忆是假的,他经常会被这类虚假的记忆骚扰,让他感到懊恼。不过,人只要知道了虚假的本质,虚假就不再重要。有的事情确实发生过，有的没有。他又回到棋盘上，再次拿起白色的马。但马上棋子掉到棋盘上，发出清脆的"啪"的一声，吓了他一跳，就像是被针扎了一下。

一阵刺耳的喇叭声划破了空气。是公报！胜利！喇叭声出现在新闻前就意味着胜利的消息。咖啡馆里像突然通电了，引起一阵激动，就连那些侍者也支起耳朵听着。

喇叭声引起了一阵喧哗。电屏开始播放，广播员的声音极其兴奋，语速极快地在说些什么，但外面的欢呼声几乎把它淹没。消息像变戏法似的在大街小巷里传开。他从电屏里听到的跟他的预料一样。一支海军舰队秘密集合起来，偷袭了敌军后方，白色箭头穿过了黑色箭头的尾部。从喧哗中，他断断续续听到一些与胜利有关的短语："大规模地展开调动——完美的——配合——彻底击溃——五十万俘虏——彻底丧失士气——控制了整个非洲——战争的最终胜利可以预期——人类历史上最伟大的胜利——胜利！胜利！胜利！"

桌子下，温斯顿的两脚拼命抖动着。他坐在原地无法移动，但他在意识里狂奔，跑到了街道上，跑进人群中，人群爆发出的欢呼声震耳欲聋。他又抬头看了看老大哥。这个控制着世界的巨人！他就是一块把亚洲人撞得头昏目眩的巨石！他想起了十分钟前——对，就是十分钟前——就在他想着前线会传来什么样的消息时，他的内心还都是困惑。啊，灭亡的岂止是一支欧亚国大军！从重新回到仁爱部那天起，他就发生了根本的改变，但真正的改变是直到此刻才真正发生，他至此才得到不可或缺的、痊愈性的改变，他脱胎换骨了。

电屏仍在没完没了地报告着俘虏、战利品、杀戮的新闻，但外面的欢呼声已经减弱了很多。侍者们又回到工作中。他们中一个为温斯顿拿来了杜松子酒，而温斯顿还沉浸在美妙的梦境中，没注意到酒杯又被斟满。这时候，他不再狂奔，不再欢呼，他回到了仁爱部，所有的事都被原谅了，因此他的灵魂变得洁白如雪。他站在公开的被告席上坦白了所有事情，把所有人都牵连了进来。当他走在白色瓷砖铺就的走廊里时，就像是走在灿烂的阳光里，他身后是带着枪的看守。那颗期待已久的子弹终于射了出来，射穿了他的头颅。

他抬头凝望着那张巨大的脸。花了四十年功夫，他终于领会到了那黑胡子后面的微笑意味着什么。啊，这是残酷又毫无必要的误会！哦，倔强任性，从被充满慈爱的胸膛里自我放逐的人！两颗混合了杜松子酒味道的眼泪顺着他的鼻梁流淌下来。不过这也很好，所有的都好，结束了，斗争。他战胜了自己，他爱老大哥。

附 录

新语原则

　　新语是大洋国官方语言，也是顺应英社的要求，也就是英国社会主义的意识形态而设计的。到一九八四年为止，还没人能把它当作自己唯一的交流方式，无论演讲还是写作皆莫如此。《泰晤士报》的社论是唯一用新语写的正规文章，但那只能是专家才能完成的工作。预计要到二〇五〇年，这种语言才能最终取代老语（或者用我们的话来说就是"标准英语"）。不过这已经是一种趋势，新语正逐步扩大自己的影响，所有党员都倾向于新语，并且在日常生活中越来越多地运用新语的词汇和语法结构。一九八四年所使用的版本以及第九版和第十版的新语词典里所体现的新语原则都还是临时性的，还包含了大量冗余词汇和过时的词形，这些都会在将来被废止。最完美的终极版本是第十一版。在此我们所关注的正是该版本的新语词典。

　　新语的目的不仅是为英社的拥护者提供一种表达其世界观和思想习惯的媒介，同时也是为了让所有的思维模式都不可能存在下去。它的职责是在新语被采用，老语被人遗弃后，异端思想——也就是违反英社原则的思想——从字面来说，无法被想到，至少在思想还依赖于词汇的情况下是这样。新语词汇采取这样一种构建方式，目的是为了使得党的成员能准确无误地、精妙地表达自己的意图，与此同时，把非英社原则的思想的获得，以及通过间接途径获得这些含义的可能性排斥掉。要达到这样的目的，一部分靠创造出新的词汇，但主要还是依靠废除不合适的旧词汇，并清除残留下来的词语的不符合正统的含义，尽可能以新的含义取代。举个例子，"free"这个词在新语中依然存在，但它只能在以下一些语句中被使用。比如"This dog is free from lice."（"这条狗的身上没有跳蚤"）或"This field is free from weeds."（"这块田里没有杂草"）。而不能用在"politically free"（"政治自由"）或"intellectually free"（"学术自由"）上。原因是政治自由和学术自由作为概念已不复存在，因此不能被冠以名称。必须强调的是，不仅要禁止使用包含异端思想的词语，词汇的数量也被认为是为了减少而减少。所有那些可以被省略的词都不被允许存在。新语的目的不是扩大词汇量，恰恰是要减少词汇，把词语对思想的承载范围尽量缩小，通过减少可选择的词汇的数量来间接达到这一目的。

现在我们知道了，新语是建立在传统英语的基础上的。尽管有一些新语的句子不包括新创造出来的单词，对今天正在使用英语的人来说，理解起来还是存在困难。新语的词汇被分为三个不同的类别，即 A 类词汇、B 类词汇（也称为复合词）和 C 类词汇。单独讨论每类会相对简单，至于新语的语法特点可以归纳到 A 类词汇里去讨论，因为三个类别使用的语法规则是相同的。

A 类词汇：

这类词汇包括了日常生活常用词，例如吃、喝、工作、穿衣、上下楼梯、种花、烹饪等。几乎全部是由现有的英语单词构成的，如打、跑、狗、树、糖、房子、田野等。但跟今天的英语单词比，新语的单词数量要少很多，含义也被严格限定。所有含混、模棱两可的含义都被清除。只要做得到，这一类别的新语词语所表达的都是单一而明确的概念，可以简单看作是一种不连贯的声音。使用 A 类词汇进行文学创作或者哲学、政治性讨论是完全不可能的。它仅仅只具有表达单纯且目的性明确的思想的作用，通常只涉及具体事物和身体动作。

新语的语法有两个突出的特点。第一个是在不同词性之间可以完全互换。任何一个词（在原则上，适用于非常抽象的词，如"if"或"when"）都可以既用作动词，同时又能用作名词、形容词或副词。在动词和名词之间的形式上，当它们是同一个词根时，没有任何变化，这个规则使得很多旧的词形被破坏。

例如，"思想"（"thought"）这个词在新语中并不存在，它被"思考"（"think"）所取代，后者既可以作名词，又能当作动词。对此人们不需要遵循词源学原理，在某些情况下保留最初的名词，在其他情况下保留原有的动词。即使一个名词和动词没有词源上的联系，其中的一个或另一个也经常被弃用。例如，没有"切割"（"cut"）这个词，它的意思是被兼有名词或动词性的"刀"（"knife"）充分覆盖。形容词是通过在动词或名词后加后缀"-ful"来改变词形得到，而在名词后加"-wise"就能得到该词的副词词形。比如"speedful"是"迅速的"（"rapid"）的意思。"speedwise"是"迅速地"（"quickly"）。我们今天使用的一些形容词，如好的、强的、大的、黑的、软的，都保留了下来，但它们的总数却非常少，人们几乎不需要使用它们，因为几乎任何一个形容词都可以通过在名词或动词后加后缀"-ful"来得到。现存的副词都没有保留下来，除了极少数原本就是以"-wise"结尾的外。比如"well"都被"goodwise"所取代。

此外，任何一个词——原则上适用于任何一个单词——都可以通过添加附加词前缀"un-"来否定，或者通过加"plus-"的附加词来强化，加"doubleplus-"来强调词意。例如，"不冷"指的就是"温暖"，而"pluscold"跟"doublepluscold"就分别是"非常冷"和"最冷"。这跟标准英语可以通过"anti-"，"post-"，"up-"，"down-"之类前缀改变一个词的词义一样。这一方法能大量减少词汇量。比如有了单词"good"，就没有必要再保留"bad"了，因为"ungood"就足以表达这个含义——这样的确更好。任何反义词，都需要决定到底废除其中哪一个。例如"黑暗"和"明亮"，"黑暗"可以用"不亮"（"unlight"）代替，"明亮"可以用"不暗"（"undark"）代替，主要看你喜欢用哪个。

新语语法的第二个显著特点是它的规律性。除了下面将会提到的个别特殊例子，所有词形都根据统一规则变化。因此，动词的过去式和过去分词就都用"-ed"作为词尾。"偷"（"steal"）的过去式也就是"stealed"，"思考"（think）的过去式就是"thinked"。而凡是如"swam"（"swim"的过去式）、"gave"（"give"的过去式）、"brought"（"bring"的过去式与过去分词）、"taken"（"take"的过去分词）、"spoke"（"speak"的过去式）等，都被废除。所有复数都要根据使用情况加后缀"-s"、"-es"。"man"，"ox"，"life"的复数形式分别是"mans"，"oxes"，"lifes"。形容词的比较级全都加上"-er"的后缀，最高级加"-est"。例如："good"是"gooder"和"goodest"。诸如"more"和"most"之类的不规则结构变化都被取消。

只有代词、关系形容词、指示形容词和助动词可以继续进行不规则变化。"whom"因为多余而被废除，"shall"，"should"之类的时态被"will"，"would"替代。这类词沿用旧的使用方法。而一些不规则的形态变化只是为了确保说话的便捷，要是一个单词发音很困难，并且容易导致歧义，那么依据事实，它会被看作是一个不好的单词,仅仅是出于好听的原因,有时需要在这个单词中添加几个字母,或者保留它的旧的词形。不过这类情况主要出现在 B 类词汇里。至于发音为什么重要,接下来将会对此做出解释。

B 类词汇:

这一类词汇基本都是为了政治目的特意创造的,也就是说,不仅仅每个单词包含了政治意义,并且它们被创造出来的目的就是为了确保使用者能具备令当局满意的思想意识。如果对英社的原则了解不够,是很难恰当使用这类单词的。有时候,它也可以被翻译成老语,甚至是 A 类词汇。但这通常需要附加上大段的注释,因为总是会遗漏掉一些言外之意。B 类词汇严格说是一种非书面的简要表达方式,常用少数几个音节来表达若干个含义,比起一般语言,它更精确、干练。

B 类词汇全部是复合词。它们由两个以及两个以上的单词,或者是由几个单词的部分,按照易于发音的形式组合而成,最终得出了遵循基本变化规则的动、名词兼用的混合词。例如"goodthink"("好思想"),大致可以看作是"orthodoxy"("正统")这个意思,如果当作动词的话,也就是"正统地思考"。而它的形态变化则是:名词兼动词是"goodthink",过去式以及过去分词是"goodthinked",而现在分词则是"goodthinking",形容词则为"goodthinkful",副词是"goodthinkwise"。

B 类词汇并不是按照词源学构建的,所有词形的单词都可以作为它的构成部分,并且可以采取任意的排列顺序,按照任何一种方式加以修改。前提是既要方便发音,又要表明来源。举个例子,在"crimethink"("思想罪")一词中,"think"被放在了后面,而在"thinkpol"("思想警察")一词里,则被放到了前面,同时后面的"pol"来自"police"("警察")一词的后面一个音节的省略。这样的原因是为了发音的缘故。因此在 B 类词汇里,不规则词形要多于 A 类词汇。例如"Minitrue"("真理部")、"Minipax"("和平部")、"Miniluv"("仁爱部")的形容词分别是"Minitruthful"、"Minipeaceful"、"Minilovely",这样修改只是单纯因为发音的原因。从原则来说,所有 B 类词汇都是可以变化的,而且变化的方式可以不同。

其中有一些 B 类词汇的含义很微妙,任何没有能熟练掌握这种语言的人都很难理解。拿《泰晤士报》的一篇头条社论中的一段典型的句子为例:"Oldthinkers unbellyfeel Ingsoc."翻译成老语最短的句子也是这样的:"Those whose ideas were formed before the Revolution cannot have a full emotional understanding of the principles of English Socialism."("那些在革命前就形成了自己的思想的人,从感情上不可能对英国社会主义的原则有充分的理解。")但这并没有把句子的意思完全译出。首先,为了彻底理解新语写出的句子的含义,一个人就必须要清楚理解"Ingsoc"这个概念。此外,还必须对英社有相当程度的认知,才能真正体会"bellyfeel"一词的力量所在,它的意思是一种盲目的、今天很难想象的、狂热的接受。"oldthink"一词也是如此,这个词已经跟"邪恶""堕落"密不可分。但在新语里,一些单词有着特殊的作用,"oldthink"就是其中之一。这类词并非是要表述某种意思,而是在消灭该种意思。这类词的数量很少,但非常重要。它们的含义被引申,直到能囊括进一大群单词里,而因为这些单词的含义是被容纳到了一个综合性的术语里的,它们本身的含义就会被遗忘。对新语的编撰者来说,最大的困难不是创造出新的词语,而是创造出这些新的词语后,赋予它们明确的含义。也就是说,在创造出它们后,要确定到底哪些类别范围的词需要被取消。

我们在"free"("自由")一词的应用中已经看到,以前曾经有过异端含义的词,有时为了方便予以保留,但只是在把不良含义给清除了以后。其他如"honour"("荣誉")、"justice"("正义")、"morality"("道德")、"internationalism"("国际主义")、"democracy"("民主")、"science"("科学")和"religion"("宗教")等许多其他的词都已不复存在。另有少数几个覆盖词代替了它们,由此而消灭了它们。例如,所有"合集"在自由和平等概念的一些词都包含在"crimethink"("思想犯罪")一词中,而与客观和理性有关的词都包含在"oldthink"("旧思想")一词中。再要精确细分就很危险。对于一个党员的要求是要具备一种与古代希伯来人一样的看法,认为除了他的族人以外,其他民族的人都崇拜"伪神"。他不需知道这些神的名称,也许按照他的正统教义,他知道得越少越好。他知道耶和华和耶和华的戒律;因此他知道有其他名字和属性的神都是伪神。党员也同样知道什么是正确行为,因此也极其含糊笼统地知道可能会有哪些背离的行为。例如,他的性生活是完全由新语的两个词来节制的,即"sexcrime"("性犯罪")和"goodsex"("好性")。

"sexcrime"包括一切性方面的不端行为，它包括私通、通奸、同性恋等其他不端行为，而且也包括正常为了性交而性交的行为。没有必要把它们分别开来，因为它们都是有罪的，在原则上都可以处死。在 C 类科技词汇中，也许有必要对某些不端性行为给予专门名称，但是普通公民并不需要。他知道"goodsex"是什么意思——那就是夫妻的正常性交，唯一目的是养儿育女，在女的一方毫无肉体的快感，除此之外，别的都是"sexcrime"。在新语中很少有可能进行异端的思索，最多只想到这种想法是异端的而已，除此之外就不存在必要的词汇让你进一步进行思索了。

B 类词汇没有意识形态上的中性的词。替代性的隐语很多，例如"joycamp"（"享乐营"是强迫劳动营）、"Minipax"（"和平部"是战争部）的含义与字面恰巧相反。有些词则表现了对大洋国社会的真实性质有一种坦率的和蔑视的了解。例如"prolefeed"一词，指的是党给群众的那种廉价娱乐和虚假新闻。其他的词又是模棱两可的，用在党上有"好"的意思，用在敌上有"坏"的意思。但除此之外有大量的词乍看之下仅仅是缩写，但其意识形态色彩来自结构而不是含义。

只要能够做到，一切具有或者可能具有任何政治意义的词都属于 B 类。一切组织、团体、学说、国家、机构、公共建筑等的名字都无一不缩减到熟见的形态，那就是一个容易发音的、音节最少而保持原来词源的单词。例如真理部里温斯顿·史密斯工作的记录司称为"Recdep"（"记司"），小说司称为"Ficdep"（"说司"），电讯司称为"Teledep"（"电司"）等等。这样做不仅仅是为了节约时间。甚至早在二十世纪初，缩语已成了政治语言的一个典型特点。而且早有人指出，使用这种缩语在极权国家和极权组织中最突出。例子有这样一些词："Nazi"（"纳粹"）、"Gestapo"（"盖世太保"）、"Comintern"（"共产国际"）、"Agitprop"（"宣鼓"）等。在当初，这种做法是无意识的，但是在新语中是有意识的，其原因是这样的缩称能把原来的大部分发生联想的含义减少，而巧妙地改变了该缩称的含义。例如"Communist International"（"共产主义者国际联合"）使人想到的是全世界人类友爱、红旗、街垒、马克思、巴黎公社等合在一起的图像。而"Comintern"（"共产国际"）却仅仅是意味着一个严密的组织和明确阐释的学说。它指的东西几乎像桌椅板凳一样容易辨认，而且目的也一样有限。"Comintern"一词可以不假思索地说出口来，而"Communist International"却需要至少暂时想一想。同样，"Minitrue"一词引起的联想要比"Ministry of Truth"少，而且容易控制。这不仅是养成使用缩称的习惯的原因，也是竭力要使得每一词都容易发音的原因。

在新语中，除了词义确切以外，悦耳动听是超乎其他一切考虑的重要因素。必要时语法规则往往为之牺牲。这是有理由的，因为，为了政治目的，最最需要的是意义明确而简短的词，能够很快地说出来，而在说话的人的心中引起的回声达到最低限度。B类词汇甚至因为它们几乎全部相像而得势。这些词汇——如"goodthink"，"Minipax"，"prolefeed"，"sexcrime"，"joycamp"，"Ingsoc"，"bellyfeel"，"thinkpol"等都是只有两三个音节的词，重音平均分配给前后两个音节。这些词汇的使用带来了一种机械单调的说话腔调。目的就是使得说话尽可能脱离意识，尤其是关于意识形态上不是中性的任何问题的说话。在日常生活的应用上，说话之前无疑是需要思索一下的，但是在要求党员对某件事发表政治或道德见解时，他就应该能够像机关枪喷射子弹一样发出正确的看法来。他训练有素，又有新语做他的几乎万无一失的工具，而且词语的组成又是声粗气壮，十分难听，符合英社精神，这就更有益了。

能够选择的用词范围很小，也很有帮助。与我们的语言相对而言，新语词汇量很少，而减少词汇量的方法又不断地在出现。新语与其他语言的区别就是它的词汇量逐年减少而不是增多。每减少一些就是一场收获，因为选择范围越小，思想的诱惑也越小。最终是希望喉咙发出声音说话而不劳脑细胞操心。在新语的"duckspeak"一词中坦率地承认了这一点，它的意思是"像鸭子一般叫"。"duckspeak"像B类词汇中其他的词一样意义含混。如果发表的是正统意见，那就是赞扬。如《泰晤士报》提到党的一个演说家是个"doubleplusgood duckspeaker"，就是极大的恭维。

C类词汇：

C类词汇是对其他两类的补充，完全是科学和技术名词。它们同今天使用的科学名词相似，用同一词根组成，但定义极其严格，不含任何不合适的旁义。它们的语法规则与其他两类一样。在日常谈话或政治演说中很少应用C类词汇。科学工作者或技术人员都可以在本专业的词汇表中找到他们需要的词,但其他词汇表上的词他很少应用。只有极少数的词在所有表中都共有,并没有任何词汇可以表达科学工作的思想习惯或思想方法的功能,不论它的具体部门是什么。甚至没有"科学"一词,因为"英社"一词已充分包括了它所可能具有的意义。

根据以上所述可以看出,在新语中,不正统思想要是超越了很低的一个层次就根本无法表达。当然有可能说出一种非常粗糙的异端邪说,例如"Big Brother is ungood"("老大哥不好")。但这话在正统的耳朵听来仅仅表达一种不言自明的荒谬,无法论证,因为没有必要的论证的词汇。与"英社"敌对的思想具有一种含糊的无言形态,只能用十分笼统的名词来说明,而这些笼统的名词加在一起不用解释就能否定整批的异端邪说。这也就是说,你只有把一些词非法地译成老语才能把新语用于非正统目的。例如,"All mans are equal"("人人平等")在新语中可能构成,但只有用于老语中的"All men are redhaired"("人皆红发")同样的意义中。它并没有语法错误,但它表达的是一种明显不合逻辑的事实,即人人都是同样的高矮、体重或力量。政治平等的概念已不复存在,因为这个旁义已从"equal"("平等")的含义中排除。在一九八四年,老语仍是正常的交流手段,理论上存在着这样的危险:在使用新语时你可能记得它们的原来含义。在实践中,任何受过"doublethink"("双重思想")训练的人都不难做到这一点,但在一两代以后,甚至这样的失误的可能性也会消失。以新语为其唯一语言而长大的人不会知道"平等"曾经有过"政治平等"的旁义,或者"自由"曾包含了"思想自由"的含义,正如一个从来没有听说过象棋的人不会知道"后"和"车"的旁义一样。有许多罪行和错误是他无力犯下的,因为这些罪行和错误是没有名词的,因此是无法想象的。可以预料,随着时间的推移,新语的突出特点将越来越明显——它的词汇越来越少,含义越来越严格,应用不当的可能越来越少。

在老语完全被取代以后,同过去的最后联系就会切断了。历史已经重写,但过去的文字仍有零星流传,没有彻底检查,只要保持老语的知识仍能阅读。但到将来即使这种片段得以保存也很难读懂,很难翻译了。很难把任何一段老语译成新语,除非它说的是技术程序或者一些十分简单的日常行为,可能已存在正统化(新语应是"goodthinkful")的倾向。在实践中,这意味着大致在一九六〇年以前写的书是无法完整译成新语的。革命前的文字只能作意识形态上的翻译，即不仅修改语言也要修改意义。例如《独立宣言》中著名的一段话：

我们认为这些真理不言自明，人人生来平等，造物主赋予他们一定的不可让与的权利，这些权利有生活的权利、自由的权利和追求幸福的权利。为了取得这些权利，人类创建了政府，政府则从被治理者的同意中得到权利。任何政府形式一旦有背这些目的，人民就有权改变它或废除它，组织新政府……

要保持原义而把这一段话译成新语是不可能的。最多只能做到把这整段话的含义用一个词来概括："crimethink"。完整的译法只能是意识形态的译法，是把杰弗逊的话译成一段关于绝对政府的颂词。

的确，过去的许多文学都已用这个办法加以改写。出于名声的考虑，有必要保持对某些历史人物的记忆，同时使他们的成就与英社哲学保持一致。因此像莎士比亚、弥尔顿、斯威夫特、拜伦、狄更斯这样的作家的作品都正在翻译中。这项工作完成后，他们的原作以及所有残存的文字都将被销毁。这项翻译工作既费时又费力，在二十一世纪的头几十年很难完成。还有大量的实用文献——技术手册之类——也要这样处理。正是为了有时间进行这项翻译工作，新语的最后采用日期才定在二〇五〇年这样一个相对迟的年份。

作者简介

艾里克·阿瑟·布莱尔（Eric Arthur Blair，1903—1950），英国小说家、记者，以笔名乔治·奥威尔（George Orwell）为世人所知。在工作中，他所展现出的特点是敏锐的眼光和聪颖的头脑，以及对语言清晰度的把握能力，和对民主社会主义坚定的信仰。

乔治·奥威尔生于英属印度彭加尔省（孟加拉邦）摩坦赫利（莫蒂哈里）一个政府下级官员的家庭，父亲供职于印度总督府鸦片局，家境并不宽裕，奥威尔自称家庭属于"上层中产阶级偏下，即没有钱的中产家庭"。奥威尔童年时代耳闻目睹了殖民者与被殖民者之间的尖锐冲突。与大多数英国孩子不同，他同情悲惨的印度人民。少年奥威尔就读于著名的伊顿公学。1921年，从伊顿公学毕业后，因家庭经济状况无力负担，他没有申请牛津或剑桥奖学金，而是投考公务员，后被派到缅甸任警察。在缅甸时，他站在了苦役犯的一边。20世纪30年代，他参加西班牙内战，因属托洛茨基派系（第四国际）而遭排挤，回国后却又因被划入左派，而不得不流亡法国。二战中，他在英国广播公司（BBC）从事反法西斯宣传工作。1950年，死于困扰其数年的肺病，年仅47岁。

由于历史上东西方的对峙，乔治·奥威尔的作品经常被视为反苏和反共的代名词，因而在苏联、东欧等一些社会主义国家遭到封杀。吊诡的是，根据2007年9月4日英国国家档案馆解密的资料，因被怀疑是共产主义者，奥威尔被军情五处和伦敦警察厅特别科自1929年起一直严密监视，直至他1950年逝世。

在今天，奥威尔被经常介绍给当代读者，尤其是他取得了巨大成功的《动物庄园》和《一九八四》这两本书。前者被认为是一个关于俄罗斯的社会主义革命实践中出现腐败的寓言故事，而后者则是他对极权主义将会导致的必然结果的预言。但奥威尔否认自己的《动物庄园》的灵感与斯大林主义有关。

作者年表

1931《行刑》(A Hanging)。

1933《巴黎伦敦落魄记》(Down and Out in Paris and London)

1934《在缅甸的日子》(Burmese Days)(另译为《缅甸岁月》)

1935《牧师的女儿》(A Clergyman's Daughter)

1936《让叶兰在风中飞舞》(Keep the Aspidistra Flying)(另译为《保持叶兰繁茂》)

1937《通往威冈码头之路》(The Road to Wigan Pier)

1938《向加泰罗尼亚致敬》(Homage to Catalonia)

1939《上来透口气》(Coming Up for Air)

1940《鲸鱼之中》(Inside the Whale)

1941《狮子与独角兽》(The Lion and the Unicorn: Socialism and the English Genius)

1945《民族主义的基本特征》(Notes on Nationalism)、《动物庄园》(Animal Farm)

1946《穷人之死》(How the Poor Die)

1949《甘地的思考》(Reflections on Gandhi)

1950《猎象》(Shooting an Elephant)、《一九八四》(Nineteen Eighty-Four)